KB116800

에레혼

에레혼

1판 1쇄 인쇄 2017. 12. 29.
1판 1쇄 발행 2018. 1. 5.

지은이 새뮤얼 버틀러
옮긴이 한은경
기획 이인식

발행인 고세규
편집 박민수 | 디자인 조명이
발행처 김영사
등록 1979년 5월 17일 (제406-2003-036호)
주소 경기도 파주시 문발로 197(문발동) 우편번호 10881
전화 마케팅부 031)955-3100, 편집부 031)955-3200 팩스 031)955-3111

값은 뒤표지에 있습니다. ISBN 978-89-349-8040-7 03840

홈페이지 www.gimmyoung.com 블로그 blog.naver.com/gybook
페이스북 facebook.com/gybooks 이메일 bestbook@gimmyoung.com

좋은 독자가 좋은 책을 만듭니다.
김영사는 독자 여러분의 의견에 항상 귀 기울이고 있습니다.

이 도서의 국립중앙도서관 출판시도서목록(CIP)은 서지정보유통지원시스템 홈페이지(http://seoji.nl.go.kr)와 국가자료공동목록시스템(http://www.nl.go.kr/kolisnet)에서 이용하실 수 있습니다.(CIP제어번호 : CIP2017034656)

에레혼
EREWHON
새뮤얼 버틀러 장편소설
한은경 옮김 | 이인식 해제
김영사

해제

의식 있는 기계가 자식을 낳는다

_이인식(지식융합연구소 소장, 문화창조아카데미 총감독)

지금 이 시간에 기계에 종속되어 사는 사람들이 얼마나 많은가? 요람에서 무덤까지 살아 있는 내내 밤낮으로 기계만 돌보며 사는 사람들이 얼마나 많은가? 기계에 노예로 구속된 이들이 늘어나고 있으며 기계 왕국 mechanical kingdom의 발전에 평생을 헌신하는 이들도 늘어난다는 것을 감안해볼 때, 기계가 인간보다 우위를 점했다는 사실이 명백하지 않은가?

– 새뮤얼 버틀러

1

영국의 저명한 성직자 가문에서 태어난 새뮤얼 버틀러(1835~1902)는 독립심이 강하고 이단적인 성격이어서 목사가 되길 바라는 아버지의 곁을 떠나기로 결심한다. 1859년 9월 23세의 버틀러는 긴 항해 끝에 뉴질랜드로 이주한다. 그는 뉴질랜드의 황무지에 목장을 만들고 양을 키운다. 양치기 생활을 시작한 직후 버틀러는 1859년에 찰스 다윈(1809~1882)이 펴낸 《종의 기원Origin of Species》을 읽고 다윈의 진화론에 매료된다.

버틀러는 뉴질랜드의 잡지 「프레스The Press」에 필명으로 다윈의 자연선택 이론에 대한 글을 몇 편 발표했는데, 1863년 6월 13일자에 실린 〈기계 사이의 다윈Darwin Among the Machines〉은 놀랍게도 다윈의 눈에까지 띄어 두 사람 사이에 편지 교환이 시작된다. 다윈은 젊은 양치기에게 뉴질랜드의 삶을 묘사하는 작품을 써보라고 권유한다. 1864년 영국으로 돌아온 버틀러가 다윈의 권유에 응답하기 위해 뉴질랜드 생활 5년(1860~1864)을 바탕으로 집필한 책이 1872년 3월에 익명으로 출간된 《에레혼Erewhon》이다.

《에레혼》은 유토피아 소설과 상상여행소설의 전통적 요소를 결합한 풍자소설이다. '노웨어nowhere(이 세상에 없는 곳)'를 거꾸로 쓴 책 제목은 이를테면 유토피아를 역으로 상징한다. 주인공이 뉴질랜드 산맥을 헤매다가 에레혼으로 들어가 겪는 모험담은 18세기 영국의 대표적 풍자작가인 조너선 스위프트(1667~1745)가 1726년에 펴낸 《걸리버 여행기Gulliver's Travels》처럼 모험가가 상상의 나라를 여행하는 형식을 빌려 당대의 세태를 풍자한다.

버틀러는 《에레혼》에서 거의 모든 것을 뒤집어놓는다. 에레혼에서는 '모든 질병은 죄악이자 비도덕으로 여겨지며, 감기에만 걸려도 영주 앞에 끌려가 상당 기간 투옥될 수 있으며'(8장), '신체적 질병에 대해서는 크게 잘못된 죄악이라고 생각하면서 정작 횡령 따위의 범죄 행위에 대해서는 아무런 죄의식도 없다'(10장). 에레혼 사람들은 이성보다 부조리를 선호하여 '비이성 대학Colleges of Unreason'을 운영(21~22장)할 정도이다.

버틀러가 빅토리아 시대의 종교적 관습, 결혼, 가족제도를 풍자하기 위해 집필한 《에레혼》은 주인공이 사랑하는 에레혼 여자와 열기구 풍선을 타고 탈출(28장)하는 장면으로 마무리된다.

버틀러는 《에레혼》을 2판부터 자기 이름으로 낸다. 7판까지 나온 이 책은 그에게 생전에 약간의 명성과 돈을 안겨준 유일한 작품이다. 1901년에 버틀러는 일부 내용이 추가된 개정판인 《다시 찾은 에레혼 Erewhon Revisited》을 펴낸다.

버틀러는 작가 생활을 하면서도 스스로를 화가이면서 반쯤은 음악가로 생각하며 런던에서 활동하다 1902년 세상을 떠난다. 그가 죽고 이듬해인 1903년에 출간된 자전적인 소설 《만인의 길The Way of All Flesh》은 버틀러의 대표작으로 여겨진다.

2

《에레혼》에서 버틀러가 거의 모든 것이 거꾸로인 세계를 보여주는 것은 기계문명의 진보에 대한 자신의 생각, 특히 진화론을 기계로 확장한 특유의 견해를 극적으로 피력하기 위함임을 확인할 수 있다. 그러니까 이 소설의 백미는 〈기계 사이의 다윈〉 같은 에세이 3편을 약간 손질하여 포함시킨 23~25장의 '기계의 책The book of the machines'이다.

> 오래된 기계들을 전시하는 박물관과 모든 예술과 과학, 발명의 분명한 퇴보에 대해 물어보았다. 약 400년 전만 해도 이들의 기계에 관한 지식이 우리보다 훨씬 뛰어나고 대단히 빠르게 진보했다고 한다. 그때 가장 학식 있는 가설학hypothetics 교수가 기계는 궁극적으로 인류를 대체하

게 되며, 식물에 비해 동물이 우세하듯이 기계는 동물보다 우월하고 동물과는 다른 생명력을 지닌 약동하는 존재가 될 것임을 입증하는 뛰어난 저서(나중에 이 책의 내용을 발췌해서 알려주겠다)를 발표했다. … 결국 271년 이상 사용되지 않은 모든 기계가 말소되었으며, 기계 개량이나 발명은 법률상 최악의 범죄라 여겨지는 발진티푸스의 고통으로 간주되었다.(9장)

《에레혼》의 주인공은 에레혼 사람들이 '과거에 일상적으로 사용되던 많은 기계 발명품을 파괴하였던 혁명운동의 전말에 대해 상세하게 알게 되는데'(22장), 이는 에레혼에서 강력한 러다이트Luddite 운동이 일어났음을 암시한다. 러다이트는 산업혁명의 물결이 몰려오자 1811년에서 1816년 사이에 영국에서 기계파괴 운동을 조직적으로 전개한 노동자들이다. 이를테면 에레혼에서는 산업혁명에 반대하는 또다른 혁명이 발생한 셈이다.

몇 년간 심한 내전이 있었고, 인구도 절반으로 줄었다고 한다. 정당은 친기계파와 반기계파로 나뉘었으며, 반기계파가 우세하면서 상대편을 가차 없이 숙청해 흔적을 모조리 없애버렸다.(22장)

가설학 교수가 집필하여 러다이트 혁명의 단초가 된 논문의 개요를 《에레혼》의 주인공이 영어로 번역해놓은 것이 다름아닌 '기계의 책'(23~25장)이다.

증기기관에 의식 같은 것이 없다고 누가 말할 수 있겠는가?(23장)

버틀러는 '기계 의식mechanical consciousness'이라는 용어를 동원해서 기계가 자연선택에 의해 사람처럼 의식도 갖게 될 가능성을 제기한다. 이를테면 인공지능artificial intelligence의 궁극적인 목표를 역사상 처음으로 제시한 셈이다.

한 기계가 또 다른 기계를 체계적으로 재생산할 수 있다면 그 기계에 생식계통이 있다고 말할 수 있겠다.(24장)

버틀러는 자식을 낳는 기계, 곧 자기증식self-reproduction 기계의 개발 가능성을 암시한다. 이를테면 인공생명artificial life이 학문으로 출현할 것을 예언한 셈이다.

어쨌거나 에레혼에서 모든 기계가 자취를 감추게 된다. 기계의 부재absence of machine는《에레혼》의 핵심 주제이다.

인간의 영혼은 기계 덕분에 가능하다. 어찌 보면 인간은 기계로 만들어진 존재이기도 하다. 인간은 자신이 생각하는 대로 생각하고 느끼는 대로 느끼는데, 이는 기계가 인간에게 초래한 작업을 통해서이다. 기계와 인간은 서로에게 필수적인 존재이다. 이 사실 때문에 우리는 기계의 완전한 멸절을 제안하지 못하지만, 기계가 더욱 완벽하게 우리를 독재하지 못하게끔 우리에게 없어도 될 만큼은 기계를 파괴해야 한다고 주장한다.(24장)

버틀러는 가설학 교수의 논문을 빌려 '기계가 인간보다 우위를 점했다는 사실이 명백해져서'(24장), '에레혼 전역에서 기계가 파괴되었다'(25장)고 진술한다.

3

《에레혼》은 문학작품임에도 과학기술의 역사에 정통한 사람들의 주목을 받게 된다. 버틀러가 다윈 진화론의 영향을 받아 기계도 생물의 진화와 매우 비슷한 방식으로 발전했다는 생각을 펼쳤기 때문이다. 가령 미국의 역사학자인 조지 바살라(1928~)는 1988년에 펴낸 《기술의 진화The Evolution of Technology》에서 《에레혼》에 대해 다음과 같이 언급한다.

> 버틀러의 영향은 로봇이나 컴퓨터와 같은 자기복제 능력이 있는 기술의 새로운 양식에 의해서 인류가 밀려나가거나 또는 인간과 기계 사이의 새로운 공생적 관계의 도래를 예견하는 현대의 사변적 에세이에서도 분명하게 드러난다.

바살라의 또 다른 언급이다.

> 버틀러는 우리가 기계의 진보를 저지시킬 수 없기 때문에 단념하고 스스로 우리보다 우월한 존재에 대해서 노예의 지위를 받아들이는 편이 나을 것이라고 충고한다.

미국의 과학기술사 저술가인 조지 다이슨(1953~) 역시 버틀러가 인공지능과 인공생명의 미래를 예언한 사실을 높이 평가하면서 1997년에 펴낸《기계 사이의 다윈Darwin Among the Machines》에서 버틀러를 다음과 같이 평가한다.

> 버틀러는 전기통신telecommunication의 발전이 사람 사이의 지능 교환을 촉진하면서 기계 사이의 지능 교환도 가능하게 한다는 것을 알고 있었다.

《에레혼》은 현대철학에도 영향을 미친다. 가령 프랑스 철학자인 질 들뢰즈(1925~1995)는 '기계의 책'에서 영감을 얻어 특유의 기계 개념을 창안했으며, 1972년에 프랑스 철학자인 펠릭스 과타리(1930~1992)와 함께 출간한《안티 오이디푸스L'Anti-Œdipe》에서 모든 '욕망'을 '기계'로 설명한다.

미국의 역사학자인 브루스 매즐리시(1944~)는 1993년에 인간과 기계의 공진화co-evolution를 다룬 저서《네 번째 불연속The Fourth Discontinuity》에서《에레혼》을 기계의 진화론적 관점에서 상세히 분석한 뒤 다음과 같이 끝을 맺는다.

> 기계에 관한 버틀러의 노작은 심각한 토론 주제의 목록에서 사라진 듯하다. 하지만 이 책이 다루는 인간, 동물, 기계의 연속이라는 관점에서 볼 때, 이 주제는 다시 논의되어야 할 것이다. 고백하건대, 나는 버틀러라는 인간을 좋아하지 않는다. 그럼에도 불구하고 그의 직관은 중요하고 심원하다.

2017년 12월, 문재인 정부의 국정 지표인 4차산업혁명의 핵심기술로 설정된 인공지능에 대한 관심이 뜬금없이 광풍처럼 몰아치는 한국 사회에서 146년 만에 소개되는 《에레혼》에 대해 어떤 반응이 나타날지 궁금하지 않을 수 없다.

※ 더 읽을거리 (국내 출간순)

《사람과 컴퓨터》 (이인식, 까치, 1992)

《인공생명Artificial Life》 (스티븐 레비, 김동광 옮김, 사민서각, 1995)

《기술의 진화The Evolution of Technology》 (조지 바살라, 김동광 옮김, 까치, 1996)

《네 번째 불연속The Fourth Discontinuity》 (브루스 매즐리시, 김희봉 옮김, 사이언스북스, 2001)

《유토피아 이야기》 (이인식, 갤리온, 2007)

《지식의 대융합》 (이인식, 고즈윈, 2008)

《창조의 엔진Engines of Creation》 (에릭 드렉슬러, 조현욱 옮김, 김영사, 2011)

〈들뢰즈의 비인간주의 존재론〉 (김재인, 서울대 박사학위 논문, 2013)

《안티 오이디푸스L'Anti-Œdipe》 (질 들뢰즈·펠릭스 과타리, 김재인 옮김, 민음사, 2014)

《라이프 3.0Life 3.0》 (맥스 테그마크, 백우진 옮김, 동아시아, 2017)

Darwin Among the Machines, George Dyson, Perseus Books, 1997

The Utopia Reader, Gregory Claeys & Lyman Tower Sargent (ed.), New York University Press, 1999

차례

EREWHON

OR

OVER THE RANGE

"Τοῦ γὰρ εἶναι δοκοῦντος ἀγαθοῦ χάριν πάντα πράττουσι πάντες."
—Arist. *Pol.*

"There is no action save upon a balance of considerations."
—(*Paraphrase*).

LONDON
TRÜBNER & CO., 60 PATERNOSTER ROW
1872

초판본 서문

저자는 에레혼이 모두 단모음인 3음절의 단어, '에-레-혼Ĕ-rĕ-whŏn'으로 읽히길 바란다.

재판본 서문

독자 여러분의 성원에 힘입어 단기간에 《에레혼》을 기대 이상으로 판매할 수 있었고, 그 덕분에 재판본은 필요한 수정을 가하고 적절한 부분에 일부 내용을 추가하게 되었다. 추가하는 내용은 많지 않으며, 앞으로 더 이상은 손을 대지 않으려고 한다. 여기에서 《미래의 인종The Coming Race》을 짚고 넘어가야 할 텐데, 사실 그 책이 성공한 덕분에 《에레혼》도 성공할 수 있었다. 결과적으로 그렇게 되기는 했지만, 이는 실수라 하지 않을 수 없다. 마지막 20페이지와 여기저기에 한두 문장씩 추가할 내용 정도를 제외한 《에레혼》이 탈고된 뒤 《미래의 인종》의 첫 광고가 나왔고, 그 광고가 다루는 내용이 내 책과 비슷하다는 것을 지인에게서 듣게 되었다. 1871년 5월 1일, 한 유명한 출판사에 《에레혼》을 검토해달라고 부탁했다. 그 뒤 해외에서 그 출판사가 내 원고의 출간을 거절했다는 소식을 듣고 6, 7개월 정도 방치해두었다. 그동안 이탈리아의 벽촌에서 지내면서 《미래의 인종》은 한 자도 보지 않았고 서평도 본 적이 없다. 본국에 돌아온 뒤에도 일부러 찾아보지 않은 채 내 마지막 교정 원고를 인쇄업자에게 넘겼다. 그러고 나서 비로소 그 책을 읽었다. 내용이 무척 재미있기는 했지만, 완전히 독립적인 두 책 사이에 유사점이 많다는 데 크게 놀랐다.

내 책에서 기계에 대한 장章들을, 다윈 씨의 이론을 불합리한 것으로 축소하려는 시도 정도로 폄하하려는 몇몇 비평에 대해 심히 유감으로 생각한다. 그런 비평은 내 의도와 완전히 동떨어졌으며, 다윈 씨를 비웃는 그 어떤 시도보다도 혐오스러울 뿐이다. 그러나 나 자신은 그 오해에 감사한다는 사실 역시 고백해야겠다. 그 오해가 없었다면 내 의도가 제대로 파악되지 못했을 터이기 때문이다. 나는 구차하게 설명을 늘어놓으면서 기계에 대한 장들을 빈약하게 만들고 싶지 않다. 그리고 다윈의 이론이 아무런 해도 입지 않으리라는 사실도 잘 알고 있다. 다만 내가 가장 깊이 찬미하는 내용을 오히려 내가 비웃는다고 오해를 받고 있는데, 그 정도가 얼마나 더 심해질지 궁금할 따름이다. 다만 비유를 그럴듯하게 오용한 사례로서 가장 당연하게 비난받아야 할 책을 어느 비평가도 떠올리지 못했다니 놀라울 뿐이다. 여기에서 그 책을 언급하지는 않겠지만 이 정도 암시로도 충분하다고 생각한다.

내가 사람들이 자신의 행동에 대해 책임을 질 필요가 없다고 주장했다고 평가하는 사람들이 있는데, 나는 그런 의견도 존중한다. 그러나 그렇게 행동하는 사람은 자비를 베풀 가치도 없는 적이다. 나는 충분히 명료하다고 생각하지만 그럼에도 불평분자에 대한 장에서 내용을 약간 추가했는데, 이로써 더 이상의 실수는 없으리라 생각한다.

한 익명의 독자(필기체로 보아 성직자로 추정된다)가 라틴어 문법을 인용할 때는 아주 정확해야 한다면서, 'agricolæ' 대신 'agricolas'로 써야 한다고 지적했다. 그는 명사의 제4격을 비롯해 다른 것들에 대해서도 덧붙였는데, 여기에서는 인용하지 않겠지만 무척 불편했다. 고의나 무지로, 혹은 펜이 그만 미끄러지는 바람에 잘못 인용했다고 말해야겠지만, 그럼에도 요즘 기준에 따르면 진리의 모든 것을 포용하는 무한의 지대에 한계를 지우는 것이 가혹하다는 점은 인정받을 수 있을 것이다. 또한 이성적으로 추측해본다면, 잘못된 인용을 야기한 그 세 부분이 각기 명백한 실수였음이 드러날 것이다. 옳은 것처럼 보이면서도 틀린 것들을 글로 쓰는 기술이 크게 명성을 얻었고, 많은 독자가 그런 내용을 안일하게 받아들이기 때문에 나로서는 그러한 길에 대한 유혹을 무시할 수 없을 정도다. 그러나 라틴어 문법은 젊은 세대가 예민하게 느낄 주제여서 나도 이제 'agricolas'라고 쓰고 있다. 또한 (유감이 없는 것은 아니지만) 'infortuniam'이라는 단어도 쓰지 않기로 했으며, 이와 유사한 부정확한 정보들은 감히 건드리지 않겠다.

이 책의 일관되지 않은 부분들(상당히 많이 존재한다는 걸 나도 알고 있다)에 대해서는 독자 여러분의 관용을 바라는 바이다. 그 비난은 주로 에레혼 사람들이 받아야 하는데, 그들은 이해하기 매우 힘든 존재이기 때문이다. 그들은 아무리 규범에서 벗어나는 상황과 맞닥뜨려도 불편해하지 않는 것 같다. 또한 그들은 주머니에서 실제로 돈이 떨어지는 것을 보지 않거나 당장 육체적인 고통을 겪지 않는 한, 자신의 우둔함에서 비롯된 돈 낭비와 불행을 다루는 그 어떤 논쟁에도 귀를 기울이지 않을 것이다. 하지만 그 때문에 내가 문제를 제기할 까닭이 없어졌다. 왜냐하면 나는 그들을 평생 자기 자신을 속이는 자라고 면전에서 비난했고, 그들도 그 말이 사실이지만 개의치 않는다고 말했기 때문이다.

내 모험담에 베풀어준 비평가와 독자 여러분의 관대함과 배려에 감사하는 것으로 글을 맺는다.

1872년 6월 9일

서문

이 책의 개정증보판을 출간한 그랜트 리처즈 씨가 나에게 이 책의 집필 배경에 대해 간단히 이야기해달라는 요청을 해왔다. 그래서 30년이라는 세월이 흐르긴 했어도 내가 기억하는 바를 여기 적어보려 한다.

《에레혼》의 첫 부분은 '기계 사이의 다윈'이라는 제목의 기사로 셀라리우스Cellarius라는 필명으로 작성했다. 뉴질랜드의 캔터베리 프로빈스(당시 지명)에 있는 어퍼 랑기타타 지역에서 이 글을 썼고, 원문은 1863년 6월 13일 크라이스트처치에서 〈프레스〉에 게재되었다. 이 글의 사본이 영국박물관에 내가 쓴 다른 책들과 함께 소장되어 있다. 《에레혼》의 처음 몇 장 역시 어퍼 랑기타타에서 썼으며, 내 편의대로 수정을 가했다.

위에서 언급한 기사와 같은 주제의 두 번째 기사가 얼마 뒤 〈프레스〉에 게재되었지만 그 사본은 내가 가지고 있지 않다. 다른 관점에서 기계를 다룬 이 글은 현재 《에레혼》 판본 23~25장인 '기계의 책'의 근간이 된다. 이 관점은 1877년 11월 《인생과 습관Life and Habit》에서 내가 제기한 이론으로 이어진다. 나는 (개인적으로 상당히 건전하다고 생각하는) 이 이론의 기본 개요를 이 책 27장에서 에레혼의 철학자를 통해 표현해보았다.

1865년에 나는 '기계 사이의 다윈'을 보완해서 런던에서 G. J. 홀리에이크가 발간하는 〈리즈너Reasoner〉에 발표했다. 이 글은 1865년 7월 1일 '기계의 창조The Mechanical Creation'라는 제목으로 게재되었으며 영국박물관에 소장되어 있다. 이를 다시 쓰고 확장하면서 《에레혼》 초판본의 형태에 이르게 되었다.

내가 쓴 《에레혼》의 그다음 부분은 '태어나지 않은 자들의 세계World of the Unborn'인데, 이 글의 초고를 홀리에이크의 신문사에 보내긴 했지만, 영국박물관에 소장된 〈리즈너〉에서 찾아볼 수 없기에 채택되지 않은 것으로 보인다. 나는 이 글이 1865년 7월 1일 이후에 〈리즈너〉와 동일한 성격의 다른 런던 신문에 게재되었다고 확신하지만 실제로 찾지는 못했다.

또한 이 시기에 나는 결과적으로 이 책 15장이 된 '음악은행'에 대한 글과 결핵에 걸려 재판을 받는 남자에 대한 글을 썼다. 이 네 편의 글은 각기 독립적이지만 1870년 이전에 《에레혼》과 관련해서 쓴 것이다. 1865년부터 1870년 사이에 나는 글쓰기를 거의 중단한 채 화가로서 성공하기만을 바랐지만 그 바람은 이루어지지 못했다. 영국 왕립학회의 전시회에 가끔 들를 무렵인 1870년 가을에, 내 친구인 고故 F. N. 브룸 경이 내게 지금까지 작성한 기사에 글을 추가해서 책으로 묶어보라는 제안을 했다. 그의 제안에 힘을 얻었지만 일요일에만 원고 작업했기 때문에 몇 달이 지난 후에 비로소 완성할 수 있었다.

재판본 서문에서 밝힌 대로 1871년 5월 1일 채프먼 앤드 홀 출판사Chapman&Hall에 원고를 보냈으며, 해당 출판사는 현존하는 작가들 가운데 최고의 평판을 얻고 있던 어느 작가의 조언으로 내 원고를 거절했다. 나는 원고를 보관하고 있다가 1872년 초에 트리뷰너Trübner 출판사에 보냈다. 채프먼 앤드 홀 출판사의 거절에 대해 되돌아보면, 나는 그 작가의 조언이 상당히 현명했다고 믿는다. 그는 내 원고가 지나치게 철학적이라 독자층이 제한적일 것이라고 조언했다고 한다. 이 원고를 평가하는 입장이었다면, 나 역시 같은 취지의 말을 했을 것이다.

《에레혼》은 1872년 5월 말에 출간되었다. 이 책이 예상치 못한 성공을 거둔 데에는 첫 호의적인 서평(4월 12일자 〈폴몰가제트Pall Mall Gazette〉와 4월 20일자 〈스펙테이터〉) 덕분이라고 생각한다. 또 다른 이유도 있었다. 《에레혼》이 호의적인 반응을 얻긴 했어도 그 후의 책들은 모두 완전히 사라져버린 것이나 다름없다고 친구에게 불평한 적이 있었는데, 그때 친구는 이렇게 답했다. "《에레혼》

은 어떤 특별한 매력이 있지만 자네의 다른 책에는 그런 매력이 전혀 없어." 그 매력이 뭐냐는 질문에 친구는 이렇게 답했다. "새로운 목소리, 그리고 미지의 목소리."

《에레혼》 초판본은 3주 만에 매진되었다. 인쇄용 주형이 없었지만 수요가 대단해서 곧 다시 준비가 되었다. 나는 사소한 부분을 수정하고 서문을 추가했다. 그 서문이 딱히 자랑스러운 것은 아니고, 경험이 없는 작가가 예기치 못한 성공으로 들떴을 경우 쓴 서문은 더군다나 신뢰해서는 안 된다고 생각한다. 주형이 준비되기 전에 소소하게 조금 더 변경했다. 1872년 여름 이후로 종종 새로운 판이 필요했기 때문에 당시 제작된 연판으로 인쇄되었다.

리처즈의 요청과 달리 내가 지나치게 길게 설명하지는 않았는지 우려가 되기는 하지만 몇 가지만 덧붙이도록 하겠다. 《에레혼》에서 계속 다시 고쳐 쓴 부분에 대해서는 꽤 만족하는 편이지만, 한 번에 쓰고 고치지 않은 부분에 대해서는 가능하다면 40~50쪽 정도를 덜어내고 싶다.

하지만 12년 정도 경과하면 저작권이 만료되기 때문에 그렇게 하지는 못한다. 따라서 문학적으로 우아하지 못하다는 근거로 책을 개정해야 했다(그런 부분이 예상 이상으로 많았다). 또한 새로운 출발을 위해 무시할 수 없는 분량을 추가해야 했다. 요컨대 저작권 문제였다. 그래서 50쪽을 덜어낸 다음, 천부적인 재능이나 영감 없이invitâ minervâ 약 60쪽을 더해야 했는데, 이는 리처즈 씨나 나 때문이 아니라 저작권법 때문이다. 이미 30년 전에 끝내고 수치스러운 부분이 많은 작품에 다시 손대는 작업이 쉽지는 않았지만, 이전 내용을 개선하려고 최선을 다했으며, 지난 30~40년간의 간극이 어떤 변화를 생성했는지는 최고의 비평가만이 알 수 있을 것이다.

마지막으로, 독자들이 《에레혼》과 《다시 찾은 에레혼Erewhon Revisited》의 문학기법에 상당한 차이가 있다고 본다면, 위에서 말한 대로 《에레혼》은 쓰는 데 10여 년이 걸린 데다가 아주 힘이 든 반면, 《다시 찾은 에레혼》은 1900년 11월부터 1901년 4월까지 비교적 짧은 기간 동안 수월하게 작업했다는 사실을 말씀드리고 싶다. 《에레혼》에는 그 기저가 될 만한 중심 개념이 없는 반면, 후속작은 대단한 기적의 효과를 실현시키려는 시도가 작품 전체를 이끌고 나간다. 《에레혼》에는 이야기라 할 만한 게 없고 주인공들에게 생명과 개별성을 부여하려는 시도도 거의 전무하다. 《다시 찾은 에레혼》에서 이 두 가지 결점이 상당 부분 해결되었기를 바란다. 《에레혼》과는 달리 《다시 찾은 에레혼》은 유기적이라고 할 수 있겠다. 문학적인 측면에서 이 후속작이 이전에 비해 향상된 버전이라고 여기지만, 그 모든 결점에도 불구하고 《에레혼》이 둘 중에서 더 낫다는 평을 듣지 못한다면, 그 역시 놀랄 일이다.

1901년 8월 7일
새뮤얼 버틀러

황무지

독자 여러분에게는 양해를 구하고, 내 선조들이나 혹은 내가 조국을 떠날 수밖에 없었던 상황에 대해서는 따로 언급하지 않으려 한다. 독자들에게는 지루하고, 나에게는 고통스러운 이야기가 될 것이기 때문이다. 다만 새로운 식민지에서 소나 양을 키울 만한 비옥한 땅을 발견하거나 아예 구입해서 영국에서보다 더 빠르게 돈을 모으고 싶다는 목적으로 고향을 떠났다는 점만 밝혀두겠다.

곧 드러나겠지만 이 계획은 성공하지 못했다. 대신 새롭고 기이한 것을 발견하긴 했는데, 금전적으로는 어떤 이득도 얻지 못했다.

솔직히 말하면, 내가 발견한 것을 이용해 셀 수 없을 만큼 막대한 이익을 얻어서 이 우주가 생성된 이후 가장 높은 지위에 오른 열대여섯 명처럼 성공하는 모습까지 상상해보기도 했다. 그러나 이런 목적을 달성하려면 무엇보다 돈이 많아야 하는데, 나는 이야기를 통해 사람들의 관심을 끌고 자비심이 많은 이에게 도와달라고 설득하는 방법 말고는 돈 버는 법을 모른다. 그래서 이런 희망을 품고 내 모험담을 발표하려 한다. 모든 사실을 밝히지 않으면 사람들이 내 이야기의 진위에 대해 의심을 품을 것 같다는 두려운 마음이 생김과 동시에 나보다 돈이 많은 사람들이 먼저 이야기를 하지 않을까 걱정도 든다. 결국 다른 이에게 선수를 빼앗기느니 의심받는 위험을 택하기로 했다. 그래도 영국에서 어디로 떠났는지, 또 좀 더 고되고 힘든 여행을 시작했던 장소가 어디였는지는 밝히지 않겠다.

다만 진실은 그 자체로서 영향력이 있으며, 내 이야기 곳곳에 드러나는 증거들이 정확성을 증명해주리라는 확신을 위안으로 삼는다. 정직한 사람이라면 이 글을 쓰는 나 역시 정직하다는 사실에 의심을 품지 못할 것이다.

1868년 말에 이르러 드디어 목적지에 도착했지만, 어느 반구인지 단서를 남기지 않기 위해 계절은 굳이 언급하지 않겠다. 내가 도착한 식민지는 지난 8, 9년간 모험심이 넘치는 이주자에게도 개방되지 않았고, 해안에 출몰하던 몇몇 야만 부족을 제외하면 사람이 전혀 살지 않는 곳이었다. 유럽인에게 알려진 지역이라고는 약 1,300킬로미터 길이의 해안선(상당한 규모의 항구가 서너 개 위치할 규모)과 내륙 쪽으로 300~500킬로미터 펼쳐진 지대뿐이었다. 이 지대는 높이 치솟은 산맥에 닿아 있었다. 먼 평원에서도 정상에 뒤덮인 만년설이 잘 보이는 산맥이었다. 남북으로 뻗은 이 지역의 해안도 잘 알려져 있었지만, 어느 방향으로 800킬로미터를 가든 항구 하나 나오지 않는 곳이었다. 게다가 나무숲이 울창한 산맥이 바다까지 이어지는 바람에 그 누구도 정착할 생각을 품지 못했다.

그러나 만灣으로 오면 이야기가 달라진다. 상당수의 항구가 들어서 있고, 삼림이 우거지거나 지나치게 무성하지는 않았다. 농업에 맞춤했으며, 무엇보다 전 세계에서 가장 아름다운 초원이 끝없이 펼쳐져 있어서 소나 양을 키우기에는 제격이었다. 날씨는 온화해서 건강에 좋은 데다가 들짐승이나 위협적인 원주민도 거의 없고, 소수의 원주민은 머리가 좋고 온순했다.

상황이 이러했으니 유럽인들이 이 지역에 첫발을 들이자마자 이런 이점을 활용한 것도 당연했다. 소와 양을 들여와서 놀라운 속도로 키우기 시작했고, 200~400제곱킬로미터에 달하는 지역을 차지한 사람들은 점점 더 내륙으로 진입해 들어갔다. 결국 몇 년 뒤 해안과 산맥 사이에 주인이 없는 땅은 남아나지 않게 되었고, 30~40킬로미터 간격으로 소나 양을 키우는 목장이 들어섰다. 거침없는 식민지 이주민들을 가로막는 것이라고는 험준한 산맥뿐이었다. 산맥 인근 지역은 1년 중 눈이 오는 기간이 너무 길어서 양들이 종종 길을 잃었고, 땅도 척박했다. 더욱이 양털을 선박까지 운반하는 비용 때문에 적자가 날 지경이고, 풀도 거칠고 텁텁해서 양들이 제대로 자라지도 못할 것 같았다. 그럼에도 사람들은 포기하지 않았고, 결국 놀랄 만한 성과를 이루었다. 그들은 점점 더 산맥 안쪽으로 밀고 들어가다가 앞의 산맥과 뒤의 더 높은 산맥 사이로 펼쳐진 드넓은 대지를 발견했다. 그런데 이 뒤쪽의 산맥도 가장 높은 것은 아니었다. 평원에서 멀리 바라보이는 산맥이야말로 눈이 가장 많이 오고 또 가장 높은 산맥이었다. 바로 이 대지의 목축업은 극한의 한계에 도전하는 영역이었다. 나는 이곳에 새로 생긴 작은 목장에 견습생으로 들어왔다가 곧 정직원이 되었다. 당시 내 나이는 겨우 스물둘이었다.

나는 새로 살게 된 지역과 그곳의 생활 방식이 맘에 들었다. 산 정상까지 올라갔다가 다시 평지로 내려오면서 울타리 밖으로 넘어간 양은 없는지 확인하는 것이 하루 일과였다. 양 떼 곁에 바로 붙어 있을 필요는 없었고, 억지로 양들을 한 무리로 모을 필요는 없었지만 혹시나 무슨 문제가 없는지 여기저기에서 양들을 살피면서 확인해야 했다. 양은 총 800마리가 안 되는 데다가 모두 암컷이어서 상당히 온순했기 때문에 일 자체는 그다지 어렵지 않았다.

양 중에는 검은 암컷 두세 마리와 검은 새끼 한두 마리, 눈에 띄는 반점이 있는 서너 마리 등 특별히 잘 보이는 놈들이 꽤 있었다. 우선 이런 양들이 모두 있는지 확인한 뒤 남은 양 떼의 수가 적당히 많아 보이면 대체로 양호하다고 생각하며 마음을 놓았다. 나중에는 200~300여 마리 가운데 20마리 정도만 없어져도 금방 알아차릴 정도가 되었다. 늘 망원경을 챙기고 개를 데리고 다녔으며 빵과 고기, 담배는 상비해두었다. 양 떼들이 주로 다니는 산이 워낙 높았기 때문에 내 일과는 이른 새벽에 시작해서 밤이 되어야 끝났다. 그나마 겨울에는 산이 눈으로 덮여서 위에서 양들을 감시할 필요가 없었다. 맞은편 산에서 양의 똥이나 발자국을 발견하게 되면 그 뒤를 따라가서 양을 찾아와야 하지만(시냇물을 따라 협곡이 있어서 그야말로 막다른 골목이었다) 실제로 그런 적은 단 한 번도 없었다. 양들은 늘 다니던 길로만 다녔는데, 녀석들의 습관이기도 하고, 또한 내가 오기 전인 이른 봄에 풀에 불을 놓은 덕에 새로 자란 파릇파릇하고 맛있는 풀이 많기 때문이기도 했다. 반면 맞은편 땅은 한 번도 불을 놓은 적이 없어서 풀이 거칠었다.

일상은 단조로웠지만 건강에는 무척 좋았다. 건강이 좋으면 다른 일에 그다지 신경이 쓰이지 않는 법이다. 내가 살던 지역은 생각 이상으로 훌륭했다. 산기슭에 앉아 있으면 구불구불 이어진 구릉지와 멀리에서 하얀 점처럼 보이는 오두막 두 채, 그 뒤로 작고 네모난 텃밭이 내려다보였다. 오두막 위로는 푸른 귀리가 자라는 방목장이 있었고 아래로는 너른 평지의 뒷마당과 양털을 깎는 헛간이 있었다. 망원경을 거꾸로 들고 바라본 풍경 같기도 했고, 워낙 시야가 탁 트인 덕에 발밑으로 거대한 모형이나 지도가 펼쳐진 기분도 들었다. 구릉지 너머 평원으로 큰 강이 흘렀고, 강 너머에는 겨울에 내린 눈이 아직도 녹지 않고 하얗게 쌓인 산들이 높이 치솟았다. 강을 거슬러 올라가면 3킬로미터 너비의 강바닥 너머로 시냇물들이 굽이굽이 이어지다가 거대한 두 번째 산맥의 좁은 협곡 사이로 사라졌다. 그 뒤로도 산맥이 있다는 것은 이미 알고 있었지만, 내가 머무는 산의 정상 근처까지 올라가지 않으면 볼 수 없었다. 구름 한 점 없을 때면 산 정상에서부터 수 킬로미터 떨어진 거리의 눈 덮인 산이 정상을 고스란히 드러냈고, 나는 그 산이 세계에서 가장 높은 산일 거라고 생각했다. 완벽한 고독 같던 그 풍경을 아직도 잊을 수 없다. 까마득하게 멀리에서 보이는 농가만이 사람의 흔적을 보여줄 뿐이었다. 산과 평원, 강, 하늘은 끝없이 광대하고, 하얀 하늘을 배경으로 때로는 구름들 사이로 검은 산들이 드러났다. 무엇보다 내가 서 있는 산 정상이 안개로 자욱하게 둘러싸였을 때 더 높은 곳을 올려다보면, 백색의 안개 바다를 뚫고 수많은 산 봉우리가 섬처럼 우뚝 솟아난 절경을 감상할 수 있었다.

지금 이 글을 쓰면서도 다시 거기에 가 있는 기분이 든다. 구릉지와 오두막, 평원, 강을 내려다보면서 멀리에서 물이 포효하는 고독의 길을 떠올린다. 아, 절경이다. 그토록 외롭고도 장엄한 곳이라니. 하늘에 구슬픈 회색 구름이 떠 있고, 산기슭에서 길 잃은 어린 양이 자그마한 가슴이 깨질 것처럼 우는 소리를 제외하면 사방이 적막하다. 비루하고 늙은 양이 지친 몸을 이끌고 초라한 몰골로 거칠게 그르렁대며 매혹적인 초원을 터벅터벅 가로질러온다. 암양은 도랑을 찬찬히 살펴보다가 멀리에서 무슨 소리라도 들리면 고개를 쳐들고 가만히 귀를 기울인다. 아하! 두 녀석이 서로를 향해 달려간다. 슬프게도 두 녀석 다 운이 없다. 암양이 새끼양의 어미가 아니니 둘은 아무 관계도 아니라 결국 냉랭하게 헤어진다. 녀석들은 각자 더 크게 울고, 더 헤매야 한다. 운이 좋다면 밤이 되기 전에 혈육을 찾겠지. 백일몽은 이제 접어두고 내 이야기로 돌아가야겠다.

강 멀리 상류와 두 번째 산맥 뒤로 과연 무엇이 있을지에 대한 생각을 떨칠 수 없었다. 수중에 돈은 없지만, 작업하기 괜찮은 땅을 발견할 수만 있으면 돈을 빌려서라도 그 땅을 구입하고 자수성가했다고 여길 수도 있겠지. 물론 산맥은 무척 광대해 보였고, 산맥을 관통하거나 넘어갈 길도 없어 보였다. 하지만 아직 아무도 그 지역을 탐험해보지 않았으니, 어떻게 해서든 길을 뚫어서(심지어 말 떼가 오고 갈 통로까지 만들면 더욱 좋으련만) 멀리에서는 도저히 접근 불가능해 보이는 여러 지역으로 들어갈 수만 있게 된다면 어떨까. 강의 엄청난 규모로 짐작하건대 내지의 물기를 모두 빨아들인 게 분명했다. 적어도 내가 보기에는 그러했다. 양들을 내지로 더 깊이 데려가는 것은 미친 짓이라고 다들 말했지만, 겨우 3년 전만 해도 지금 내가 일하는 목장이 위치한 땅에 대해서도 똑같이 반대의 목소리가 높았다. 산기슭에 앉아 쉴 때나 양 떼를 돌보며 산을 돌 때마다 이런 생각들이 머리를 맴돌며 따라다녔다. 생각이 점차 부풀어 오르다가 결국에는 양털 깎기를 끝낸 후에 더 이상 고민하지 말고 식량을 짊어지고 말을 타고 직접 가봐야겠다는 결심을 하게 되었다.

머리를 맴도는 생각 너머로 거대한 산맥에 대한 의문도 들었다. 그 너머에 과연 무엇이 존재할까? 아, 그곳에 대해 아는 사람이 정말로 아무도 없을까? 그 건너편에 사는 사람들을 제외하면(과연 누가 살기는 사는 것일까?) 그곳에 대해 아는 사람은 아무도 없었다. 내가 그곳으로 건너갈 수 있으리라는 희망을 품을 수 있을까? 그러기만 한다면 내가 바랄 수 있는 최고의 승리이건만. 아직은 이런 생각만으로도 벅찼다. 우선 가까운 산맥부터 시도해보고 어디까지 갈 수 있는지 탐색하기로 했다. 작업할 만한 땅을 찾지는 못하더라도, 금이나 다이아몬드, 구리 아니면 은이라도 찾을 수 있지 않을까? 바닥에 배를 깔고 누워서 시냇물을 마시면 모래 틈으로 작고 노란 알갱이들이 보이는데, 그 알갱이들이 혹시 금은 아닐까? 사람들은 아니라고 했다. 하지만 금은 늘 없다고들 하는 곳에서 노다지로 발견되곤 한다. 이곳에는 점판암과 화강암이 많은데, 이런 암석 주변에 금도 함께 있는 법이다. 내가 머무는 바로 이곳은 아무리 돈을 많이 들여도 못 찾을 수 있지만 주산맥에는 많을지도 모른다. 내 머리를 가득 채운 이런 생각들을 도저히 떨쳐낼 수 없었다.

양털 깎는 헛간에서

드디어 양털을 깎는 철이 시작되었다. 양털 깎는 사람들 가운데 늙은 원주민이 한 명 있었다. 별명은 '초복Chowbok'이었지만 나는 그의 진짜 이름이 카하부카Kahabuka라고 생각했다. 그는 원주민의 추장 격인 데다가 영어도 조금 할 줄 알아서 선교사들과 무척 친했다. 그가 양털 깎는 사람들과 제대로 일하는 건 아니었고 일하는 시늉만 했다. 양털 깎는 철이면 마음껏 마셔댈 수 있는 그로그주를 얻어 마시는 것이야말로 그의 진짜 속셈이었지만, 술이 조금만 들어가도 금방 취하고 위험해지는 경향이 있어서 술을 많이 얻어 마시지는 못했다. 그래도 꾸준히 술을 마시러 왔고, 그에게서 뭐라도 얻어내려면 술보다 더한 뇌물은 없었다. 되도록 많은 정보를 얻어내기로 마음먹고 접근한 결과, 가까운 산맥에 대한 정보를 쉽게 얻을 수 있었다. 그가 직접 그 산맥에 가본 적은 없어도 그의 부족 대대로 전해 내려오는 이야기가 있다고 했다. 거기에는 양이 자랄 만한 땅이 전혀 없고, 성장이 더딘 나무와 얕은 강이 몇 있을 뿐이라고 했다. 그곳까지 접근하기 힘들긴 해도 길은 뚫려 있었는데, 그중 하나는 우리 강과 연결되나 하천 바닥을 따라 직접 이어지지는 않으며, 그곳의 협곡으로는 통행이 불가능하다고 했다. 초복은 그곳에 가본 사람을 본 적이 없다고 했다. 이쪽 지역으로도 충분하지 않느냐는 게 그의 생각이었다. 그러나 내가 주산맥에 대해 질문하기 시작하자 그의 태도가 급변했다. 그는 무척이나 불편해하면서 말을 얼버무리기 시작했다. 곧 주산맥에 대해서도 그의 부족에 전해 내려오는 이야기가 있다는 것을 알아챘지만, 아무리 구슬려봐도 한마디 정보도 알아낼 수가 없었다. 마침내 내가 술을 주겠다고 넌지시 말하자 그는 곧 동의하는 척했다. 내가 술을 주자 그는 냉큼 마셨지만 곧 취해서 잠이 들었는지 아니면 잠이 든 척을 했는지 아무리 세게 발길질을 해도 꿈쩍하지 않았다.

나는 술만 괜히 낭비하고 그에게서 아무것도 얻지 못해서 무척 화가 났다. 다음 날이 되자 그에게 술을 주기 전에 미리 정보를 얻어내지 못한다면 결국 아무 성과도 없을 것이라 생각해 마음을 단단히 먹었다.

드디어 밤이 찾아왔다. 양털 깎는 사람들 모두 일을 마치고 식사할 시간이 되었다. 나는 양철 잔에 럼주를 따르고 초복에게는 헛간으로 따라오라고 손짓을 했다. 그러자 그가 냉큼 내 뒤를 따라왔고, 아무도 우리 두 사람을 주목하지 않았다. 우리는 헛간에 자리를 잡고 수지양초를 켜서 낡은 병에 꽂고 양털꾸러미에 앉아 담배를 피웠다. 헛간은 넓고 구조는 마치 성당과 흡사해 보였다. 통로 양측으로 양 우리가 늘어서 있고 끝 상단에는 양털 깎는 사람들이 일하는 장소가, 더 멀리 뒤편에는 양털을 고르고 포장하는 공간이 더 있었다. 이곳에 오면 오래된 장소라는 느낌(새로운 땅에서는 이런 느낌이 무척이나 소중하다) 때문에 늘 기분이 좋았다. 사실 이 지역에서 가장 오래된 건물이라고 해봤자 7년 전에 세워진 헛간이고, 이 헛간은 고작 2년 전에 만들어지긴 했지만 말이다. 초복은 당장이라도 술을 얻어 마실 수 있다고 기대하는 척했지만, 우리 둘 다 상대가 무엇을 원하는지 잘 알고 있었다. 한 사람은 술을, 또 한 사람은 정보를 얻으려고 서로 눈치를 살피는 게임을 벌이는 중이었다.

우리의 게임은 녹록지 않았다. 초복은 두 시간이 넘도록 온갖 거짓말로 나를 구슬리려 했으나 결국 나를 전혀 설득하지 못했다. 우리는 상대와 정신적으로 힘겨루기를 했지만 누가 앞섰다고 할 수는 없었다. 그래도 초복이 결국에는 항복할 테니 조금만 더 버티면 그의 이야기를 들을 수 있겠다는 확신이 들었다. 추운 겨울에는 아무리 우유를 휘젓고 또 휘저어도 (내가 자주 해야 하는 일이었다) 버터가 생길 기미가 전혀 안 보일 때가 있다. 그러다가 불현

듯 크림이 만들어지기 시작한다는 것을 알리는 소리가 들리면 순식간에 버터가 완성된다. 나는 버터를 만들듯 초복을 계속 휘저었다. 마침내 그가 졸린 단계에 이르렀다는 신호가 나타났다. 조용히 계속 압박을 가하다 보면 결국 내가 이기게 되어 있다. 초복이 아무 말 없이 느닷없이 양털 더미 두 개(그는 힘이 엄청나게 셌다)를 마루 한가운데로 굴리더니 그 위에 십자가형으로 또 다른 더미를 쌓아올렸다. 그는 빈 양털 꾸러미를 낚아채서 망토처럼 어깨에 두르고 더미 꼭대기에 뛰어올라 앉았다. 곧 그는 완전히 다른 사람처럼 변하기 시작했다. 당당한 어깨가 축 처지고, 두 발꿈치와 두 엄지발가락이 닿을 정도로 양발을 붙였다. 그가 두 팔과 두 손을 몸통에 나란히 붙이자 손바닥이 허벅지에 닿았다. 이어 머리를 치켜들고 정면을 직시하더니 얼굴을 찡그리기 시작했는데, 아무리 잘 봐줘도 악마와 비슷해 보였다. 초복은 최적의 상태에서도 추남이었고, 지금은 그야말로 가증스러움을 넘어선 단계였다. 그는 양쪽 귀까지 입이 찢어질 정도로 모든 이를 드러내고 섬뜩하게 웃었다. 여전히 앞으로 고정된 그의 두 눈은 번득이고, 주름진 그의 이마는 사악해 보였다.

이런 내 설명이 초복의 외관에서 우스꽝스러운 면만 강조하는 건 아닌지 걱정이 된다. 사실 웃긴 것과 숭엄한 것은 가까운 법이며, 그로테스크하고 악마 같은 그의 얼굴은 숭엄하다고까지는 못해도 그에 근접하긴 했다. 겉으로는 재미있는 척했지만 실은 머리카락이 삐죽 솟고 온몸에 전율이 일었다. 그가 도대체 무슨 짓을 하려는 건지 도무지 헤아릴 수 없었다. 그는 섬뜩한 표정을 지은 채 돌덩이처럼 부동의 자세로 1분 정도 앉아 있었다. 바람처럼 나지막한 신음 소리가 그의 입술 사이로 흘러나왔는데 소리는 오르락내리락하다가 점점 더 커져서 비명처럼 들리더니 다시 조금씩 사그라졌다. 그가 더미에서 뛰어내려서 10이라고 말하는 것처럼 양손의 손가락을 쫙 폈다. 하지만 나로서는 그의 의도를 전혀 이해할 수 없었다.

나는 그의 행동에 기겁해서 입을 떡 벌렸다. 초복은 잽싸게 양털 더미를 제자리로 굴려놓더니 엄청난 두려움에 사로잡혀 몸을 부들부들 떨면서 다시 내 앞에 섰다. 마치 미지의 초인적인 힘에 대항해서 무서운 범죄를 저지른 자가 공포를 느끼는 듯한 모습이었다. 계속 산맥을 가리키며 고개를 끄덕이고 뭐라 중얼댔다. 그동안 그는 술이라고는 한 모금도 마시지 않았고, 곧 헛간 문을 열고 달빛이 비추는 밤을 향해 뛰쳐나갔다. 그는 다음 날 저녁때가 되어서야 돌아와서는 양처럼 온순한 태도로 나에게 굽실거렸다.

초복의 의도를 도무지 이해할 수 없었다. 내가 어떻게 이해하겠는가? 다만 초복 스스로 무시무시하면서도 진실한 어떤 의도를 갖고 있다는 것만이 느껴졌다. 그가 자신이 아는 바를 전부 주었다고 믿는 것으로도 충분했다. 사실 그의 행동은 어떤 이야기보다 더 나의 상상력을 자극했다. 눈으로 뒤덮인 거대한 산맥이 무엇을 감추고 있는지는 몰라도 모험을 떠나볼 만하다는 점에 대해서는 더 이상 의심의 여지가 없었다.

그 후 며칠간 초복과 거리를 두었고, 그에게 더 이상 질문하고 싶다는 의지를 표하지 않았다. 그러다가 그를 '카하부카'라고 부르면서 말을 걸자 그는 무척이나 좋아했다. 또한 나를 두려워하고 내 힘에 휘둘리는 사람처럼 행동했다. 양털 깎기가 끝나자마자 초복을 동행 삼아 탐험을 시작하기로 마음을 먹었다. 그래서 그에게 가까운 산맥에 며칠간 가볼 생각인데 함께 가지 않겠냐고 물었다. 밤마다 술을 주겠다고 약속하고 금을 찾을 수도 있다고도 넌지시 내비쳤다. 그가 두려워할까봐 주산맥에 대해서는 아무 말도 하지 않았다. 그와 함께 우리 강까지 갔다가 수원지를 따라 올라갈 작정이었다. 그곳에서도 모험을 계속하고 싶다는 용기가 생긴다면 나 혼자 계속 전진하고, 그렇지 않다면 초복과 돌아오면 된다. 드디어 양털 깎는 일이 모두 끝나고 양털을 보낸 뒤 휴가를 신청했다. 식량과 담요, 작은 천막을 챙기고 짐을 실을 늙은 짐말 한 마리와 안장도 구입했다. 말을 타고 가면서 강을 건널 얕은 여울을 찾을 것이다. 옆에서 초복이 짐말을 인도하고 여울도 함께 건널 것이다. 내 고용주가 차와 설탕, 선박용 비스킷, 담배, 소금에 절인 양고기, 양질의 브랜디 두어 병 등을 주었다. 얼마 전에 양털을 실어내려 보낸 짐마차가 돌아오면서 많은 식량을 가지고 올 예정이었기 때문이다.

이제 모든 준비가 끝났고, 목장 사람들의 배웅을 받으면서 우리는 여행을 떠났다. 1870년 하지가 막 지난 시점이었다.

강을 따라서

첫날은 별로 힘들이지 않고 강가의 커다란 저습지를 따라 걸어갔다. 사람들이 이미 두 번이나 들판에 불을 놓았기 때문에 앞길을 가로막는 울창한 덤불 같은 건 없었다. 하지만 종종 거친 대지가 나타났고, 상당히 긴 거리의 강바닥을 통과해야 했다. 밤이 될 때까지 40킬로미터 정도 전진했고, 밤이 가까워지자 강과 협곡이 만나는 지점에 천막을 쳤다.

천막을 친 계곡이 적어도 해발 600미터는 될 텐데, 그에 비해 날씨가 상당히 쾌적하고 따뜻했다. 하천 바닥은 너비가 2.4킬로미터 정도이고, 조약돌로 완전히 뒤덮여 있었다. 그 위로 구불구불 흐르는 강을 내려다보면 마구 뒤엉킨 리본이 햇빛에 반짝이는 것 같았다. 수심이 갑자기 깊어지고 수량도 늘어난다는 것은 이미 알고 있었다. 설사 몰랐더라도 멀리서부터 떠내려 왔을 나뭇가지와 낮은 지대에 쌓여 있는 수많은 식물과 암석의 흔적을 보면 때때로 격류가 몰아치는 지역임을 충분히 짐작할 수 있었다. 지금은 수위가 낮았지만 대여섯 줄기로 갈라져 흐르는 물살이 무척 빨라서 아무리 건장한 남성이라도 맨발로는 엄두도 못 내고 말을 타야지만 안전히 건널 수 있을 정도였다. 강 양안으로 몇만 제곱미터에 달하는 저습지가 강을 따라 점점 넓어지다가 결국은 내가 일하던 오두막에서 보았던 바로 그 너른 평원을 이룬다. 뒤쪽으로 두 번째 산맥의 가장 낮은 지맥이 솟아나다가 갑자기 산맥으로 이어진다. 그리고 약 800미터 떨어진 협곡이 시작되는 부분에서 강폭이 좁아지며 시끄러워진다. 이 풍경이 얼마나 아름다운지는 도저히 말로 표현하지 못할 정도였다. 협곡의 한쪽 면이 어스름한 저녁 그림자에 푸른빛을 띤 사이사이로 숲과 절벽, 언덕, 산 정상이 어렴풋이 보였고, 맞은편에서는 아직 황혼의 금빛이 반짝였다. 넓고 화려한 강은 쉬지 않고 흘러내렸고, 강의 작은 섬들 근처에 몰려 있는 아름다운 물새들은 워낙 유순해서 사람이 가까이 다가가도 피하지 않았다. 뭐라 말할 수 없이 순수한 공기와 아직 누구의 발길도 닿지 않은 지역의 장엄한 평화로움보다 즐겁고 상쾌한 조합이 또 있겠는가?

산에서 저습지까지 내려온 넓은 덤불 옆에 자리를 잡기로 하고 말들을 묶어두었는데, 매듭은 말들이 줄에 엉키지 않을 정도로만 느슨하게 해두었다. 말들이 강을 따라 내려가버릴지도 모른다는 우려에 감히 풀어두지는 못했다. 그러고 나서 나뭇가지를 모아 불을 붙였다. 장작이 활활 타오르자 물을 채운 양철 잔을 올려놓고 끓였다. 물이 다 끓은 후에 두어 줌의 찻잎을 넣어 우려냈다.

그날에만 새끼 오리 여섯 마리를 잡았다. 어미 오리들이 물떼새처럼 요란하게 아픈 척을 하면서 우리를 새끼들에게서 멀리 떼어두려고 했기 때문에 오히려 잡기가 수월했다. 어미 새의 반대편으로만 가다보면 새끼들의 울음소리가 들려서 쉽게 찾을 수 있었다. 새끼들은 거의 다 자라긴 했어도 아직 날지 못했기 때문에 우리는 얼른 달려가서 붙잡았다. 초복이 새끼 오리들의 깃털을 뽑은 다음 불에 익혔다. 살코기를 잘라서 양철 냄비에 끓이는 것으로 식사 준비를 했다.

저녁식사를 마치자 어느새 주변이 어둑어둑해졌다. 고요하고 신선한 밤, 이따금 산새가 날카롭게 우는 소리, 활활 타오르는 불길, 나지막하게 강물이 흐르는 소리, 어둑한 숲, 그리고 우리 앞에 놓인 안장과 짐, 담요 등이 놓인 풍경이 마치 살바토르 로사Salvator Rosa나 니콜라 푸생Nicolas Poussin의 그림 같았다. 지금 그 장면을 회상해보자니 즐거움이 몰려오지만, 그 당시에는 얼마나 좋은지 잘 몰랐다. 우리가 일이 순조로울 때 그 순조로움을 알지 못하는 것과 마찬가지다. 이는 두 가지 측면이 있다. 우리가 순조로움을 안다면 곤궁함은 더 잘 알게 된다. 그런데 이나저나 모르는 사람이 많기는 매한가지인 것 같다. "오, 농부들이 자신의 행운을 알았더라면 얼마나 행복할까"라고 노래했던 시인은 사실 "오, 사람들이 자신의 사악함을 알았더라면 얼마나 불행할까"라고 노래했던 것일지도 모른다. 더욱이 우리가 무엇을 행하고, 무슨 고통을 겪고 있는지, 진실로 우리가 누구인지 볼 수 없기 때문에 사람들은 가장 심한 고통에서 멀어질 수 있다. 거울이 우리 겉모습만 비춰준다는 사실에 감사하자.

사방이 모두 자갈밭이긴 했지만 그나마 가장 부드러운 땅바닥을 골라서 엉덩이가 배기지 않도록 풀을 푹신하게 모아 깔고 담요를 두른 채 잠을 청했다. 한밤중에 깼을 때는 산을 환하게 비추는 별과 달을 올려다보았다. 강물은 여전히 빠르게 흘렀고, 말들이 서로 히힝 거리는 소리를 들으면서 녀석들이 아직 도망가지 않았다는 사실에 안도했다. 물론 앞으로 극복해야 할 어려움이 많겠지만 내 몸이나 마음 상태가 그리 신경 쓰이지는 않았다. 다만 말 위에서 며칠을 보낸 사람, 어쨌든 야외에서 며칠을 보낸 사람만이 느낄 수 있는 평화의 달콤함과 충일한 만족감을 느꼈다.

다음 날 아침에 일어나보니 전날 밤에 우려냈던 찻잎이 어느새 양철 잔 바닥에 얼어붙어 있었다. 가을이 아직 시작되지도 않았는데 말이다. 전날 저녁 먹고 남은 것으로 아침식사를 하고 6시에 길을 나섰다. 30분 뒤 협곡에 도착해 그동안 내가 일하던 땅을 마지막으로 둘러보며 작별인사를 했다.

좁고 가파른 협곡에 들어섰다. 강은 너비가 몇 미터 정도로 좁아졌고, 무게가 족히 몇 톤은 나갈 바윗덩이에 물살이 요란하게 부딪쳤다. 커다란 강물 소리에 귀가 다 멀 지경이었다. 때로는 물살 때문에 때로는 위험한 암석 때문에 두 시간 동안 채 1킬로미터도 전진하지 못했다. 쉬지 않고 거품이 일어나는 거대한 폭포 옆처럼 바위마다 미끌미끌한 식물로 뒤덮여서 축축하고 습한 냄새를 풍겼다. 대기는 끈적끈적하고 차가웠다. 이런 길을 계속 걸어가는 말들을 보고 감탄할 정도였다. 특히 짐을 짊어진 말의 사정은 더욱 참담했으나 이제 와서 돌아가기도, 그렇다고 더 전진하기도 두려운 상황이었다. 5킬로미터 정도 더 아슬아슬하게 가다가 정오 무렵에야 간신히 협곡이 약간 넓어지고 지류의 계곡에서 작은 시내가 흘러나왔다. 절벽들이 벽처럼 우뚝 서 있었기 때문에 강의 본류로 더 이상 전진할 수 없었다. 결국 우리는 옆의 시내를 따라 올라갔는데, 초복은 여기가 바로 자신의 부족에 전해 내려오는 통행로가 분명하다고 여기는 것 같았다. 실제적인 위험은 줄어들었지만 몸은 무척 피곤했고, 바위와 엉킨 식물을 뚫고 갖은 고생을 하며 간신히 작은 시냇물의 근원이 되는 산등성이에 도착했다. 하늘에서 구름이 송두리째 떨어지듯이 폭우가 쏟아졌다. 어느새 6시였다. 12시간 동안 10킬로미터 정도를 걸었더니 완전히 녹초가 되었다.

산등성이에는 다 자란 거친 풀이 약간 나 있어서 말들의 영양식으로 제격이었다. 녀석들이 무척이나 좋아하는 아니스 열매와 방가지똥도 많았기 때문에 말들을 풀어놓고 야영 준비를 했다. 사람과 짐 모두 흠뻑 젖었고, 추위에 얼어 죽을 정도로 탈진할 상태였다. 주변의 작은 나뭇가지들로 불을 피우려 했는데 처음에는 계속 실패하다가 간신히 죽은 가지의 젖은 껍질을 벗겨내고 안쪽의 건조한 나뭇조각으로 불을 피웠다. 일단 불을 피운 후에는 불이 꺼지지 않도록 조심했다. 천막을 치고 불을 쪼이자 9시 무렵이 되었고, 그새 몸이 마르고 따뜻해졌다. 다음 날 아침은 날씨가 좋았다. 천막을 걷고 조금 전진하다가 전날에 비해 덜 힘든 쪽으로 내려가면 협곡 위로 열렸던 하천 바닥으로 다시 이어진다는 것을 알아챘다. 하지만 강 양안으로 덤불이 덮인 저습지 몇 군데와 전혀 쓸모없는 산들을 제외하면 양의 목초지로 가능한 장소가 없다는 점이 멀리에서도 분명했다. 그래도 주산맥이 보인다는 사실에는 의심의 여지가 없었다. 큰 폭포 같은 빙하가 산 옆으로 흐르고 실제로 하천 바닥까지 내려오는 것 같았다. 넓게 열린 강을 따라서 올라가면 길이 그리 힘들지 않을 것이다. 하지만 주산맥에 아무 희망이 없어 보이고, 협곡 위의 대지에 대한 내 호기심도 이제 채워졌기 때문에 그곳까지 굳이 올라갈 필요는 없어 보였다. 돈이 될 만한 것이 없었고, 혹시 광물이 묻혀 있을 수도 있겠지만 아래쪽 지역만큼이나 아무 징조도 보이지 않았다.

하지만 나는 그래도 강을 따라 올라갈 것이며, 피치 못할 사정만 아니라면 돌아오지 않으리라 결심했다. 되도록 멀리까지 모든 지류를 올라가면서 금을 찾아다닐 작정이었다. 초복은 나의 이런 모습을 보고 좋아했지만, 나로서는 금과 관련한 아무런 흔적조차 보이지 않아서 별 도리가 없었다. 그는 더 이상 주산맥을 두려워하지 않게 되었는지 주산맥에 접근하는 데 아무런 반대도 하지 않았다. 내가 건너는 데에는 아무 위험이 없으며, 자신이 이쪽에 있으면 두려울 게 없다고 생각한 모양이다. 게다가 우리가 금을 발견할 가능성도 있었다. 하지만 내가 주산맥을 향해 바짝 다가가는 것을 보고 사실 그는 이미 마음의 결정을 내리고 있었다.

탐험에 나선 지도 어느새 3주가 지났다. 시간이 이토록 빨리 흐른 적은 없었다. 밤에는 무척 추웠지만 날씨는 쾌청했다. 여러 갈래로 흐르는 시내 중에서 마지막 하나를 제외하고 모두 따라 올라가보았는데, 모든 시내는 충분한 인원과 밧줄이 없으면 도저히 올라갈 수 없는 빙하와 연결되었다. 결국 마지막 시내만이 남았다. 초복이 내가 자는 동안 일찍 일어나서 미리 5킬로미터 정도 올라가보았지만 더 이상 전진할 수 없었다고 큰소리치지 않았더라면 진작 가보았을 곳이다. 그가 거짓말쟁이라는 사실을 오래전부터 알고 있었기 때문에 내가 직접 가보기로 했다. 실제로 가보니 불가능하기는커녕 오히려 꽤 쉬운 길이었다. 8, 9킬로미터 정도 올라가자 끝에 산등성이가 보였고, 녹지 않은 눈이 수북이 덮여 있긴 했지만 빙하가 아니라 주산맥의 일부 같았다. 그때의 내 기쁨은 뭐라 형용할 수 없을 정도였다. 희망과 환희로 피가 끓어올랐다. 그러나 초복이 뒤에 따라오는지 확인하려고 고개를 돌린 순간, 나는 경악과 분노에 휩싸였다. 초복은 계곡을 따라 전속력으로 뛰어 내려가고 있었다. 나를 버리고 도망치려는 것이었다.

산등성이

뒤쫓으면서 애원하고 소리쳐봐도 초복은 내 말을 들은 척도 하지 않았다. 그를 쫓아가보았지만 그는 점점 멀어졌다. 결국 추적을 포기하고 돌에 걸터앉아 곰곰이 생각했다. 초복은 내가 이 계곡을 올라가는 것을 거짓말까지 해가며 막으려고 했지만, 다른 길은 기꺼이 따라왔다. 무슨 뜻이었을까? 내가 드디어 커다란 산맥의 신비를 풀 수 있는 길에 들어섰다는 뜻일까? 그렇다면 이제 어떻게 해야 할까? 겨우 단서를 포착한 것 같은데 이제 와서 돌아가야 하나? 말도 안 된다. 그렇다고 혼자 가는 건 위험하고 힘들다. 동행 없이 혼자서 바위투성이 협곡을 뚫고 출발지로 돌아가는 것도 어려울 판에 더 이상 전진하는 건 미친 짓이나 다름없다. 혼자가 아니라면 경미한 사고에 그칠 일도(발목이 삐거나 구덩이에 빠지더라도 다른 사람이 밧줄이나 손을 내밀어주면 쉽게 벗어날 수 있으니까)

혼자라면 목숨이 위태로울 수 있다. 고민을 거듭할수록 마음이 더욱 불편해졌다. 그래도 계곡 끝의 산등성이를 바라보고 있노라면 푹신한 눈 덕분에 올라가는 길이 비교적 쉽겠다는 생각이 들었고, 왔던 길을 되돌아가야 되지 않겠냐는 마음은 점점 사라졌다. 산 정상에 오르는 장면이 눈앞에 생생하게 펼쳐졌다. 고민에 열중한 끝에 일단은 전진해보았다가 진정 위태로운 지경에 이르면 그때 돌아가기로 결심했다. 어쨌든 산등성이의 정상까지 가보고 산의 맞은편에 대한 궁금증을 해결하고 싶었다.

어느새 오전 10시 30분경이어서 서둘러야 했다. 다행히 장비는 제대로 갖춘 편이었다. 계곡 낮은 쪽에 야영지와 말들을 놔두고 올라오면서 (내 습관대로) 사나흘 정도 사용할 물건들을 미리 준비해두었던 것이다. 초복이 그중 절반을 들고 있다가 모두 버리고 도망갔다. 그를 쫓아가던 길에 다시 그 장비를 찾았다. 초복이 도망치면서 짐을 모두 버린 덕에 그 몫의 식량까지 모두 챙기게 되었다. 비스킷과 담배, 차, 성냥 몇 개를 짊어질 수 있는 만큼 챙기고 (초복이 가질까봐 내 주머니에 미리 넣어두었던, 브랜디가 거의 가득 찬 술병도 함께) 담요로 단단히 말아서 길이 2미터에 직경 15센티미터 정도의 긴 꾸러미로 만들었다. 이 꾸러미의 양끝을 한데 묶어서 목과 한쪽 어깨에 걸쳤다. 그러면 짐을 어깨 양쪽으로 옮겨가며 쉴 수 있기 때문에 무거운 짐을 지기가 한결 수월했다. 양철잔과 작은 도끼까지 허리춤에 묶고 계곡을 오르기 시작했다. 초복 때문에 그동안 괜한 길을 헤맸던 게 화가 나면서도, 어쩔 수 없는 상황이 아니라면 절대로 돌아가지 않기로 단단히 마음을 먹었다.

얕은 여울이 많아서 시내를 이리저리 수월하게 건널 수 있었다. 1시에 산등성이 기슭에 도착하고 그 후 네 시간 동안 산을 계속 올랐는데, 뒤 두 시간은 눈으로 덮인 길이라서 그나마 편했다. 5시경, 10분만 더 오르면 정상에 다다를 듯한 기분에 그 어느 때보다 흥분되었다. 마침내 10분이 지나자 맞은편에서 차가운 바람이 몰아닥쳤다.

주변을 힐끗 보니 아직 주산맥에 도착한 것은 아니었다.

다시 둘러보니 수 킬로미터 아래에서 잔뜩 화가 난 진흙 갯벌 같은 무시무시한 물살이 요란한 소리를 내며 너른 강을 향해 돌진하고 있었다.

강물은 서쪽으로 흘렀고, 계곡 너머로는 더 이상 보이지 않았다. 다만 거대한 빙하가 강의 근원까지 이어졌다.

나는 다시 한 번 주변을 둘러보다가 그만 몸이 얼어붙을 것 같았다.

내 맞은편으로 산맥으로 쉬운 길이 보였고, 그 너머로 멀리 푸른 평원이 끝없이 펼쳐져 있었다.

쉬운 길이었냐고? 그렇다. 완벽하게 쉬운 길이었다. 거의 정상까지 초원이 이어지고, 두 빙하 사이로 너른 길이 펼쳐지고 폭이 넓은 시내가 거칠지만 다닐 수 있을 만한 구릉을 따라 흐르면서 큰 강과 합류해서 풀과 작은 관목이 자라는 저습지를 이루었다.

내가 본 광경이 사실인지 확인하기도 전에 어느새 맞은편 계곡에서 구름이 피어올라 평원을 가렸다. 나는 정말 운이 좋았던 것이다! 만약 5분만 늦게 도착했다면 구름에 가려서 평원이 있다는 사실조차 몰랐을 터였다. 구름을 보고 있자니 방금 전에 내가 본 풍경이 꿈인지 생시인지 점차 의심이 생기고 내 기억력이 의심스럽기 시작했다. 빈 공간을 채웠던 것이 먼 데서 일어난 푸른 수증기는 아니었는지 확신이 서지 않았다. 아래쪽 계곡의 강이 내가 일하던 목축지를 지나는 강의 북쪽 부근이라는 점만은 확실했다. 내가 길을 헤매다 잘못된 강에 이르긴 했어도 좀 더 북쪽에 위치한 유역의 방어 지대에서 취약한 부분을 찾아냈다고 할 수 있을까? 있을 법하지 않은 추측이었다. 이렇게 의심에 사로잡혀 있을 때 구름이 갈라지고 또다시 푸른 선이 보였다. 구릉이 높아지면서 점차 흐려지고 멀리 평원으로 물러나고 있었다. 분명, 내가 잘못 본 것이 아니었다. 그런데도 완벽하게 확신할 수 없었고, 갈라졌던 구름이 다시 뭉치면서 아무것도 보이지 않게 되었다.

이제 어떻게 해야 할까? 곧 밤이 될 텐데, 산을 오르느라 피로가 쌓인 몸은 가만히 서 있기만 해도 얼어붙을 지경이었다. 이 자리에 그대로 머물 수는 없었다. 뒤로 물러나거나 앞으로 나아가야 했다. 차가운 밤바람을 피할 암석을 찾아 브랜디를 한 잔 마시자 곧 몸이 풀리고 용기가 솟았다.

아래쪽 하천 바닥으로 내려갈 수 있을까? 절벽 때문에 앞길이 가로막힐 수도 있다. 하천 바닥에 내려가더라도 강을 건널 수 있을까? 수영을 잘하긴 해도 무시무시한 물살이 몰아닥치면 맥없이 휩쓸리겠지. 더군다나 짐도 있었다. 짐을 버리자니 추위와 굶주림에 죽을 테고, 짐을 지고 강을 건너자니 물에 빠져 죽을 터였다. 그래도 이런 심각한 문제들보다는 광대한 목축지를 찾을 수 있다는 희망(되도록 나 혼자 독점하겠다고 결심했다)이 나를 사로잡았다. 몇 분 뒤, 우리가 현재 거주하는 지역만큼이나 개발 가치가 있는 곳으로 들어가는 길을 드디어 찾아냈으니, 내 눈으로 직접 살펴봐야겠다는 결심을 다졌다. 실패의 대가로 목숨을 내놓는 한이 있더라도 말이다. 미지의 세계에 발을 디뎌 명성이나 돈을 얻거나 아니면 목숨을 잃거나. 사실 이토록 대단한 목표를 눈앞에 두고도 목숨이 아까워 고개를 돌린다면 대체 목숨에 무슨 가치가 있겠는가.

해가 한 시간 뒤에 질 것이니 지체하지 말고 당장 야영할 곳을 찾아야 했지만 한순간도 허비할 수 없었다. 발을 떼자 눈으로 덮인 길이 나왔는데, 눈 속으로 이동하면 넘어지지 않기 때문에 빠르게 내려갈 수 있었다. 그래서 되도록 빠른 속도로 산면을 타고 곧장 하산했다. 하지만 산의 이쪽 면에는 건너편에 비해 눈이 많지 않았고 곧 위험한 돌길을 통과해야 했다. 약간만 미끄러져도 끝장이었다. 조심하면서 조금씩 속력을 내다가 마침내 아래쪽에 도착했다. 드문드문 거친 풀이 자라 있고 여기저기 부러진 가지들도 보였다. 아래쪽에서는 볼 수 없는 광경이었다. 몇백 미터 정도 더 내려가다가 무시무시한 절벽 가장자리에 이르렀다. 제정신인 사람이라면 누구라도 감히 내려가지 않을 그런 절벽이었다. 골짜기의 물이 빠져나가는 샛강 쪽이 더 편한 길은 아닌지 확인하기로 했다. 몇 분 뒤 트월 두Twll Dhu와 비슷하고 규모가 훨씬 큰 암석 틈의 꼭대기에 올랐다. 시냇물은 그쪽으로 흐르면서 산의 건너편보다 물러 보이는 물질을 뚫고 깊은 도랑을 만들었다. 정확히 무엇인지는 모르겠지만 지질학적으로 다른 형태가 분명했다.

나는 의심이 가득한 눈으로 갈라진 틈을 바라보았다. 그리고 틈의 양쪽으로 조금 가보았다가 내가 강과 맞닿은 무시무시한 절벽 위에서 아래를 내려다보고 있다는 사실을 깨달았다. 발밑으로 약 1,500킬로미터 아래에서 강이 포효하고 있었다. 감히 아래로 내려간다는 생각조차 할 수 없었다. 다만 암석의 틈에 몸을 맡기면서 암석이 부드러우니 물살이 어느 정도 평평한 도랑을 만들었기를 희망했다. 시시각각으로 주변이 어두워졌으나 30분 정도는 황혼의 어스름한 빛이 아직 남아 있을 것이다. 결국 암석의 틈으로 돌아가서 (비록 전혀 두려움이 없는 건 아니었지만) 밤을 보내기로 하고, 어려운 상황이 닥치면 다음 날 다른 길을 시도해보기로 결심했다. 하지만 5분 정도 지나자 나는 완전히 정신이 나갈 정도가 되었다. 균열된 면은 높이가 수천 킬로미터에 달할 정도로 높아서 하늘이 보이지도 않았다. 온통 바위투성이라 여러 번 넘어지고 다쳤다. 물에 빠져서 몸도 다 젖었다. 수량이 많지는 않았지만, 물살이 세서 도저히 버틸 수 없었다. 커다란 폭포에서 아래쪽 깊은 웅덩이로 뛰어내려야 했을 때는 짐의 무게 때문에 물에 빠져 죽을 뻔했다. 다행히 간발의 차이로 살아남을 수 있었고 운까지 따라주었다. 곧 균열이 크게 벌어지고 관목이 더 많아진다고 상상하던 찰나 경사진 너른 초원에 이르렀다. 시내를 따라 점점 더 전진하다가 숲이 나왔고, 곧 편안하게 야영할 수 있는 평지에 도착했다. 아직 날이 완전히 어두워지지 않아서 다행이었다.

그 와중에 무엇보다 성냥이 걱정되었다. 혹시 젖진 않았을까? 짐의 겉면은 쫄딱 젖었지만, 짐을 둘둘 감싼 담요를 풀어보니 안의 물건은 젖지 않고 말라 있었다. 얼마나 감사했는지! 불을 지피고 따뜻한 온기를 느끼자니 새삼 감사한 마음이 솟았다. 차를 만들고 비스킷 두 개를 먹었지만 브랜디는 건드리지 않았다. 술은 조금밖에 남지 않았기 때문에 나중에 모든 용기가 사라졌을 때를 위해 아껴둬야 할 것 같았다. 나는 이런 일들을 거의 모두 기계적으로 해냈다. 옆에 아무도 없으며 지금 막 지나온 균열을 지나 되돌아가기가 불가능하다는 사실을 제외하고는 현재 상황을 제대로 파악하지도 못했다. 내 주변에 아무도 없이 홀로 남았다는 생각만으로도 두려웠으나 희망을 놓지 않으려고 애썼고, 음식과 불로 몸이 따뜻해지자 여러 상상에 사로잡히게 되었다. 이토록 고독한 상황에서 주변에 동물마저 없다면 누구라도 오랫동안 이성을 지탱하지 못하고, 자신의 정체성마저 의심하게 마련일 것이다.

몸을 덮고 있는 담요를 바라보고 시계 소리를 들으면서 편안함을 느꼈던 기억이 난다. 이 물건들이 다른 사람들과 나를 연결시켜주는 것 같았다. 반면 숲의 날짐승들의 울음소리는 두렵기만 했다. 처음 보는 새의 지저귐 역시 나를 비웃는 소리로 들렸으나 곧 익숙해져 아주 오래전부터 들어온 소리 같아졌다.

적막한 밤에 모닥불만 활활 타오르자 옷을 벗고 담요만 두른 채 옷가지를 말렸다. 점차 몸이 따뜻해지고 옷도 다시 입을 수 있을 정도로 말라갔다. 담요로 몸을 둘둘 말고 불가에 바싹 붙어 앉아 잠을 청해보았다.

내가 일하던 양털 헛간 안에 오르간이 나타나는 꿈을 꿨다. 그러다가 홀연히 헛간이 사라지고, 밝은 빛 한가운데에서 오르간이 점점 커지더니 산기슭에 세워진 황금 도시처럼 변했다. 절벽에 수많은 파이프가 차곡차곡 들어서고, 핑갈Fingal의 동굴(스코틀랜드에 위치한 바다 위 동굴—옮긴이)처럼 신비로운 동굴 깊숙이에서 빛나는 기둥들이 어렴풋이 보였다. 앞쪽으로 높은 테라스 단이 올라오고, 그 위에서는 한 남자가 건반을 향해 고개를 숙이고 있고, 머리 위와 주변에서 울리는 거대한 아르페지오 하모니의 폭풍에 남자의 몸이 이리저리 흔들린다. 그때 누군가가 내 어깨를 건드리며 말했다. "모르겠어요? 헨델이에요!" 그러나 나는 거의 이해하지 못한 채 간신히 테라스를 걸어 남자 옆으로 다가가다가 잠에서 깨어났다. 너무나 생생하고 또렷한 꿈 때문인지 머리가 다 어지러웠다(버틀러에게 헨델은 최고의 예술가였다—옮긴이).

나무 장작 하나가 완전히 타올라 양끝이 재로 변해 불길을 내며 바닥에 떨어지면서 나에게 꿈을 안겨주었다가 다시 앗아간 것 같았다. 무척 실망스러웠지만 팔꿈치에 몸을 기대며 기이한 현실 세계로 돌아왔다.

어느새 잠이 완전히 달아났다. 명확하게 말할 수는 없지만 꿈 이상의 무언가에 내 관심이 사로잡힌 것만 같았다. 숨을 죽이고 가만히 귀를 기울이다가 어떤 소리를 들었다. 환상인가? 아니었다. 두 귀에 온 정신을 집중하다가 마침내 아주 먼 곳에 들려오는 희미한 음악 소리를 들었다. 먼 산에서 신선하고 차갑게 불어오는 바람을 따라 바람의 신 아이올로스의 하프 같은 소리가 들려왔다.

갑자기 머리끝이 곤두서는 것 같았다. 계속 귀를 기울였지만 어느새 바람이 잦아들었다. 혹시나 바람 소리에 불과한 게 아니었나 싶었는데, 갑자기 헛간에서 초복이 냈던 소리가 떠올랐다. 그래, 바로 그 소리였다.

뭔지는 모르겠지만 다행히 소리는 곧 그쳤고, 나도 이성과 단호함을 되찾았다. 평상시보다 약간 더 생생하게 꿈을 꾸었을 뿐이라는 확신이 섰다. 나는 웃음을 터뜨리고 말았다. 별것도 아닌 일에 두려워하다니 정말 바보 같다. 아무리 나쁜 종말을 맞게 되더라도 이만큼 두렵지는 않겠지. 평상시에는 소홀히 하던 기도문을 외우고, 곧 진짜 깊은 잠에 빠졌다. 다음 날 해가 훤히 뜰 때 비로소 잠에서 깨어 원기를 회복했다. 잠자리에서 일어나 꺼진 불길을 뒤적이다가 아직 타지 않은 석탄 몇 조각을 발견하고 다시 불을 피웠다. 아침식사를 하는데 작은 새 몇 마리가 주위를 폴짝거리면서 장화와 손에 앉기도 하는 게 즐거웠다. 이럭저럭 행복했어도, 실은 지금 독자 여러분에게 말하는 것보다 훨씬 더 사정이 열악했다. 여러분에게도 되도록이면 유럽에 머물거나 최소한 사람들이 이미 탐험하고 정착한 장소만 찾기를 강력하게 권고한다. 탐험은 기대하거나 회상할 때는 즐겁지만 탐험 당시에는 전혀 안락하지 못하다. 물론 쉽기만 하다면 탐험이라 불릴 가치도 없겠지만 말이다.

강과 산맥

다음 임무는 강으로 내려가는 것이었다. 산등성이에서 보았던 샛길이 시야에서 사라지기는 했지만, 이미 주의 깊게 봐두었기 때문에 분명 찾을 수 있었다. 온몸이 멍이 들고 뻣뻣했다. 더욱이 3주 이상이나 거친 땅을 걷다 보니 장화도 망가지기 시작했다. 하지만 그날 하루만큼은 그다지 어렵지 않게 내려갈 수 있었다. 두 시간 뒤에는 낮은 풀이 자라는 소나무 숲이 나타났고, 꽤 빠르게 내려가다가 또 다른 절벽의 가장자리에 도착했다. 여기에서는 좀 힘들었지만 그래도 간신히 버티다가 서너 시경에 드디어 하천 바닥에 다다랐다.

지금까지 내려온 산등성이의 맞은편 계곡의 높이를 대강 추측해보니 산등성이의 높이가 약 3킬로미터 정도인 것 같았고, 지금 막 내려온 하천 바닥은 약 해발 1킬로미터 정도였다. 막힘없이 흐르는 물은 1.6킬로미터당 15미터 정도 낙하했다. 여기는 내가 일하던 방목장을 지나는 강의 북쪽이 분명했고, 예의 그 통과할 수 없는 협곡을(그쪽 지역의 강들이 대부분 그러했다) 지나서 우리에게 알려진 곳으로 흘러내려올 것이다. 그러니 강이 협곡에서 평원으로 내려오면 약 해발 600미터 정도이겠다.

그러나 강 쪽에 도착해보니 내 예상과 많이 달라서 실망스럽기만 했다. 강은 근원인 빙하와 비슷한 데다가 진창이었다. 강물은 폭이 넓고 빠르고 거칠었으며, 해변처럼 급류 아래에서 작은 돌멩이들이 서로 부딪치는 소리가 들렸다. 여울로 건너가기란 불가능해 보였다. 짐을 들고 수영할 수도, 그렇다고 짐을 놔두고 갈 수도 없는 형편이었다. 작은 뗏목을 만들어 건너는 것이 유일한 길이겠지만, 그조차 쉽지 않은 데다가 완성한다 해도 이런 격류에서 혼자 건너기는 위험천만한 일이다.

어쨌든 이미 오후였기 때문에 새로운 일을 도모하기에는 늦은 때였다. 그래서 강가를 위아래로 훑어보며 가장 건너기 쉬울 법한 장소를 물색한 뒤 일찌감치 천막을 쳤다. 더 이상 아무 음악 소리도 들리지 않아서 편안하게 밤을 보냈다. 초복이 소리를 질렀던 것이 귀에 생생하기도 했고, 또 지난 저녁에 내가 너무 흥분해서 더욱이 환청이 들린다는 사실을 잘 알고 있기는 했지만 그럼에도 하루 종일 귓가를 맴돌던 음악 소리가 더 이상 들리지 않아서 감사한 마음이 들었다.

다음 날 창포꽃이나 붓꽃처럼 생긴 꽃들이 많이 보여서 젖지 않은 줄기들을 모아보았다. 끈처럼 갈라지는 게 튼튼하고 유용해 보여서 줄기를 이용해 물가에서 짐을 충분히 실을 정도의 뗏목을 만들기 시작했다. 질기면서도 가볍고 속은 텅 빈 3미터 정도 길이의 줄기들을 수직으로 꽉 묶은 뒤 잎사귀를 잘게 갈라서 만든 끈으로 묶은 후에 다시 다른 막대를 세로로 겹쳐 묶었다. 아침에 시작해서 오후 4시까지 작업한 끝에 드디어 뗏목을 완성할 수 있었다. 아직 햇볕이 충분히 내리쬐고 있어서 뗏목을 당장 강에 띄우고 시험해보기로 했다.

뗏목을 만들 때는 험악하고 광포한 급류에서 70미터 정도 위, 강의 폭이 넓고 비교적 잔잔하고 조용한 지점에서 작업을 시작했다. 이제 뗏목 중앙에 짐을 단단히 묶은 뒤 뗏목을 물에 띄웠다. 물이 얕은 곳에서는 가장 긴 줄기를 노처럼 잡고 바닥을 밀어보았다. 20미터 정도를 꽤 잘 나아가긴 했지만 이 짧은 거리를 가는 중에도 뗏목이 한쪽으로 기울어서 빠르게 움직이다가 그만 뒤집힐 뻔했다. 수심이 점차 깊어짐에 따라 강바닥에 닿는 줄기를 잡고 지탱하느라 뗏목 한쪽에 하중이 커졌고, 그러다가 급류에 휩쓸리고 말았다. 물이 순식간에 몰려와서 더 이상 뗏목을 통제할 수 없었다. 급박한 상황, 소음, 거센 물살 외에는 아무 기억도 나지 않았다. 그래도 천만다행으로 거의 강가 근처까지 접근할 수 있었고, 무릎까지 물이 차오르는 지점에서 뗏목을 끌고 강가에 다다랐는데, 다행히 내가 목표했던 강의 왼쪽이었다. 마침내 땅에 발을 디뎠을 때 처음 뗏목을 탄 지점에서 1.6킬로미터 정도 아래로 내려와 있었다. 짐은 온통 젖고 온몸에서 물이 뚝뚝 흘렀다. 그래도 원하던 곳까지 왔으니 당분간은 어려움이 없을 터였다. 불을 지피고 옷을 말리면서 새끼 오리와 갈매기 몇 마리를 잡았다. 물 근처에는 이런 동물들이 많았기 때문에 초복이 떠난 이후 처음으로 제대로 포식할 수 있었다. 다음 날 먹을 식량까지 미리 준비해두었다.

초복을 떠올리며 그가 얼마나 도움이 되었는지, 또 그가 척척 잘해내던 일을 나 혼자 하게 되어 얼마나 힘든지를 절감했다. 무엇보다 진심으로 그를 기독교로 개종시키고 싶은 마음이 솟아났다. 그도 겉으로는 이미 기독교를 받아들였지만 어쩔 수 없는 그 아둔한 본성에 기독교가 깊이 뿌리를 내렸다고는 확신할 수 없었다. 언젠가 모닥불 가에서 그와 교리문답을 하고 삼위일체와 원죄의 신비에 대해 이야기해주었다. 외할아버지가 부주교이시고 아버지는 영국 교회의 목사이셨던 덕분에 나는 교리를 잘 알고 있었다. 나는 그를 개종할 자격이 충분했고, 또 그를 개종할 결심도 했다. 불행한 인간을 영원한 고문에서 구해주고, 누구라도 죄인(초복은 분명 죄인이었다)을 개종하면 허다한 죄를 덮을 것이라는 성 야고보의 약속이 떠올랐다. 그러니 초복을 개종시키면 나 자신의 단정치 못하고 부족한 삶에 대한 무거운 마음에 대해서도 어느 정도 보상이 되리라 싶었다.

나는 사실 그가 기독교식 이름과 세례를 받은 적이 없다고 확신했고, 또 선교사로부터 윌리엄이라는 이름을 받긴 했어도 그게 전부일 거라 추측하고 그에게 세례를 주려고 했다. 이름 붙여주기보다 더 중요한 예식인 세례를 건너뛴 그 선교사는 매우 부주의한 사람 같았다. 나는 아이든 성인이든 이교도에서 개종한 사람이라면 기독교식 이름보다 세례가 우선되어야 한다고 믿었다. 그래서 우리 두 사람이 초래하는 위험에 대해 생각하고 더 이상 지체해서는 안 된다고 결심했다. 다행히도 아직 12시가 되지 않았기 때문에 당장 양철 잔(내가 가진 유일한 잔이었다)으로 그에게 세례를 주었다. 내가 집행한 예식이 경건하고 또 효과적이었다고 확신한다. 무엇보다 우리 신앙의 심오한 신비를 그에게 전해주고, 그가 이름뿐만 아니라 마음으로도 진정한 기독교인이 되도록 만들려고 했다.

하지만 초복을 가르치기란 워낙 힘들었기에 내 원래 의도는 실패하고 말았다. 그에게 세례를 준 날만 해도 그는 열두 번째로 브랜디를 훔치려고 했기 때문에 내가 제대로 세례를 준 것인지 확신이 서지 않았다. 그는 선교사들에게서 받은 20년 이상 된 기도 책을 갖고 있었지만, 책 내용 가운데 그에게 의미가 있는 것이라고는 모후 아델라이드라는 이름뿐이었다. 그는 감동을 받을 때마다 이 이름을 되풀이했고, 실제로도 깊은 영적인 의미를 얻는 것 같았다. 그는 모후와 막달라 마리아를 완벽하게 구별하지 못했고, 막달라 마리아의 이름만으로도 충분히 매료되었다.

초복의 상태는 마치 자갈밭과 다름없었지만 내가 그의 주변을 좀 더 살펴보았더라면 그의 출신 부족의 종교관을 없애고, 어느 정도 신실한 기독교인으로 만들었을 것이다. 하지만 이제 모든 것이 단절된 상태이니 나는 더 이상 그에게 영적인 도움을 주지 못하게 되었고, 그 역시 나에게 육체적으로 이득을 주지 못한다. 어쨌거나 혼자보다는 동행이 있는 게 좋다.

이런 생각에 기분이 무척 침울해졌지만, 오리 고기를 먹으며 배를 채우다보니 마음이 좀 풀렸다. 차가 아직 좀 남아 있고 담배도 1파운드 정도 있으니 아끼면 족히 2주는 버틸 수 있다. 선박용 비스킷 여덟 조각과 무엇보다 소중한 브랜디가 180밀리미터 남아 있었지만, 워낙 추운 밤을 견디다보니 곧 120밀리미터으로 줄었다.

다음 날 이른 새벽에 일어나서 한 시간 뒤 다시 길을 나섰다. 심약해진 정도는 아니지만 고독이라는 무게에 마음이 싱숭생숭했다. 그래도 지금까지 많은 위험을 극복했으며, 오늘은 기필코 산맥 정상에 오를 것이라고 생각하니 희망이 솟았다.

그 후 느리지만 꾸준한 속도로 서너 시간 정도 산을 올랐다. 앞길을 가로막는 장애물은 없었다. 드디어 고원에 이르러보니 옆에 빙하가 보였는데, 바로 통행로의 정상이었다. 그 위에는 거친 절벽과 눈이 쌓인 산의 측면이 겹겹이 솟아 있었다. 참을 수 없을 정도의 고독감이 몰려왔다. 이 침울한 곳에 비하면 내가 일하던 목장이 위치한 산은 번화가와 다름없었다. 어둡고 무거운 공기에 자리 잡은 외로움이 더욱더 나를 짓눌렀다. 눈과 얼음으로 뒤덮인 것 외에는 칠흑같이 어두웠고 주변에는 풀 한 포기 없었다.

매 순간 나 자신에 대해, 그리고 과거에서 현재까지 내 존재의 연속성에 대해 점점 더 섬뜩한 의구심이 찾아왔다. 이런 증상은 숲에서 길을 잃은 사람들에게 찾아오는 정신착란의 첫 번째 징후이다. 지금까지는 이런 기분에 맞서 싸워서 극복했지만, 강력한 적막과 돌투성이 황야의 침울함은 견디기 힘들었고, 나 자신에 대한 통제력을 잃어버리는 듯했다.

잠시 휴식을 취했다가 거칠고 거친 땅을 다시 걷기를 반복하면서 마침내 빙하의 낮은 끝에 도착했다. 동쪽에서 작은 호수로 내려가는 또 다른 빙하가 보였다. 다니기 쉬워 보이는 호수의 서쪽면을 지나 절반쯤 가면서 맞은편 산에서 이미 보았던 평원을 보게 되리라 기대했다. 하지만 내 예상은 빗나갔다. 구름이 샛길의 정상까지 드리워지면서 내가 왔던 방향과 겹치지 않았던 것이다. 곧 차갑고 얇은 안개에 휩싸여 바로 앞조차 분간하기 힘들어졌다. 그때 오래전에 내린 눈이 커다란 흔적처럼 남아 있었는데, 눈 위에 찍힌 염소 발자국과 뒤를 따라오는 개 발자국이 선명했다. 양치기의 땅에 들어온 것일까? 눈으로 뒤덮이지 않은 부분은 모조리 황폐하고 돌투성이인 데다가 풀도 거의 자라지 않아서 양들이 정기적으로 다니는 길이라는 흔적은 전혀 찾아볼 수 없었다. 그래도 갑자기 이곳 주민과 맞닥뜨리게 되면 어떻게 할지 불안해졌다. 그래서 조심스럽게 안개를 뚫고 나아갔고, 곧 앞을 아른거리는 구름보다 더 어두운 물체를 본 것 같다는 생각이 들기 시작했다. 몇 걸음 더 걷다가 형용할 수 없는 공포가 나를 짓눌렀다. 내 몸보다 몇 배는 더 거대하고 굉장히 소름끼치는 회색 무리가 내 앞의 구름 너머에 있었다.

아마 그때 기절했던 것 같다. 얼마 뒤 정신을 차려보니 바닥에 쓰러져 있었다. 온몸이 쑤시고 오한이 들었다. 그 회색 무리는 전혀 움직이지 않고 아무 말도 하지 않은 채 두터운 어둠 속에 그대로 서 있었지만 인간의 형상을 하고 있다는 점은 분명했다.

문득 어떤 깨달음이 찾아왔다. 사실 그들과 처음 맞닥뜨렸을 때 불길한 예감이나 어둠이 없었더라면 기왕에 알아챘을 그런 것이었다. 그들은 살아 있는 존재가 아니라 석상이었던 것이다! 나는 50까지 천천히 세는 동안에도 그들이 전혀 움직이지 않는다면 살아 있는 생물체가 아닐 거라고 확신했다.

50까지 세는 동안 그들이 전혀 움직이지 않았다는 데 얼마나 감사했는지 모른다.

다시 한 번 수를 헤아렸지만 그 무리는 역시 꼼짝도 하지 않았다.

여전히 겁을 먹은 채 앞으로 조금 나아가보니 곧 내 추측이 맞았음을 확인할 수 있었다. 그들은 조야하고 야만적인 형태의 거석이었다. 양털 헛간에서 초복이 보여주었던 모습 그대로 초인간적이고 장엄한 표정의 석상들은 모두 앉은 자세였고 두 개만 바닥에 쓰러져 있었다. 야만적인 외모였다. 이집트인도, 아시리아인도, 일본인도 아니어서 누구와도 다르면서 모두와 닮아 보였다. 실제 인간보다 예닐곱 배 크고 아주 오래전에 만들어져서 온통 이끼로 덮여 있었다. 총 열 개의 석상이었다. 머리는 물론, 눈이 쌓일 만한 곳이면 어디에나 눈이 쌓여 있었다. 각각의 석상은 서너 개의 거대한 돌덩어리로 이루어졌는데 어떤 식으로 구성되었는지는 직접 만든 사람만이 알 일이었다. 전부 제각각이었지만 하나같이 무시무시했다. 고통과 절망에 사로잡힌 것처럼 거칠게 포효하는 석상이 있었다. 또 아사한 시체처럼 비쩍 마른 석상도 있고, 잔인하고 멍청하면서도 가장 바보 같은 웃음을 짓는 석상도 있었다. 바닥에 쓰러져 있어서 더 우스꽝스럽게 보이기도 했다. 석상의 입은 하나같이 벌어져 있고, 뒤로 돌아가서 확인해보니 머릿속은 텅 비어 있었다.

추위에 오한이 들고 사지가 쑤시기 시작했다. 고독감에 이미 심신이 쇠약해진 상태인 데다가 이토록 황량한 황야에서 아무 대비 없이 저런 괴물들을 만났으니 몸 상태가 말이 아니었다. 내가 일하던 주인의 집으로 돌아갈 수만 있다면 천만금이라도 주련만 지금으로서는 상상도 할 수 없었다. 나는 고개를 푹 수그린 채 다시는 살아서 돌아가지 못할 것이라고 확신했다.

그때 돌풍이 불면서 위쪽의 석상에서 신음이 들렸다. 두려움에 두 손을 움켜쥐었다. 바로 옆에 있는 무엇이라도 깨물 것 같은 심정으로 덫에 걸린 쥐처럼 몸을 돌려보았다. 바람이 거세게 불면서 신음이 한층 날카로워졌다. 이제 여러 석상에서 신음이 함께 새어 나와 합창처럼 커졌다. 소리의 정체를 즉각 알아챘긴 했어도 석상의 소리가 하도 섬뜩해서 도무지 위안을 얻을 수 없었다. 악惡의 손으로 이 석상을 만든 잔인한 인간들이 석상의 머리를 일종의 파이프오르간처럼 만들어서 바람이 불면 석상의 입을 통해 소리가 나오게 했던 것이다. 정말이지 모골이 송연해지는 소리였다. 제아무리 용감한 사람이라도 이런 곳에서 이런 입술에서 나오는 음악을 절대로 견디지 못할 터였다. 나는 할 수 있는 욕이란 욕은 다 내뱉으면서 안개 속으로 돌진했고 더 이상 석상이 보이지 않을 정도로 멀어진 이후에도, 고개를 돌려봤자 내 뒤를 돌진하는 폭풍우 외에 아무것도 보이지 않게 된 후에도, 귀신 같은 노랫소리가 들려왔다. 그중 하나가 내 뒤를 쫓아와서 내 목을 조르고 날 죽일 것만 같았다.

영국에 돌아온 이후 친구의 오르간 연주를 들으면서 에레혼의 석상(에레혼은 내가 지금 들어가려는 곳의 지명이다)을 떠올린 적이 있었다. 친구가 연주를 시작하자마자 석상의 노랫소리를 들었던 순간이 생생하게 기억났다. 그때 친구가 연주한 곡은 모든 음악가 중에서 가장 위대한 이가 작곡한 다음 노래였다.

에레혼으로

어느새 작은 수로 곁의 좁은 샛길에 들어섰다. 나는 도망가기 쉬운 길을 택한 것에 기분이 좋아진 나머지 이 길의 존재가 어떤 의미인지 전혀 깨닫지 못하고 있었다. 곧 누군가가 살고 있지만 알려지지 않은 지역에 들어섰다는 생각이 들었다. 이곳 주민들의 손에서 내 운명은 어떻게 될까? 그들에게 붙잡혀 통로를 지키던 그 무시무시한 감시인들의 제물이 될까? 그럴 수도 있었다. 두려움에 몸을 떨었고, 고독의 공포에 사로잡혔다. 머리가 어지럽고, 몸도 춥고, 슬픔까지 몰려와 아무것도 제대로 할 수 없었다.

미친 듯이 계속 아래로 내려갔다. 더 많은 시냇물이 합류했고, 곧 통나무 몇 개를 이어서 만든 다리가 나타났다. 다리를 보니 그나마 위안이 되었다. 야만인들이라면 다리 따위는 만들지 않을 것이다. 곧 말로 표현할 수 없는 광경이 나타났다. 내 평생 가장 놀랍고 예상치 못했던 광경으로 다섯 손가락 안에 들 정도였다. 다시 한 번 그 광경을 기쁘게 회상해보겠다. 구름 아래쪽으로 저녁 햇살이 환하게 빛나는 곳이었다. 서북쪽을 마주하니 햇볕을 가득 쬘 수 있었다. 아, 얼마나 기운을 돋우는 빛이었는지! 무엇보다 내 앞에 펼쳐진 그 광경이란! 드넓은 대지를 바라보자니 모세가 시내 산 정상에 서서 자신에게는 허락되지 않은 약속의 땅을 바라볼 때의 기분과 같았다. 주홍빛과 금색, 파란색, 은색, 보라색으로 아름답게 물든 일몰의 하늘이 극상의 아름다움으로 내 마음을 위로했다. 평원이 희미하게 보이고, 높은 첨탑과 둥근 원형 지붕이 달린 건물이 들어선 마을과 도시가 다수 드러났다. 나와 가까이에는 산마루와 햇빛과 그늘이, 골짜기와 톱니 모양의 협곡이 겹겹이 이어졌다. 소나무 숲은 넓게 펼쳐져 있고, 고귀하게 반짝이는 강물이 평원 사이로 구불구불 이어진다. 크고 작은 마을이 보이고, 그중 일부는 상당히 가까웠다. 이러한 풍경 속에서 나는 깊은 생각에 잠겼다. 커다란 나무 발치에 주저앉아 뭘 해야 할지 고민했지만, 마음을 잡을 수 없었다. 온몸이 피곤했던 터라 따사로운 햇볕을 받으며 곧 깊은 잠에 빠졌다.

종소리에 깨어나 고개를 들어보니 염소 서너 마리가 옆에서 풀을 뜯어먹고 있었다. 내가 몸을 뒤척이자 녀석들은 호기심 어린 표정으로 나를 바라보았다. 녀석들은 달아나지 않고 가만히 서서 나를 이리저리 쳐다보았고 나도 녀석들을 쳐다보았다. 그때 누군가 웃고 떠드는 소리가 들리고 아름다운 두 소녀가 다가왔다. 열여덟 정도의 나이에 허리띠가 달린 리넨 개버딘 옷을 입은 소녀들이었다. 소녀들이 나를 바라보았다. 나도 갑자기 나타난 아름다운 소녀들에게 넋이 나가 멍하니 바라보았다. 그들은 잠시 나를 보다가 무척 놀란 표정으로 서로를 쳐다보았고, 공포의 비명을 내지르며 달아났다.

나는 그들이 달아나는 것을 보면서 "다 그렇지, 뭐"라고 중얼댔다. 원래 살던 곳에서 지내면서 내 운명을 기다리는 편이 나았다. 내 운명이 무엇이건 간에, 심지어 지금보다 더 나은 길이 있더라도 그걸 택할 만한 힘이 더 이상 남아 있지 않다. 어차피 원주민들을 만날 바에야 빨리 만나는 편이 낫다. 괜히 달아났다가 추적당해서 하루 이틀 만에 붙잡히느니 차라리 두려워하지 않는 척하는 게 낫다. 그래서 가만히 앉아서 기다렸다. 한 시간 뒤 사람들이 흥분해서 떠드는 소리가 멀리에서 들리더니, 아까 달아났던 소녀들이 활과 화살, 창으로 무장한 남자 예닐곱 명과 함께 왔다. 딱히 대처할 수 방법이 없어서 그들이 가까이 다가오는데도 그냥 그대로 앉아 있었다. 우리는 서로 빤히 쳐다보았다.

소녀와 남자들 모두 남부 이탈리아 사람이나 스페인 사람 정도로 피부색이 약간 짙었다. 남자들은 바지 대신, 내가 알제리에 갔을 때 봤던 아랍인의 옷과 비슷한 차림을 하고 있었다. 여자들은 아름답고 남자들은 준수하고 강인하며 위풍당당했다. 더욱이 그들은 예의바르고 온순해 보였다. 내가 조금이라도 폭력적으로 나가면 그들이 당장 날 죽일 것 같았지만, 내가 가만히 있는 한 해칠 것 같지 않았다. 첫인상만으로 사람을 좋아하게 되는 편은 아니었지만, 이들만큼은 예상했던 것보다 우호적으로 보였다. 그래서 두려운 마음 없이 그들의 얼굴을 하나하나 살펴보았다. 그들 모두 강단이 있어 보였다. 나는 키가 180센티미터에다 체격이 좋아서 신체 능력에는 자신이 있었기 때문에 일대일이라면 그들과 맞설 수도 있겠다 싶었다. 하지만 그간의 모험으로 기력이 쇠진한 탓에 두 사람부터는 감당하기 힘들었다. 그들은 무엇보다 내 연한 머리색과 파란 눈, 밝은 피부에 놀랐으며 내 피부색을 도무지 이해하지 못하는 것 같았다. 내 옷차림 역시 그들 차림보다 우월했다. 그들은 끊임없이 나를 주시했고, 나를 관찰하면 할수록 더 이해하지 못하는 것처럼 보였다.

결국 나는 자리에서 일어나서 지팡이에 몸을 기댄 채 대장으로 보이는 사람에게 말을 걸었다. 내 말을 이해하지 못하리라 확신하면서도 영어로 말했다. 여기가 어디인지 전혀 모르고, 죽을 고비를 여러 번 넘긴 끝에 우연히 여기 오게 되었으며, 이제 내가 그들의 손에 맡겨졌지만 나에게 악한 짓을 하지 않으리라 믿는다고 했다. 표정을 거의 변화시키지 않고 조용하지만 단호한 어투로 말했다. 그들은 내 말을 이해하지 못하면서도 내가 두려움이나 열등감을 드러내지 않는 데 만족한다는 듯이 서로 수긍하듯 쳐다보았다

(내 짐작이다). 사실 나는 하도 피곤해서 두려움도 느끼지 못할 정도였다. 한 명이 석상이 있던 산을 가리키더니 석상의 표정을 흉내 내며 얼굴을 찌푸렸다. 내가 큰 소리로 웃으면서 과장되게 몸을 떨자 그들 모두 따라서 웃었다. 그들의 의도를 전혀 이해할 수 없었지만, 내가 석상을 통과해서 여기까지 오다니 꽤 재미있다고 생각하는 것 같았다. 한 명이 다가오더니 나에게 따라오라고 손짓했다. 나는 감히 피할 엄두도 낼 수 없어서 얼른 따라갔다. 더군다나 이미 그들에게 호감을 느끼기 시작했고, 그들이 나를 해치지 않으리라는 확신마저 들었다.

약 15분 뒤 좁은 길에 가옥이 옹기종기 모여 있는 언덕 면의 작은 마을에 도착했다. 큰 지붕이 튀어나와 있었고, 유리가 달린 창문도 있었다. 알프스산맥에서 롬바르디아 지방으로 이어지는 인적 드문 지역의 마을 경관과 비슷했다. 나를 보고 마을 사람들이 얼마나 흥분했는지는 굳이 자세히 적진 않겠다. 그저 그들이 대단한 호기심을 보이긴 했어도 무례하지는 않았다는 점만 밝히도록 하겠다. 나는 그중 가장 중심으로 보이는 저택으로 이끌려갔는데, 아마도 나를 붙잡은 이들의 집 같았다. 나는 따뜻한 환대 속에 식사를 제공받아 우유와 염소 요리, 귀리로 만든 떡과 같은 음식을 실컷 먹었다. 식사 내내 이곳에서 처음 만났던 아름다운 두 소녀에게서 시선을 뗄 수 없었다. 소녀들은 나를 합법적으로 쟁취한 것처럼 여기는 듯했다. 사실 그들의 부탁이라면 내가 물불을 가리지 않을 것이었으니 아예 틀린 생각도 아니었다.

식후에 내가 담배를 피우자 모두 무척이나 놀랐다. 이 역시 자세히 언급하지는 않겠고, 다만 내가 성냥에 불을 붙이는 것을 보자 그들은 굉장히 흥분한 동시에, 어느 정도는 인정하지 못하겠다는 분위기였던 것 같다. 여자들이 가버리고 나와 남자들만 남게 되었다. 그들은 온갖 방법으로 나와 의사소통을 하려고 했지만, 우리는 서로를 이해할 수 없었고, 내가 혼자 산을 넘어 먼 길을 왔다는 사실만 간신히 이해시킬 수 있었다. 시간이 흐르면서 그들은 피곤해했고, 나도 무척 졸렸다. 담요를 덮고 마룻바닥에서 자고 싶다는 시늉을 하자 그들은 건초가 넉넉한 잠자리를 내주었고, 나는 자리에 눕자마자 곧 잠이 들었다. 다음 날 일어나보니 오두막에서 두 남자가 나를 지키고 있었고, 한 노파가 요리를 하고 있었다. 내가 일어난 것을 보고 남자들은 즐거운 표정으로 아침 인사를 하듯이 말을 걸었다.

집에서 몇 미터 떨어진 시냇물에서 세수를 하려고 밖으로 나갔다. 나를 지키던 사람들은 잠시도 내게서 눈을 떼지 않고, 내 모든 행동을 주시하며 동시에 서로 쉬지 않고 의견을 나눴다. 그들은 내가 세수하는 것에조차 지대한 관심을 보였다. 내가 자신들처럼 모든 면에서 인간이 맞는지 의심한 것 같았다. 심지어 내 팔을 붙잡더니 내 팔이 강하고 근육질인 것을 확인하고 인정한다는 표시를 했다. 그러고는 다리와 발까지 자세히 검사했다. 그들은 검사를 마친 다음 서로를 쳐다보며 고개를 끄덕였다. 내가 최대한 단정하게 보이려고 머리를 빗고 옷매무새를 가다듬자 그들은 나를 한층 더 존중하는 것 같았고, 자신들도 충분히 예우를 갖췄는지 확신하지 못하는 것 같았다. 나 역시 이 문제에 대해 확신할 수 없었지만, 그저 그들이 잘 대해준다는 사실만은 알 수 있었다. 그들이 얼마든지 적대적으로 나올 수도 있었기에 그들에게 진심으로 감사했다.

그들의 조용하고 침착한 태도와 위엄이 있으면서도 편안한 모습은 무척 인상적이었다. 나는 그들을 이내 좋아하고 존중하게 되었다. 또한 그들의 태도로 보아 내가 혐오감을 준 것 같지도 않았다. 다만 내가 너무나 갑작스럽게 등장했고, 나 같은 사람은 처음 본 터라 이해하지 못했을 뿐이다. 그들은 전반적으로 가장 강인한 이탈리아인과 비슷했으며, 자아를 전혀 의식하지 않는 태도 역시 이탈리아인 같았다. 이탈리아를 여러 번 여행했기 때문에 그들이 손과 어깨를 움직이는 몸짓을 보면서 계속 이탈리아를 떠올렸다. 처음 시작했던 대로 끝까지 밀고 나가고, 좋건 나쁘건 간에 내 운을 따르는 것이 최고의 선택이라는 확신이 섰다.

그들이 나를 기다려주는 동안 나는 이런 생각을 하며 세수를 마치고 오두막으로 돌아왔다. 아침식사는 갓 구운 빵과 우유, 양고기와 사슴고기 중간 정도의 맛이 나는 고기 튀김이었다. 포크 대신 꼬챙이를, 그리고 푸주한용 칼과 비슷한 칼을 사용하긴 했어도 요리와 식사 방식은 유럽과 유사했다. 집 안을 자세히 살펴보면서 상당히 유럽적인 특성을 확인했다. 〈삽화가 딸린 런던 신문〉과 〈펀치〉로 벽지를 발랐더라면 내가 일하던 방목장의 양치기 오두막에 와 있다고 여길 정도였다. 하지만 모든 것이 약간씩 달랐다. 새와 꽃들은 영국과 흡사했다. 이곳에 도착한 뒤 본 식물과 새들이 영국에서 본 것과 무척 닮아 있어서 기분이 좋았다. 울새, 종달새, 굴뚝새, 데이지 꽃, 민들레는 영국과 똑같지는 않아도, 같은 이름으로 불려도 될 정도로 유사했다. 또한 이 사람들의 생활 방식과 집에 갖춘 물건들이 유럽과 거의 동일했다. 중국이나 일본처럼 모든 것이 기이한 장소에 가는 것과는 차원이 달랐다. 다만 여기에서 사용되는 도구는 놀랄 정도로 원시적이어서 유럽보다 500~600년 정도 뒤처진 것 같았는데, 사실 이는 요즘의 이탈리아 마을에서도 흔한 경우다.

아침식사를 하는 내내 이들이 어떤 종족일지 추측해보았다. 곧 어떤 생각이 떠오르고, 흥분감에 얼굴을 후끈 달아올랐다. 혹시나 이스라엘의 사라진 10지파 가운데 하나는 아닐까? 할아버지와 아버지의 이야기로는 이들이 미지의 땅에 살면서 팔레스타인 땅으로 돌아가기를 기다리고 있다고 했다. 신의 섭리에 의해 내가 그들의 개종의 도구로 계획된 것은 아닐까? 정말 대단한 생각이었다! 꼬챙이를 내려놓고 그들을 다시 살펴보았으나 유대인다운 특징은 전혀 찾아보기 힘들었다. 코는 그리스계가 분명하고, 입술도 두툼하긴 하나 유대인의 입술과는 달랐다.

이 딜레마를 어떻게 해결할까? 내가 그리스어도 헤브라이어도 몰랐기 때문에 이곳의 언어를 이해한다 하더라도 어원을 탐지할 수는 없었다. 여기 온 지 아직 얼마 안 되었기에 그들의 풍습을 알아낼 정도는 아니었으나 적어도 그다지 종교적으로 보이지는 않았다. 이 역시 당연했다. 10지파는 항상 개탄스러울 정도로 종교와는 거리가 멀었다. 그런데 내가 그들을 변화시킨다면? 이스라엘의 사라진 10지파에게 유일한 진리를 알려줄 수 있다면 여기야말로 영광스러운 불멸의 왕관 자리가 될 텐데! 이런 생각을 하고 있자니 심장이 빠르게 뛰었다. 다음 세계, 아니 이 세계에서 나에게 어떤 자리가 보장될까? 이런 기회를 내버린다면 얼마나 바보짓일까! 열두 사도 정도의 위치는 아니더라도 그다음 서열을 차지하고, 구약의 기자記者 중에서 모세와 이사야 다음으로 높은 자리에 오를 것이다. 이런 미래를 얻을 수만 있다면, 이성적으로 완전히 확신할 수 있다면 주저 없이 내 모든 것을 희생하겠다. 나는 언제나 마음속으로 선교사역의 위대함을 인정하고 있었고, 선교사들을 후원하기 위해 약소하나마 기부를 한 적도 있으나 내가 직접 선교사가 된다는 생각에는 늘 움츠러들었다. 그리고 선교사들을 좋아하는 것에 그치지 않고 찬미하고 부러워하고 존경했다. 여기 사람들이 이스라엘의 사라진 10지파라면, 문제는 완전히 달라진다. 이들이 정말로 사라진 지파임을 확인해주는 징후가 있으면 그들을 반드시 개종시키겠다고 결심했다.

이때의 발견이 바로 내가 첫 부분에서 언급했던 내용임을 밝혀 두겠다. 시간이 지나면서 첫인상은 한층 강화되었고, 몇 달간 의심을 품긴 했지만 지금은 확신하고 있다.

내가 식사를 끝내자 집주인들이 다가와서는 자기네와 같이 가자는 듯이 마을로 통하는 계곡을 가리켰다. 그리고 나를 데려가려는 듯이 내 두 팔을 붙잡긴 했어도 무력을 행사하지는 않았다. 나는 혹시 계곡으로 가면 죽게 될까봐 두렵다는 뜻으로 웃으면서 손으로 목을 자르는 시늉을 해보였다. 그러자 그들은 곧 내 의도를 알아채고 단호하게 고개를 저으면서 위험하지 않다고 표시했다. 그들의 태도에 확신을 얻고 30분 만에 짐을 모두 꾸렸다. 좋은 음식과 충분한 잠 덕택에 원기가 회복되어서 얼른 출발하고 싶었다. 더욱이 내가 처한 이 특별한 상황 때문에 희망과 호기심도 최고도로 상승되었다.

하지만 내 흥분은 곧 가라앉기 시작했고, 이들이 10지파가 아닐 수도 있다는 생각이 들었다. 만약 그렇다면 그토록 많은 역경과 위험을 견디게 해준 동력인 돈을 벌겠다는 내 야심도 전부 물거품이 되고 만다. 이들이 사는 나라의 가장 가치 있는 자원을 개발한 사람들이 이미 넘쳐날 테니 말이다. 더욱이 이제 어떻게 돌아간단 말인가? 그들은 나에게 선의를 보이긴 했지만 한편 나를 붙잡고 놓아주지 않으려 한다는 느낌을 집주인들로부터 받았던 것이다.

첫인상

우리는 알프스산맥과 비슷한 길을 6킬로미터 정도 걸었다. 빙하에서부터 요란하게 흘러내리는 시내는 수백 미터 발아래를 흐르다가도 어느새 길 옆을 나란히 흐르기도 했다. 가을이 성큼 다가왔는지 아침 공기가 차갑고 안개도 자욱했다. 소나무 숲, 혹은 소나무와 비슷한 주목나무 숲을 통과하기도 했다. 가끔씩 길가의 사당祠堂을 지나치기도 했다. 사당마다 대단히 아름다운 조각상이 놓여 있었는데, 하나같이 젊음과 힘, 아름다움의 절정 혹은 최고의 위엄을 갖춘 원숙미를 나타낸 인간의 모습을 하고 있었다. 나와 동행하던 이들은 이런 사당을 지날 때마다 늘 고개를 조아렸는데, 탁월한 공예 기술과 아름다운 형상 말고는 다른 목적이 없어 보이는 대상을 향해 그토록 진지하게 존경심을 보이는 모습이 놀라웠다. 그래도 놀랍다거나 인정할 수 없다는 식의 의사 표현은 절대로 하지 않았다. 모든 사람에게 모든 모습이 되어야 한다는 이방인 사도(신약의 사도 바울을 지칭함—옮긴이)의 명령을 당분간은 잘 지키기로 명심했기 때문이다. 한번은 이런 사당을 지나자 안개 속에서 홀연히 한 마을이 나타났고, 나는 그곳에서 행여 내가 호기심이나 반감의 대상이 될까 싶어 걱정했으나 그런 일은 없었다. 지나가던 사람들에게 일행이 말을 걸자 그들은 무척 놀란 것 같았다. 그래도 일행은 이 일대에서 어느 정도 유명한 데다가 이곳 사람들의 타고난 예절 때문에 나는 전혀 불편하지 않았다. 그래도 그들은 나를 힐끔힐끔 쳐다보았고, 나도 마찬가지였다. 그래도 뒤돌아보면 비록 그들이 이런저런 면에서 부족한 점이 많고 영적인 비전도 흐릿하긴 했으나 그럼에도 그들은 내가 지금까지 만나본 사람들 중에서 가장 예절 바른 이들이었다.

새로 도착한 마을은 우리가 아침에 떠났던 마을에 비해 규모만 좀 더 클 뿐 비슷했다. 폭이 좁은 비포장도로는 상당히 깨끗했다. 집 밖에서 포도나무가 자라고, 술병과 술잔이 그려진 간판이 걸린 상점들을 보자니 고향에 돌아온 기분이었다. 이토록 외딴 곳에서도 썰렁하나마 나름대로 뿌리를 내린 작은 가게들이 있었던 것이다. 지금까지는 모든 것이 일반적으로 유럽과 같고 종種만 다른 수준이었다. 고향에서처럼 창문 안으로 보리설탕과 아이들이 먹는 사탕이 담긴 병들이 보이자 흐뭇해졌지만, 보리설탕은 막대기 모양이 아니라 접시에 담겨 있고, 색도 파란색이었다. 또한 여유가 있어 보이는 집마다 유리가 많았다.

마지막으로, 이곳 사람들의 신체적 아름다움은 그저 놀라울 따름이었다. 지금까지 그런 존재는 본 적이 없었다. 여자들은 활기차고 태도가 위풍당당했으며, 머리는 표현할 수 없을 정도로 우아했다. 눈꺼풀, 속눈썹, 귀 모두 완벽했다. 피부색은 가장 훌륭한 이탈리아 회화처럼 투명한 올리브색이며 완벽한 건강의 빛으로 활기가 넘쳤다. 신성한 얼굴 표정, 수줍어하면서도 무척 당황해서 입을 벌리고 나를 쳐다보는 모습을 보노라면 세속적인 의도를 품고 그들을 개종시켜야겠다는 내 결심은 완전히 사라졌다. 그들은 하나하나 눈이 부셨고, 각자가 누구보다 사랑스러웠다. 중년에 이른 사람들도 미모가 여전했고, 초가집 문간에 서 있던 반백의 노부인들은 장엄하진 않더라도 위엄을 갖추고 있었다.

여자들이 아름다운 만큼 남자들은 준수했다. 아름다움을 대할 때는 언제나 마음이 즐겁고 경탄해 마지않았지만, 이집트인과 그리스인, 이탈리아인 중에서 최고만 합한 것처럼 뛰어난 존재 앞에서는 그저 부끄러울 따름이었다. 아이들은 수가 많았고 굉장히 쾌활했으며, 아이들 역시 우월한 아름다움을 완전히 나누었다고는 굳이 언급할 필요도 없겠다. 내가 이러한 기쁨과 찬미의 감정을 표현하자 내 일행은 무척 좋아했다. 모든 사람이 자신의 외모에 자부심을 느끼는 것 같았고, 심지어 가장 가난한 사람(부자는 없어 보였다)도 단정하고 깔끔해 보였다는 점도 덧붙여야겠다. 그들의 옷차림과 장신구, 그리고 수백 가지의 진기한 것에 대해 세세히 몇 장이라도 쓸 수 있지만 더 이상 질질 끌어서는 안 될 것 같다.

그 마을을 완전히 통과했을 때 안개가 걷히면서 눈에 덮인 산과 인근 지역의 당당한 자태가 드러나고, 전날 저녁에 보았던 거대한 평원이 조금씩 보이기 시작했다. 모든 땅이 경작지였다. 밤나무와 호두나무, 사과나무가 자라고 있었고, 사과 수확이 한창이었다. 강가 습지에는 염소와 검은 소가 많았다. 강은 폭이 확 넓어지면서 커다란 저습지 사이를 흘렀고, 여기에서부터 언덕은 더욱더 뒤로 물러났다. 코가 둥글고 꼬리가 큰 양들도 몇 마리 보였다. 영국 개와 무척 비슷해 보이는 개도 많았다. 하지만 고양이는 보이지 않았다. 고양이라는 생물은 아예 모르는 듯했고, 대신 작은 테리어와 비슷한 동물이 그 자리를 차지하고 있었다.

네 시간쯤 걷고 두세 마을을 더 지난 다음 상당히 큰 읍에 도착했다. 일행이 나에게 뭔가를 알려주려고 여러 차례 시도해보았지만, 위험에 대해 걱정할 필요가 없다는 것 이상으로는 그들의 의도를 파악할 수 없었다. 우리가 도착한 읍에 대해 독자에게 자세히 설명하는 대신 도모도솔라 혹은 파이도(이탈리아 서북 지방으로, 버틀러가 이탈리아를 자주 여행하면서 관심을 보인 곳—옮긴이)를 떠올리라고만 조언하겠다. 어쨌거나 나는 영주 앞에 서게 되었고, 그의 명령에 따라 다른 두 사람과 함께 어떤 방에 들어가게 되었다. 여기에 온 이래로 건강하지도 준수하지도 않은 사람은 그들이 처음이었다. 사실 그중 한 명은 건강이 무척 나빠 보였으며 기침을 하지 않으려고 부단하게 노력하다가 가끔씩 참지 못하고 격하게 기침을 했다. 다른 한 사람도 창백하고 아파 보였지만, 놀라울 정도로 자제력이 강해서 어디가 아픈지 알기 힘들었다. 두 사람 모두 낯선 사람을 보고 놀라긴 했어도 둘 다 몸이 너무 아파서 나에게 다가오지도, 나에 대해 결론을 내리지도 못했다. 이 두 사람이 먼저 불려나가고 15분 후 나도 그 뒤를 따라가게 되었다. 두려운 마음도 들었지만 궁금한 마음이 무엇보다 더 컸다.

영주는 머리와 턱수염이 반백이었고 무척 명민하며 덕망이 있어 보였다. 그는 내 머리끝부터 발바닥까지, 그리고 다시 위아래로 5분 정도 나를 훑어보았다. 하지만 나를 처음 보았을 때나 자세히 훑어본 뒤에나 나에 대해 전혀 모르기는 마찬가지였다. 마침내 그가 나에게 간단한 질문을 던졌는데, 대강 "넌 누구냐?"인 것 같았다. 나는 그가 내 말을 알아들을 수 있다는 듯이 침착하게 영어로 대답하고, 되도록 자연스러워 보이려고 노력했다. 그러자 그는 더욱 혼란스러워하면서 방에서 나갔다가 그와 비슷해 보이는 두 사람과 함께 돌아왔다. 나는 그들과 함께 안쪽 방으로 들어갔고, 영주가 지켜보는 가운데 나중에 온 두 사람이 내 옷을 벗겼다. 그들은 내 맥박을 재고 혀를 들여다보고 가슴에 귀를 기울이고 근육까지 만져보았다. 각 검사를 끝낼 때마다 영주를 보며 고개를 끄덕이며 꽤 즐거운 어조로 말했는데, 내 상태가 괜찮다고 하는 것 같았다. 내 눈꺼풀까지 잡아당겨서 두 눈이 충혈되지 않았는지도 확인했다. 모든 검사가 끝나고 내가 완벽할 정도로 건강하고 매우 강인하다는 사실이 확인되자 그들은 무척 만족하는 것 같았다. 마침내 늙은 영주가 5분 정도 연설을 했고, 옆의 두 사람은 굉장히 중요한 내용을 듣는 듯해 보였지만 나로서는 전혀 알아들을 수 없었다. 내 신체를 검사하는 일련의 절차가 끝난 뒤에는 내 짐과 주머니 속까지 철저하게 소지품을 검사했다. 나에게는 돈은 물론이고 그들이 원할 만한 것이나 내가 잃어버리면 안 되는 것도 없어서 전혀 불안하지 않았다. 하지만 내가 잘못 생각한 것이었다.

처음에 그들은 꽤 편안한 표정으로 검사를 시작했다가 담배 파이프를 보고 당황하면서 나에게 직접 사용해보라고 시켰다. 내가 파이프를 피우자 그들은 무척 놀랐지만 불쾌해하기보다는 담배 냄새를 즐기는 것 같았다. 그들의 손길은 점점 더 내 시계가 있는 곳으로 가까워졌다. 나는 시계를 미리 가장 깊숙한 주머니에 숨겨두었는데, 소지품 검사가 시작되면서는 시계에 대해 까맣게 잊고 있었다. 그런데 그들은 시계를 보자마자 염려와 불편이 가득한 표정으로 나에게 시계를 열어서 안을 보여달라고 했다. 시키는 대로 하자 그들은 아주 불쾌해 보였고, 그들이 왜 화를 내는지 전혀 알 수 없었기에 점점 불안해졌다.

그들이 시계를 찾아낸 순간, 시계를 처음 본 야만인들은 설계자의 존재를 생각한다는 페일리의 이야기가 떠올랐다(《자연신학

Natural Theology》에서 윌리엄 페일리William Paley는 시계를 보면 반드시 설계자가 있어야 한다는 결론을 누구나 내린다는 그 유명한 시계의 유추를 제시했다—옮긴이). 물론 이들은 야만인이 아니었지만, 이들 역시 결국 같은 결론을 내릴 거라고 확신했다. 동시에 페일리 부주교가 아주 현명한 사람이라고도 생각했다. 하지만 영주의 얼굴에 서린 공포와 낙담의 표정을 보자 그가 내 시계를 설계자의 것으로 여기기보다 자신과 우주의 설계자, 혹은 만물의 위대한 첫 번째 원인으로 그것을 여긴다는 느낌이 들었다.

유럽 문명을 경험하지 못한 사람들이 바로 이런 견해를 택할 것 같다는 생각이 들자 나를 혼란스럽게 만든 페일리에게 약간 화가 났다. 그러나 곧 내가 영주의 표정을 잘못 이해했으며, 그의 표정은 두려움이 아니라 혐오라는 것을 알아챘다. 그는 근엄하고 단호하게 2, 3분 정도 뭐라고 하다가 소용이 없다고 여겼는지 나를 여러 복도를 지나 큰 방으로 가게 했다. 나중에 그곳이 읍의 박물관이라는 것을 알게 되었고, 거기에서 지금까지 본 그 무엇보다 놀라운 광경을 목격했다.

박물관에는 해골, 박제한 새와 동물, 암석 조각(산등성이에서 본 석상과 비슷했지만 크기가 작았다) 등 온갖 진귀한 물건들이 진열장에 전시되어 있었으며, 주로 망가진 기계류가 가득했다. 크기가 큰 것들은 케이스 안에 있었고 알아볼 수 없는 글자로 적은 표가 붙어 있었다. 망가지고 녹이 슨 증기 엔진 조각도 보였다. 또한 실린더와 피스톤, 망가진 속도 조절 바퀴, 크랭크 조각 등이 바닥에 놓여 있었다. 아주 낡은 마차도 있었는데, 바퀴가 녹슬고 썩기는 했어도 철로용으로 만들어진 것이었다. 우리의 진보된 발명품의 파편이 많긴 했지만 모두 몇백 년은 되어 보였으며, 교육적인 용도보다 골동품으로서 여기 보관되어 있었다. 위에서 말한 대로, 보관된 물건들은 모두 망가지고 고장 난 것들이었다.

여러 진열장을 지나치다가 드디어 벽시계 여러 개와 낡은 손목시계 두세 개가 놓인 진열장 앞에서 걸음을 멈추었다. 영주가 진열장을 열고 그 안의 시계들과 내 시계를 비교하기 시작했다. 디자인은 달라도 내용은 동일했다. 그는 나를 쳐다보며 진열장의 시계들과 내 시계를 번갈아 가리키며 심각한 어조로 뭐라고 말했다. 그는 여전히 심기가 불편해 보였고, 마침내 내가 내 시계를 다른 시계들과 함께 보관해도 된다는 의향을 표하자 그제야 진정하는 것 같았다. (내 목소리와 태도로도 내 의미가 전달되리라 믿으면서) 내 물건 중에 반입 금지품이 있다면 대단히 미안하다고 영어로 말했다. 또한 당연히 내야 하는 통행료를 회피할 생각은 없으며, 내 의도와 달리 법을 위반했다면 기꺼이 시계를 넘겨 보상하겠다고 했다. 그러자 그는 곧 누그러져서 좀 더 친절하게 말했다. 내가 실수로 법을 위반했다고 여기는 것 같았다. 무엇보다 상당히 예의가 바르면서도 자기를 두려워하는 것 같지 않아서 마음을 돌리게 되었을 거라는 생각이 든다. 또한 이미 언급했듯이, 영주 역시 다른 사람들처럼 내 밝은 머리색과 피부색을 존중했다.

후에 밝은 머리색이 굉장히 드물기 때문에 찬미와 질투의 대상이 되며 굉장한 장점이 된다는 사실을 알게 되었다. 어쨌든 나는 시계를 내놓은 대신 화해를 했고, 검사를 받았던 방으로 다시 이끌려 갔다. 영주는 또다시 일장연설을 한 뒤 나를 옆 건물로 보냈다. 그곳은 읍의 공동 감옥이었고, 나는 다른 죄수들과 따로 독방에 들어갔다. 방에는 침대와 탁자, 의자, 벽난로, 세면대가 있었고, 발코니로 통하는 문을 통해 계단으로 내려가면 벽으로 둘러싸인 정원이 나왔다. 나를 이 방으로 데려간 남자는 언제라도 정원을 산책해도 좋으며, 곧 음식을 갖다주겠다고 손짓을 해 보였다. 내 담요와 담요 안에 넣어두었던 소지품을 간직해도 좋다는 허락을 받았지만, 내가 죄인이라는 점은 분명했다. 얼마나 오랫동안 여기 있어야 할지는 전혀 알 수 없었다. 남자는 나를 홀로 남겨두고 가버렸다.

감옥에서

처음으로 모든 용기가 사라졌다. 돈 한 푼 없는 상태로 이 낯선 나라에서 죄수로 전락한 데다가 친구라고는 아무도 없고 여기 사람들의 언어나 관습도 전혀 모른다. 나와 전혀 다른 사람들이 내 운명을 결정짓게 된 상황이다. 이토록 극도로 어렵고 불확실한 상황에서도 여기 사람들에게 지대한 흥미를 느꼈다. 조금 전에 보았던 낡은 기계가 가득 있는 방의 의도는 무엇일까? 영주는 왜 내 시계를 보고 불쾌해했을까? 여기 사람들은 기계를 거의 갖고 있지 않다. 이 나라에 들어온 지 아직 채 하루도 되지 않았지만 이 사실에 여러 차례 놀랐다. 이들의 문화는 12, 13세기 무렵의 유럽 문화 수준에 불과하지만, 한때 우리의 최신 발명품을 완전히 이해했던 게 분명했다. 그토록 진보했던 나라가 어떻게 갑자기 우리보다 뒤처질 수 있을까? 무지로 인한 것은 분명 아니었다. 내 시계를 알아보았으며, 고장 난 기계를 보존하고 표까지 붙이는 것으로 미루어 짐작해보건대, 이전 문명에 대한 기억을 버리지 않았다는 것도 입증되었다. 생각하면 할수록 더욱더 혼란스러웠다. 마침내 이들이 석탄과 철을 모두 소진했기 때문에 최고위층의 귀족들만 독점해서 사용하게 된 것이라는 결론을 내렸다. 내가 생각할 수 있는 결론은 이뿐이었다. 나중에 내 생각이 얼마나 잘못되었는지 알아채긴 했어도 당시에는 내 판단을 상당히 확신했다.

4, 5분 정도 이런 생각을 하고 있을 때 방문이 열리고 젊은 여성이 먹음직스러운 음식 쟁반을 들고 안으로 들어왔다. 그녀가 탁자에 천을 깔고 맛있어 보이는 음식을 내려놓는 모습을 감탄하며 바라보았다. 그녀를 바라보기만 해도 위로가 되었고, 심지어 내가 처한 상황이 그리 나쁜 것 같지는 않게 느껴졌다. 그녀는 스무 살 정도에 중키보다 약간 커 보이고 활동적이고 강해 보였다. 이목구비는 섬세해서, 입술은 도톰하고 달콤해 보였고 두 눈은 깊은 담갈색에 속눈썹은 길게 뻗어 있었다. 머리는 이마에서부터 단정하게 땋아내렸고 피부는 그야말로 절묘했다. 가장 완벽하고 아름다운 여성의 자태를 갖췄고, 손과 발은 조각가의 모델이 될 만했다. 그녀는 탁자에 스튜를 올려놓고 동정 어린 표정을 지으며 방에서 나갔다. 나는 (동정이 무엇을 낳을 수 있을지 기억하고) 그녀가 나를 더 동정하게 만들어야겠다고 결심했다. 그녀가 병과 잔을 들고 돌아왔을 때 나는 두 손으로 얼굴을 가린 채 미리 침대에 누워 있

었다. 내 모습은 참담하기 그지없었고 그다지 현실성도 없어 보였다. 얼굴을 가린 손가락 틈으로 그녀가 다시 나가는 것을 보면서 그녀가 나를 무척 동정하고 있음을 확신했다. 그녀가 나간 후에야 음식을 먹기 시작했는데, 음식은 모두 대단히 훌륭했다.

그녀는 한 시간 뒤 접시를 가지러 돌아왔다. 허리에 열쇠 꾸러미를 찬 한 남자가 동행했는데, 태도로 보아 간수가 분명했다. 나중에 알고 보니 그 남자가 식사를 가져다준 아름다운 여성의 아버지였다. 나는 다른 사람들에 비해 그다지 위선적인 편이 아니어서 어떤 식으로 행동하더라도 그다지 비참하게 보이지 않았다. 그새 절망감에서 많이 회복된 나는 간수 부녀와 함께 있으면서 기분이 좋아졌다. 나에게 관심을 보여줘서 고맙다고 말하자, 그들은 내 말을 이해하지 못하면서도 서로를 쳐다보며 웃고 떠들었고, 남자가 뭐라 말을 했다. 그가 농담을 말했는지 딸이 즐겁게 웃으며 달아났고 결국 남자가 접시를 치워야 했다. 그 뒤에 다른 방문객이 찾아왔는데, 인상이 별로였으며 스스로를 매우 고귀하게 여기는 듯한 태도를 취하면서 나를 업신여기는 것처럼 보였다. 그는 책과 펜, 종이를 갖고 왔는데 모두 얼핏 봐서는 영국제와 비슷했으나 종이나 인쇄, 제본 상태, 펜, 잉크가 달랐다.

그는 자기네 언어를 가르치겠다는 의도를 전달했다. 사실 여기 사람들의 언어를 이해하고 내 의사를 전달할 수 있으면 훨씬 편해질 것이며, 더욱이 당국에서 나를 무자비하게 다룰 작정이었다면 절대로 언어를 가르쳐주지 않을 것이기에 다소 안심이 되었다. 우리는 즉시 공부를 시작했고, 나는 방 안에 있던 물건의 이름과 숫자와 인칭대명사까지 배웠다. 지금까지 종종 목격해온 이곳과 유럽의 유사성이 언어에서는 그다지 해당되지 않는다는 점이 아쉬웠다. 여기 언어와 내가 조금이라도 알고 있는 언어 사이에서 어떤 유사점도 찾아볼 수 없었기 때문에 여기 언어가 헤브라이어인 것 같다고 짐작했다.

그다음에는 별일 없이 시간이 흘러갔으므로 자세하게 설명하지는 않겠다. 나에게 호감을 표하며 친절하게 대해주던 간수의 딸 이람Yram이 아니었더라면 무척 지루했을 것이다. 나에게 언어를 가르쳐주러 매일 같은 남자가 찾아왔지만 내가 실제로 언어를 배운 것은 이람을 통해서였다. 이람 덕분에 빠르게 언어를 익힐 수 있었고, 한 달 뒤에는 이람이 자기 아버지와 대화하는 내용을 어느 정도 알아듣게 되었다. 담당 언어 선생은 무척 만족스러워하면서 긍정적으로 보고해야겠다고 말했다. 어떤 식으로 처리되겠냐고 질문하자 그는 나 때문에 전국적으로 상당한 동요가 일어났으며, 정부의 지시가 있을 때까지는 계속 감옥 신세라고 말했다. 무엇보다 시계를 소지하고 있었다는 사실이 문제였다. 도대체 왜 시계 소지가 문제가 되느냐는 내 질문에 그가 상세하게 대답해주긴 했지만 내 언어 실력이 아직 충분하지 못했기 때문에 시계 소유가 대단히 가증스러운 범죄이며, (적어도 내가 이해한 바로는) 발진티푸스에 걸린 정도로 악질이라는 답변만 이해할 수 있었다. 그는 내 밝은 머리색 덕분에 이 정도로 끝난 것이라고 말했다.

정원에서 산책해도 좋다는 허락도 받았다. 담벼락이 아주 높아서 이럭저럭 핸드볼 비슷한 놀이를 하면서 조금 마음이 편해지기는 했지만 혼자 놀기란 답답했다. 시간이 지나면서 마을 사람들이 나와 만나게 해달라고 간수를 조르기 시작했고, 간수는 몰래 사람들을 들여보내며 짭짤한 수입까지 올렸다. 모두들 친절했다. 아니, 지나칠 정도로 친절을 베풀고 나를 치켜세우려 했으나 나는 그런 게 싫었다. 특히 여자들이 그런 경향을 보였는데, 여자들은 곧 이람을 의식해야만 했다. 질투심이 많은 젊은 여성인 이람은 여성 방문객들을 예의 주시했다. 나는 이람에게 다정한 마음을 느꼈고 그녀 덕분에 행복하고 편안하게 지냈기 때문에 그녀를 귀찮게 하지 않도록 애쓰고 좋은 관계를 유지했다. 한편 남자들은 여자들에 비해 꼬치꼬치 캐묻지 않았고, 자발적으로 나를 찾아왔다기보다는 여자들을 호위하기 위해 끌려온 편이었다. 그들의 늠름한 태도와 적당한 예의가 마음에 들었다.

나에게 배당되는 음식은 평범했지만 언제나 종류가 많고 건강에 좋았으며 특히 적포도주는 대단했다. 정원에서 맥아즙(맥주 원료—옮긴이) 비슷한 것을 찾아내 잘 모아서 말려두었다가 담배 대용물로 만들었다. 이람과 언어를 공부하고 방문객을 맞이하고 정원에서 핸드볼 놀이를 즐기고 담배를 피우고 잠을 자면서 즐거운 하루하루를 보냈다. 작은 피리도 만들어서 오페라의 노래나 〈오 어디에 오 어디에Oh Where and Oh Where〉와 〈홈, 스위트 홈Home, Sweet Home〉을 흥겹게 연주하곤 했다. 여기 사람들이 온음계에 대해 무지해서 우리가 흔하게 부르는 멜로디를 신기하게 여겼기 때문에 내 연주는 꽤 도움이 되었다. 사람들은 종종 노래를 불러보라고 했고, 내가 기억나는 범위에서 〈윌킨스와 그의 다이나Wilkins and his Dinah〉, 〈빌리 테일러Billy Taylor〉, 〈쥐 잡이의 딸The Ratcatcher's Daughter〉을 부르면 이람은 언제라도 눈물을 흘리곤 했다.

일요일(수첩에 요일을 표시해두었다)에 성가나 찬송가 곡조를 제외하고 다른 노래를 부르지 않는 것에 대해 여기 사람들과 한두 번 토론을 하기도 했다. 찬송가의 경우는 안타깝게도 가사를 잊어버려서 곡조만 흥얼거릴 수 있었다. 여기 사람들은 종교적인 감정이 거의 없고, 안식일이라는 종교적인 제도에 대해 들어본 적이 없기 때문에 내가 일요일을 준수하는 것을 보고 일곱째 날마다 우울증이 찾아오는 것이라고 여겼다. 그래도 그들은 관대했고, 때로 침울해지는 것은 어쩔 수 없지만 더 심각해지면 상담을 받아야 한다고 말해주는 이도 있었다. 당시에는 이 충고를 겉으로는 당연하게 받아들이는 척했다.

이람이 딱 한 번 (내가 보기에) 불친절하고 비이성적인 태도로 나를 대한 적이 있었다. 정원에서 핸드볼 놀이를 하다가 열이 났을 때였다. 가을이 다가오면서 온도가 내려간 날이었다. 콜드하

버Cold Harbour(감옥이 있는 마을의 이름을 번역하자면 이렇다)는 해발 1,000미터에 위치해 있어서 기본적으로 기온이 상당히 낮았는데, 겉옷이나 조끼를 걸치지 않고 야외에서 오랫동안 운동을 한 탓인지 몸이 으슬으슬했다. 다음 날에는 지독한 감기에 걸려서 몸 상태가 무척 좋지 않았다. 그동안 잔병치레도 거의 안 했고 또 이람의 간호를 받으면 좋겠다는 생각에 엄살을 좀 부렸다. 사실 일부러 상황을 최악으로 몰고 가서 스스로 아픈 사람이라고 여겼던 것 같다. 이람이 아침식사를 가져왔을 때 집에서 어머니와 누이들이 해주었던 것처럼 위로와 기분 회복을 기대하며 몸이 아프다고 처량하게 신세한탄을 했다. 그런데 이람이 전혀 예상 밖의 반응을 보였다. 그녀는 발끈 화를 내면서 도대체 무슨 뜻이냐고 묻더니 지금 내가 어디 있는지 알면서 어떻게 감히 그런 말을 하냐며 쏘아붙였다. 그녀는 자기 아버지에게까지 말하려고 했지만 여파가 심상치 않을까봐 두려워하며 참았다. 그녀는 크게 상처를 입은 것 같았고, 동시에 단호했다. 그녀의 분노는 절대로 꾸며낸 것이 아니었기 때문에 나는 감기에 걸렸다는 사실까지 잊어버린 채 아버지에게 말해도 좋지만 왜 날 피하는지 도무지 모르겠다고 말했다. 하지만 곧 그녀에게 그토록 심한 말을 내뱉은 것에 후회하면서 도대체 내 잘못이 무엇인지 알려주면 당장 고치겠다고 약속했다. 그녀는 내가 사태를 전혀 파악하지 못하고 있으며, 자신에게 무례하게 대할 의도가 없다는 사실을 파악하고는 내게 설명을 해주었다.

에레혼에서 모든 질병은 죄악이자 비도덕으로 여겨지며, 감기에만 걸려도 영주 앞에 끌려가서 상당 기간 투옥될 수 있다고 일러준 것이다. 무척 놀라서 뭐라 대꾸도 할 수 없었다.

불완전한 언어 실력을 총동원해서 이람의 말뜻과 질병에 대한 그녀의 생각을 어렴풋이 이해했다. 완벽히 이해한 것은 아니었고 에레혼 사람들만의 특별히 왜곡된 사고방식이 더 있는지 그때까지는 잘 몰랐지만 곧 익숙해졌다. 그녀에게도 우리가 화해했다는 것을 제외하고 이 일은 언급하지 말아달라고 부탁했다. 그날 밤 잠자리에 들기 전에 이람이 뜨거운 술과 물, 담요를 몰래 더 가져다준 덕분에 다음 날 상태가 훨씬 좋아졌다. 그토록 빨리 감기에서 회복된 적은 처음이었다.

이 작은 사건을 통해 그때까지 내가 이해하지 못했던 것을 많이 이해하게 되었다. 여기 도착한 날 영주 앞에서 나보다 먼저 검사를 받은 두 남자는 병 때문에 구속되었고 고된 노역과 장기 투옥을 선고받았다. 그들도 나처럼 이 감옥에서 복역 중이었으며, 내가 산책하는 정원의 담벼락 건너편에서 운동을 했다. 그래서 담벼락 맞은편에서 기침 소리와 신음 소리가 자주 들렸던 것이다. 담벼락이 워낙 높았고 또 간수들에게 탈옥을 시도한다는 오해를 살까봐 감히 담 위로 올라가지는 못했다. 그래도 맞은편에 어떤 사람들이 있을지 종종 궁금해졌기 때문에 언젠가 간수에게 물어봐야겠다고 생각했다. 하지만 간수와 마주칠 일은 드물었고, 이람과는 늘 다른 이야기를 하느라 죄수들에 대해 묻지는 못했다.

다시 한 달이 지나고 그동안 언어 실력도 많이 늘어서 사람들이 나에게 하는 말을 모두 이해하고 상당히 유창하게 의사를 표현하게 되었다. 선생도 나의 실력에 놀라움을 표했고, 나는 내가 고전할 때마다 그가 뛰어난 방식으로 잘 설명해준 데다가 노고를 아끼지 않은 덕분이라면서 그에게 공을 돌렸다. 우리는 곧 좋은 친구가 되었다.

나를 찾아오는 사람들은 점점 늘어났다. 그중에는 소박함과 자신을 의식하지 않는 태도, 친절하고 유쾌한 모습, 무엇보다 뛰어난 아름다움으로 나를 즐겁게 해주는 사람도 있었고, 그다지 뛰어나진 않더라도 잘생기고 유쾌한 사람들도 있었다. 반면 완전한 속물도 있었다.

석 달이 지날 무렵 정부에서 연락이 왔다고 간수와 언어 선생이 알려주었다. 내 행동거지가 뛰어나고 대체로 이성적으로 보이며, 신체 건강과 활기에 문제가 없고 밝은 머리색과 푸른 눈에 혈색도 좋으니 당장 수도로 가서 국왕 부부를 알현해야 한다는 내용이었다. 또한 수도에 도착하면 자유의 몸이 되며 상당한 돈까지 하사받는다고 했다. 선생은 한 유력한 상인이 자기 집에서 원하는 만큼 머물러도 좋다는 초대장을 보냈다고 덧붙였다. "그 사람은 좋은 사람이죠. 하지만 OOO(이 단어는 너무 길어서 내가 잘 이해하지 못했고 다만 '절도광kleptomania'보다 긴 단어였다) 때문에 상당히 고생했고, 최근에 유난히 침울한 상황에서 상당액을 횡령했다가 회복되었어요. 그래도 잘 극복했고 교정관도 그가 정말 잘 회복했다고 말했어요. 틀림없이 그를 좋아하게 될 거예요."

수도로

선생이 용건만 말하고 곧 가버렸기 때문에 나로서는 명망 있는 사회 인사의 입에서 그런 내용을 듣게 된 데 놀라움을 미처 표현하지 못했다. 결국 나는 혼자 중얼댔다. "최근 유난히 침울한 상황에서 상당액을 횡령했다니! 그런 사람 집에서 머물라고? 절대로 그럴 순 없어. 처음부터 괜히 이 사람들한테 의혹을 사면서까지 내 기회를 날려버릴 순 없어! 이스라엘의 사라진 10지파라면 개종시키고 그렇지 않으면 큰돈을 벌 수 있는 이런 기회를! 그래, 그것만 아니라면 뭐든 하겠어." 나는 그 후 선생과 다시 만났을 때 전에 제안한 내용이 전혀 내키지 않으니 그와 관련해서는 아무것도 하지 않겠다고 말했다. 지금까지 교육받은 바와 부모의 양육, 그리고 어느 정도 타고난 본능 때문에 나는 금전과 관련된 검은 거래를 진심으로 혐오한다. 물론 정당하게 벌어들인 돈의 경우라면 나보다 더 돈을 존중하는 사람도 없겠지만 말이다.

선생은 내 반응에 크게 놀라면서 이런 제안을 거절하는 건 어리석은 짓이라고 말했다.

"노스니보르Nosnibor 씨는 적어도 50만 마력(이곳에서는 풋파운드의 수치, 즉 마력으로 사람을 구분한다〔풋파운드는 1파운드의 무게를 1피트 들어올리는 일의 양을 말하며, 1분간 3만 3,000풋파운드의 능력을 1마력이라고 한다—옮긴이〕)이 있고 자본도 막대해요. 더군다나 두 딸이 에레혼 최고의 미인이죠."

선생의 대답이 뜻밖이었기 때문에, 나는 그가 상류사회에서 평판이 좋으냐고 물었다.

"그럼요, 우리나라에서 최고죠."

선생은 이렇게 대답한 뒤, 내가 말하는 태도가 마치 황달이나 늑막염 혹은 그의 전반적인 불운에 감염될까봐 두려워하는 것 같다고 덧붙였다. 나는 더는 참지 못하고 대꾸했다.

"감염은 그다지 두려워하지 않지만 인격의 변질은 걱정합니다. 다른 사람의 돈을 횡령한 사람이라면 되도록 거리를 두고 피하겠어요. 혹시 병에 걸렸거나 가난하다면……."

"병에 걸리거나 가난하다고!"

선생이 경악하며 내 말을 가로막았다.

"그게 당신이 생각하는 적절한 관계로군요. 가난하거나 병이 있는 최악의 범죄자와는 교제하겠지만 겨우 횡령 정도를 우정의 장애물로 여긴단 말인가요?"

"하지만 나도 가난한걸요."

내가 외쳤다.

"당신은 가난했었고, 그 때문에 엄한 처벌을 받을 수도 있었어요. 당신과 관련해서 열린 회의에서도 이러한 이유 때문에 적절한 매질을 받게 해야 한다는 결정이 내려질 뻔했으니까요."

그는 점점 화를 내기 시작했고 나도 마찬가지였다.

"그런데 왕비 폐하께서 호기심을 보이시고 또 당신을 꼭 보고 싶어 하셔서 폐하께 당신을 용서해달라고 청원하셨어요. 그리고 당신의 준수한 외모를 고려해서 재산까지 하사하셨죠. 당신이 지금 한 말을 국왕 폐하께서 듣지 못하셔서 다행인 줄 알아요. 그랬다면 분명히 철회하셨을 테니까."

이 말을 듣자니 가슴이 철렁 내려앉는 것 같았다. 지금 내 처지가 극도로 위험한 와중에 기존 관습에 반대해서는 안 되리라는 사실을 깨달았다. 잠시 아무 대꾸도 하지 않다가 횡령을 저지른 사람의 초청을 기꺼이 받아들이겠다고 말했다. 그러자 선생은 환한 표정을 지으며 내가 현명한 판단을 내렸다고 말했다. 그래도 내 마음은 무척 불편했다. 선생이 나간 다음 좀 전의 대화를 곰곰이 돌이켜보았지만, 그들의 사고방식이 내 예상을 뛰어넘게 왜곡되어 있다는 점을 제외하곤 전혀 이해할 수 없었다. 나와 완전히 다른 방식으로 사고하는 사람들과 관계를 맺어야 하다니 참담했다.

온갖 생각들이 머리를 맴돌았다. 내가 일하던 오두막과 산에서 보내던 시절이 떠올랐다. 바로 그곳에서 탐험이라는 어리석은 생각을 처음 품었지. 여행을 시작한 이후 아주 오랜 시간이 흐른 것 같았다.

협곡에서의 모험과 여기까지의 여행을 생각했고 초복에 대해서도 생각해보았다. 초복이 돌아가서 나에 대해 뭐라고 말했을지 궁금했다. 그가 돌아가기로 한 것은 현명한 결정이었다. 그는 미남은커녕 섬뜩할 정도의 외모였으니 이곳에서 버티기 힘들겠다 싶었다. 그새 어둠이 깔리고 창문에 타닥타닥 빗방울이 떨어지는 소리가 들렸다. 영국에서 처음 배를 타고 사흘 동안 뱃멀미했던 시기를 빼면 이토록 불행한 적은 처음이었다. 무척 우울한 심정으로 생각에 잠겨 있는데 이람이 식사를 들고 방으로 들어왔다. 내가 읍을 떠난다는 소식에 이 불쌍한 소녀는 무척 슬퍼했다. 그녀는 내가 감옥에서 풀려난 이후에도 언제까지나 읍에 남을 거라고 생각했고, 내가 아무런 언질을 주지 않았는데도 나와 결혼하기로 결심한 것 같았다. 내 선생과의 침울할 정도로 이상한 대화와 친구 하나 없는 지금 상황, 그리고 이람의 우울함까지 겹치면서 형용할 수 없을 정도로 불행했다. 나는 결국 침대에 누워 무거운 눈꺼풀을 감았다.

그래도 다음 날 아침에 일어났을 때는 기분이 한결 나아졌다. 11시경에 대기 중인 수송 도구를 타고 출발하기로 결정되었다. 변화가 생긴다는 기대에 기분이 좋아졌고, 이람의 슬픈 표정에도 그다지 흔들리지 않을 수 있었다. 그녀에게 여러 번 입맞춤하면서 우리가 다시 만날 것이며 그녀의 친절을 잊지 않겠다고 말했다. 그녀에게 나를 잊지 말라는 표시로 외투에 달린 단추 두개와 머리칼을 주었고, 그녀도 보답으로 아름다운 머리카락을 주었다. 백 번도 넘게 작별인사를 나누면서 이람의 달콤함과 슬픔을 떨쳐내고 마침내 아래층으로 내려가 기다리고 있던 이륜마차에 몸을 실었다. 모든 것이 끝나고 먼 곳으로 떠난다는 사실에 얼마나 감사했는지 모른다. 그녀의 마음에서도 내가 멀어지면 좋을 텐데! 이람이 나를 잊고 자기 나라 사람과 결혼해서 행복하게 잘 살기를 기도한다.

길고 지루한 여행이 시작되었지만, 독자에게 번거롭게 그 내용을 알리고 싶지는 않다. 다행히도, 내 눈에는 거의 항상 가리개가 씌워졌다. 그들은 아침마다 내 눈을 붕대로 가렸고 밤을 보낼 여인숙에 도착하면 풀어주었다. 도로 사정은 좋았지만 여행 속도는 느린 편이었다. 말이 한 마리뿐이어서 아침부터 저녁까지 여섯 시간 이동하고 낮에는 두 시간 휴식을 취했다. 하루 평균 50킬로미터 정도 이동했으며, 매일 새 말로 갈아탔다. 눈가리개 때문에 지형을 전혀 살펴볼 수 없어서 지대가 평탄하고, 여러 차례 배를 타고 큰 강을 건너야 했다는 정도만 알 수 있었다. 여인숙들은 깔끔하고 편안했다. 큰 읍에서는 여인숙이 상당히 화려하고 음식도 맛이 훌륭했다. 또한 어디를 가더라도 사람들이 건강하고 우아하며 아름다웠다.

어디에서나 내가 지대한 관심을 받았기 때문에 마부는 우리 일행을 기다릴 사람들을 피해 여정을 비밀로 하고 직선도로는 우회해야 한다고 말했다. 저녁마다 파티가 열렸고, 똑같은 질문에 계속해서 똑같이 대답하기도 지겨웠지만, 그토록 유쾌한 사람들에게 화를 낼 수는 없었다. 하지만 어느 누구도 건강이 어떤지, 또 여행 때문에 피곤하지는 않은지 질문하지 않았다. 그들은 거의 언제나 제일 먼저 내 기분에 대해 물었다. 처음에는 그 순진한 질문에 놀랐지만 곧 익숙해졌다. 한번은 피곤하고 추운 데다가 똑같은 말을 반복하는 데 지친 나머지 무척 짜증이 난 상태이며, 주변 사람들이나 나 자신에게 좋은 기분이 들지 않는다고 약간 무뚝뚝한 말투로 대꾸했다. 그러자 놀랍게도 무엇보다 친절한 위로의 말이 쏟아졌고, 내가 기분이 나쁘다는 사실이 모두에게 알려졌다. 사람들은 좋은 향이 나는 물건과 맛있는 음식을 갖다주었는데, 음식에 기분을 낫게 하는 성분이 있었는지 금세 기분이 좋아졌고 축하의 말도 들었다. 다음 날 아침에 두세 사람이 하인 편으로 사탕과자를 보내주면서 기분이 나쁜 상태로부터 회복되었냐고 물었다. 좋은 물건을 잔뜩 받자 앞으로 저녁마다 기분이 나쁜 것도 좋겠다는 생각이 들 정도였다. 그래도 과도한 위로와 질문은 싫었고 내 자연스러운 기질을 유지하는 편이 가장 편안했다.

나를 찾아온 사람 중에는 비이성의 대학Colleges of Unreason에서 인문 교육을 받고 그들의 주요 학문인 가설학에서 최고 학위를 받은 이도 있었다. 이 신사들은 교정관, 경영인, 음악은행의 회계원, 종교 사제 등 여러 직장에서 자리를 잡고 자신이 받은 교육을 전국에 퍼뜨렸다. 나는 여기에 온 이후 나를 당혹하게 했던 문제들과 고원에서 보았던 석상의 목적과 의미에 대해 그들에게 물어보았다. 그들은 석상이 아주 오래전에 만들어졌으며 전국에 여러 무리가 있지만 내가 본 것이 가장 대단하다고 대답했다. 석상은 종교적인 이유에서 만들어졌으며, 기형과 질병의 신들을 달래는 목적을 갖고 있다고 했다. 에레혼에는 추악함과 질병을 피하려는 목적으로, 산맥을 넘어온 초복의 조상 중에서 가장 못생긴 사람들을 붙잡아서 이 신들에게 제물로 드리는 오래된 관습이 있었다. (하지만 내 정보원은 나에게 거짓된 정보를 알려주었다.) 몇 세기 전에는 본보기로서 못생기기거나 건강이 나쁜 동족을 제물로 바치곤 했다는 소문도 있었으나 이 가증스러운 관습은 오래전에 사라졌고, 현재는 아무도 석상에 제사를 지내지 않는다.

초복의 부족민이 에레혼으로 건너오면 어떻게 되느냐고 물었다가 오랫동안 그런 사례가 전혀 없었기 때문에 아무도 모른다는 대답을 들었다. 그들은 지나치게 못생겨서 돌아다니는 것이 허락되지 않지만 그렇다고 범죄자 정도는 아니었다. 여기 왔다는 행위는 부도덕하게 문제여서 교정관이 다룰 범위에 속하지 않았다. 아마도 '불치의 지루한 사람들을 위한 병원Hospital for Incurable Bores'에 보내져, 그곳에 기거하는 에레혼 주민들에 의해 하루에 여러 시간씩 지루함이라는 형벌을 당할 것이다. 이들은 서로의 지루함을 극도로 참지 못하면서도 지루하게 만들 대상이 없으면 죽기 때문에 지루함 전문가로 유지되고 있다. 이 대답을 듣고 나자 초복 부족민들에게도 이 소문이 이미 퍼졌겠구나 하는 생각이 들었다. 초복이 석상 앞에서 산 채로 불태워질까봐 두려워하는 정도 이상으로 두려움을 드러냈었기 때문이다.

오래된 기계들을 전시하는 박물관과 모든 예술과 과학, 발명의 분명한 퇴보에 대해 물어보았다. 약 400년 전만 해도 이들의 기계에 관한 지식이 우리보다 훨씬 뛰어나고 대단히 빠르게 진보했다고 한다. 그때 가장 학식 있는 가설학 교수가 기계는 궁극적으로 인류를 대체하게 되며, 식물에 비해 동물이 우세하듯이 기계는 동물보다 우월하고 동물과는 다른 생명력을 지닌 약동하는 존재가 될 것임을 입증하는 뛰어난 저서(나중에 이 책의 내용을 발췌해서 알려주겠다)를 발표했다.

모든 사람이 그의 추론 혹은 비非추론에 지대한 영향을 받았다. 결국 271년 이상(이 기간은 일련의 타협 끝에 설정되었다) 사용되지 않은 모든 기계가 말소되었으며, 기계 개량이나 발명은 법률상 최악의 범죄라 여겨지는 발진티푸스의 고통으로 간주되었다.

이는 그들이 정신의 병과 육체의 병을 혼동한 유일한 사례였는데, 이 혼동은 법적으로 공언된 것이었다. 나는 시계를 떠올리고는 마음이 불편해졌지만, 그들은 이 문제와 관련해 위법 여부를 거론하지 않았다. 완전한 이방인에게는 법이 엄격하지 않으며, 특히 나처럼 조건이 좋고(신체를 의미했다) 그토록 아름다운 옅은 머리를 가진 사람에게는 더욱 그러하다는 말로 위로해주었다. 더욱이 시계는 진귀한 물건인 데다 수도 박물관 소장품에 추가될 것이었다. 그래서 그들은 내가 그리 큰 어려움을 겪지 않을 거라고 예상했다.

이 문제에 대해서는 '비이성의 대학'과 '기계의 책'에 대한 장에서 좀 더 자세히 다루도록 하겠다.

여행을 시작하고 약 한 달쯤 되었을 때 목적지에 거의 다 왔다는 소식이 들렸다. 이제 어차피 내가 도망쳐봤자 곧 붙잡히리라 판단되었기 때문에 그들은 더 이상 붕대로 내 눈을 가리지 않았다. 아름다운 읍의 거리를 지나 길 양쪽으로 포플러 나무가 우거진 넓고 평평한 도로로 들어섰다. 과거에 철로로 사용되던 도로여서 주변에 비해 도로가 약간 솟아 있었다. 도로 양쪽으로 펼쳐진 들에서는 온갖 작물이 경작되고 있었고, 곡식과 포도는 이미 수확을 마친 상태였다. 계절의 흐름에 비해 날씨가 급속도로 서늘해지는 것으로 보아 태양과 적도에서 점점 멀어지는 듯했다. 하지만 주변 식물을 봐도 더운 기후라는 것을 알 수 있었고, 사람들은 여전히 활기가 넘쳤다. 그들은 고통을 매우 잘 이기는 강인한 민족이었다. 전체적으로 봤을 때 체격 면에서 이만한 사람들을 찾을 수 없겠다고 새삼 생각했다. 이들은 체격이 강인한 만큼 성격도 좋았다. 대부분의 꽃이 지고 이탈리아와 프랑스의 무화과나 복숭아, 배와 비슷한 맛있는 수많은 과일이 열렸다. 들짐승은 보지 못했지만 새는 유럽처럼 많았는데, 산맥 건너편과 달리 유순하지 않았다. 사람들은 격발식 활과 화살, 또는 알려지지 않거나 어쨌든 사용되지 않는 화약을 이용해 새를 잡았다.

수도가 가까워지면서 큰 탑과 요새, 궁정 같은 높은 건물들이 보였다. 앞으로 어떻게 될지 불안해지기 시작했지만, 지금까지 잘 해왔으니 앞으로도 계속 그러자고 결심했다. 일단은 영국식으로 행동하다가 실수라도 저지르게 되면 여기 관습을 이해할 때까지는 아무 말도 하지 않을 작정이었다. 수도가 점점 가까워지자 내가 도착한다는 소식이 널리 퍼졌고 길 양쪽으로 많은 사람이 늘어서서 정중하고 호기심 가득한 태도로 인사를 건넸기 때문에 나도 계속 감사 인사를 해야 했다.

수도에서 1킬로미터 정도 떨어진 곳에서 시장市長과 여러 시의원을 만났다. 그중에는 덕망 있어 보이는 노신사도 있었는데, 시장이 (그를 이렇게 불러야 할 것 같다) 그 신사를 소개시키면서 그가 나를 자기 집으로 초대했다고 말했다. 나는 고개 숙여 인사하고 그의 호의에 기쁨과 감사를 표시했다. 그러자 그는 그러지 말라면서 근처에 대기하고 있던 자기 마차에 앉으라고 손짓을 했다. 다시 시장과 시의원들에게 깊이 고개를 숙여 인사한 뒤 나를 초대한 세노즈 노스니보르Senoj Nosnibor라는 이름의 신사와 함께 출발했다. 마차는 약 800미터를 달린 뒤 대로에서 빠져나와 도시 성벽을 따라 이동하다가 도시 외곽 상당한 규모의 팔라초palazzo에 도착했다. 바로 세노즈 노스니보르의 저택이었는데, 이보다 더 근사한 집은 없을 것 같았다. 저택이 오래된 기차역의 장엄하고 고색창연한 유적지 근처에 자리를 잡고 있다 보니 정원에서 보면 그 위용이 더욱 당당해 보였다. 대지는 4, 5헥타르 정도이고 정원의 경사에 따라 넓은 계단이 위로 향하거나 아래로 내려갔다. 계단에는 거장의 뛰어난 조각상들이 서 있고, 조각상 옆에는 처음 보는 각종 관목을 심은 화분이 진열되어 있었다. 계단 양쪽으로 오래된 삼나무와 히말라야 삼나무가 줄을 지었고 그 사이로 잔디 길이 나 있었으며, 과실이 가득 열린 포도원과 과수원도 보였다.

저택은 안뜰을 통해 들어갈 수 있고, 폼페이처럼 주변에 방과 연결된 복도가 나 있었다. 안뜰 중앙에는 욕실과 분수가 배치되었다. 안뜰을 지나 2층짜리 본채로 들어섰다. 방들은 모두 컸고 천장이 높았다. 얼핏 보니 가구가 거의 없어 보였으나 본디 더운 기후 사람들은 추운 지역에 비해 가구를 덜 두는 법이다. 그랜드피아노라든가 유사한 악기 같은 것은 물론이고 어디에도 음악을 연주하는 악기는 없어 보였다. 다만 커다란 응접실에 구비된 여섯 개의 대형 청동 징을 집안 여성들이 이따금 치우곤 했다. 징소리는 그다지 유쾌하지 않았지만 여기 발을 들여놓은 이후 그런 음악을 워낙 여러 번 들어왔다.

노스니보르 씨의 뒤를 따라 여러 개의 넓은 방을 통과한 끝에 여성을 위한 안방으로 들어가서 선생에게서 미리 들었던 부인과 두 딸을 만났다. 노스니보르 부인은 마흔 살 정도로 훌륭한 외모에 인상이 매우 강인해 보였다. 두 딸은 젊음의 절정에 이르렀으며 무척 아름다웠다. 특히 둘째 딸에게 무척 호감이 갔는데, 이름은 아로헤나Arowhena였다. 큰딸이 고상하다면 둘째는 매력적이었다. 노스니보르 부인이 가장 완벽하고 예의 바르게 환대해주었으나 내가 무척이나 수줍으면서도 불안한 상태여서 환대를 제대로 느끼지 못했던 것 같다. 나를 소개하는 절차가 끝나자마자 하인이 옆방에 저녁이 준비되어 있다고 말했다. 나는 매우 배가 고팠고, 음식 역시 더 이상 칭찬할 수 없을 만큼 훌륭했다. 독자 여러분이 보기에도 내가 좋은 곳에 초대받은 것 같지 않은가? 나는 속으로 '이 사람이 돈을 횡령했다고? 그럴 리가!'라고 생각했다.

하지만 집주인은 식사 내내 불편해 보였고, 빵과 우유도 아주 조금만 먹었다. 식사가 끝날 무렵 검은 턱수염에 키가 크고 마른 사람이 찾아오자 노스니보르 씨와 가족들이 정중하게 인사를 했다. 바로 가족 교정관이었다. 노스니보르 씨는 신사와 함께 옆방으로 갔고, 곧 울부짖는 소리가 들려왔다. 처음에는 무슨 소리인지 분간이 안 되었는데, 곧 노스니보르 씨가 내는 소리라고 확신하게 되었다.

"불쌍한 아빠. 정말 고생이 심하세요."

아로헤나가 차분하게 소금을 덜면서 말했다.

"그래, 하지만 곧 위험에서 벗어나시겠지."

부인이 말했다. 그들은 현재 상황과 교정관이 처방한 방법, 그리고 그에 따른 성공적 결과를 설명해주었다. 이에 대해서는 다음 장章으로 미루겠다. 나는 그들이 설명해준 말을 그대로 옮기기보다는 이에 대한 나의 의견을 개략적으로 요약하고자 한다. 독자 여러분은 이어지는 다음 장에서 내가 어느 때보다 양심적으로 엄격하고 정확한 태도를 견지하고자 노력했으며, 어떤 의견이나 관습의 의미를 완전히 이해하지는 못하더라도 고의로 오해한 적은 없었다는 점을 믿어주길 바란다.

당대의 의견들

내가 알아낸 내용은 다음과 같다. 이 나라에서는 70세가 되기 전에 건강이 나빠지거나 병에 걸리거나 어떤 면에서든 신체에 이상이 생길 경우, 동족으로 구성된 배심원 앞에서 재판을 받는다. 그리고 유죄 판결이 나면 사람들의 멸시를 받으면서 사건의 경중에 따라 선고를 받는다. 영국의 범죄처럼 질병도 중범죄와 경범죄로 나뉜다. 이를테면 중병에 걸리면 무거운 처벌을 받고, 그전까지 건강이 좋았던 사람이 65세가 이후 시력이나 청력에 문제가 생기면 벌금형을 받으며 돈을 내지 못할 경우 투옥된다. 반면 수표를 위조하거나 자기 집에 불을 지르거나 강도질을 하거나 그 외 영국에서라면 범죄로 여겨질 행위를 저지르면 병원에 보내져서 공공의 비용으로 가장 면밀하게 치료를 받는다. 집안 환경이 좋은 경우에는 우리가 아플 때와 마찬가지로 친구들에게 자신이 심각한 부도덕 행위로 고통받고 있다고 알린다. 그러면 친구들이 찾아와서 진심으로 위로하면서 어떻게 그런 일이 발생했는지, 처음에 증상이 어떠했는지 등을 질문하며, 부도덕 행위자는 아무런 거리낌 없이 대답한다. 우리에게 질병이 그러하듯이, 이곳에서 나쁜 행실은 개탄할 일이며 범법자 개인의 심각한 문제로 여겨지지만 그럼에도 이를 선천적 혹은 후천적인 불운의 결과로 받아들이기 때문이다.

에레혼 사람들이 도덕적 결함을 성격이나 환경상의 불운 탓으로 돌리면서도 영국에서라면 동정과 연민의 대상이 되었을 불운에 대해서는 귀를 기울이지 않는다는 점이 무엇보다 이상했다. 어떤 종류의 불운이라도, 심지어 다른 사람들에게 부당한 처우를 받는 경우조차 이야기를 듣는 사람들을 불편하게 만든다면 반사회적인 범죄로 간주된다. 따라서 재산을 잃거나 절친한 친구를 잃을 경우 육체적 태만과 거의 동등하게 처벌된다.

이런 개념이 현재의 우리에게는 낯설지만, 19세기 영국에서는 이와 다소 비슷한 의견의 흔적을 찾아볼 수 있다. 만약 종기가 생기면 의사는 거기에 '잘못된' 문제가 있다고 말할 것이다. 사람들은 단순히 '병에 걸렸다'는 의미일 때도 팔이나 손가락이 '나쁘다'거나 전체적으로 매우 '나쁘다'고 말한다. 몇몇 외국에선 에레혼 사람들의 의견이 더욱 두드러질 것이다. 예를 들어 마호메트교도들은 오늘날까지 여죄수들을 병원으로 보내고, 뉴질랜드의 마오

리족은 불운을 마주하면 그 당사자의 집에 강제로 들어가서 모든 재산을 부수고 불태운다. 또한 이탈리아에서는 '불명예'와 '불운'이 한 단어로 통용된다. 나는 한 이탈리아 여성이 하늘 아래 모든 행운을 타고 태어난 어느 젊은이를 두고 "자기 삼촌을 살해하다니 참으로 불운하다"라고 언급하는 것을 들은 적이 있다.

이 이야기를 들은 건 어렸을 때 아버지를 따라 이탈리아에 갔을 때인데, 나중에 다른 이에게 이를 전했을 때 그는 전혀 놀라지 않았다. 그는 태도와 외모가 매력적인 젊은 시칠리아 마부가 2, 3년 정도 자신의 마차를 끌다가 행방이 묘연해진 적이 있다고 말했다. 그는 사라진 마부를 수소문한 끝에 마부가 친부를 살해하려고 총을 쏘았으나 다행히 치명적인 결과는 면했고, 결국 수감되었다는 소식을 들었다. 몇 년 뒤 그는 또다시 매력적인 젊은 마부와 마주치게 되었다. 그는 "안녕하세요! 5년 만에 뵙네요. 제가 군대에서 3년, 불운으로 2년을 보냈죠"라고 말했는데, 불운의 2년이란 바로 그가 수감된 기간이었다. 윤리 의식이라곤 흔적조차 없었다. 이제 그는 아버지와 화해했으며, 둘 중 하나가 다시 상대를 공격할 도덕적인 불운만 없다면 앞으로도 사이가 좋을 것이다.

다음 장에서 불운, 곤경 혹은 질병이라 불리는 것이 에레혼에서 대개 어떤 식으로 취급되는지 몇 가지 사례를 제시하려 한다. 우선 우리가 범죄자로 여기는 사례를 여기에서 어떻게 처리하는지 다시 알아보자. 이미 언급한 대로, 이들은 사법적으로 처벌되지 않는 대신 교정을 받는다. 이를 위해 정신적인 기술에 대한 훈련을 받은 교정관이라는 직업이 존재한다. 말 그대로 '교정관 straightener'은 '구부러진 것을 펴는 사람' 정도로 해석된다. 이들은 영국의 의사와 비슷한 일을 하며 방문 때마다 의아할 만큼 높은 보수를 받는다. 우리가 의사를 대하는 방식과 마찬가지로 에레혼 사람들도 교정관에게 모든 것을 솔직하게 털어놓고 그의 지시에 기꺼이 따른다. 자신이 가능한 한 빨리 회복되어야 하며, 몸이 좋지 않으면 아무도 찾지 않으리라는 현실을 알기에 아무리 고통스러운 치료라도 감수한다.

여기서 '아무도 찾지 않는다'라는 것은, 말하자면 에레혼 사람들이 사기 행각과 같은 범죄의 결과 사회적으로 불편을 겪는다는 뜻은 아니다. 우리가 가난하거나 건강하지 않은 사람을 사귀기 싫어하듯이, 에레혼 사람들은 이런 사람과의 만남을 꺼리기 때문에 친구들과 거리가 생기게 된다. 자존감이 있는 사람이라면 출생이나 건강, 돈, 외모, 능력 등에서 자신보다 운이 좋지 않은 사람들과 동등한 관계라고 여기지 않을 것이다. 사실 운이 좋은 사람이 불운한 사람, 혹은 좀 더 심각하고 낯선 불운을 맞이한 사람에게 반감이나 혐오감을 느끼는 현상은 인간 사회이건 야생이건 어디에서나 당연하다.

그러므로 에레혼 사람들은 신체적 질병에 대해서는 크게 잘못된 죄악이라 생각하면서 정작 범죄 행위에 대해서는 아무런 죄의식도 없다. 그럼에도 이기적인 에레혼 사람은 친구가 은행 강도짓을 하면 회복될 때까지 외면하고 무시하는 경우도 있다. 그러나 적어도 에레혼 사람들은 범죄자를 경멸하고 무시하며 "내가 너라면 그따위로 굴지 않았을 텐데"와 같은 말을 하지 않는다. 몸이 아픈 환자를 경멸하는 것은 보통의 이성적인 사람이 취할 태도이지만 범죄자에 대해서는 그렇지 않은 것이다. 에레혼 사람들은 몸이 아플 때 되도록 모든 방법과 위선, 기교를 동원해서 숨기려 든다. 그런데 정신질환에 대해서는 아무리 상태가 심각해도 상당히 개방적이다. 그토록 상태가 심각한 이들은 드물지만 말이다. 사실 소위 정신적인 병약자들이 있는데, 이들은 자신이 사악하다는 불안한 추정에 따라 스스로를 극도로 터무니없는 존재로 만들지만 실은 그들은 항상 웬만한 편이다. 하지만 이는 예외적인 경우고, 우리가 신체적 건강에 대해 일상적인 대화를 나누듯이 에레혼 사람들은 자신의 도덕적 건강의 상태에 대해 이야기한다.

그러므로 "안녕하세요?"처럼 우리가 건강 상태를 묻는 일상적인 인사말은 대단히 무례한 것이 된다. 예의 바르고 공손한 사람이라도 누군가에게 건강해 보인다는 인사치레를 들으면 매우 분노할 것이다. 에레혼에서는 "당신이 오늘 아침에 기분이 좋으시기를 바랍니다" 아니면 "전에 만났을 때 당신이 겪고 있던 퉁명스러움에서 회복되었기를 바랍니다"와 같은 인사가 일반적이다. 그리고 인사를 받는 사람이 기분이 좋지 않거나 여전히 퉁명스럽다면 그는 얼른 자기 상태를 말하고 위로를 받는다. 실로 교정관은 (비이성의 대학에서 가르치는) '가설언어'에 따라 몇 가지 정신적 언짢음에 대한 용어를 정의하고 자신들의 체계에 따라 분류하는데, 나로서는 이해할 수 없었지만 실생활에서 유용하게 쓰이는 듯했다. 그래서 그들은 어떤 사람의 이야기를 듣고 곧 무엇이 문제인지 알려주었으며, 그들이 이런 복잡한 용어를 익숙하게 사용하는 것을 보면 주어진 사례를 철저하게 이해한다고 확신할 수 있었다.

좋지 못한 건강과 관련된 법들이 공인된 꾸며낸 이야기(모두 이해하지만서도 이해한다고 보이는 것조차 대단히 버릇없는 것으로 간주되는) 덕분에 자주 모면된다는 점을 여러분도 쉽게 믿을 수 있을 것이다. 내가 노스니보르 가에 머문 지 이틀쯤 되었을 때 나를 찾아온 귀부인 가운데 한 명이 남편이 그저 카드만 보낸 것에 대해 사과하면서 그날 아침에 남편이 시장에서 양말 한 켤레를 훔쳤다고 변명했다. 놀라움을 보여서는 절대 안 된다고 이미 경고를 들었기 때문에 귀부인에게 동정을 표하면서 나 역시 수도에 온 지 얼마 되지 않았지만 이미 옷솔을 훔치고 싶은 욕구를 간신히 피했으며, 아직까지는 유혹을 버텼으나 너무 뜨겁거나 무겁지 않고 눈길이 가는 물건을 보게 된다면 교정관의 손에 맡겨야 할 것 같아 무척 두렵다고 말했다.

노스니보르 부인은 내 답변을 주의 깊게 듣고 손님이 돌아간 후에 칭찬해주었다. 그녀는 에레혼에서 내 대답보다 더 예의바른 대답도 없겠다고 말했다. 부인은 '양말 한 켤레를 훔쳤다', 혹은 '양말을 소유했다'(좀 더 구어체적이다)는 표현은 어떤 사람이 약간 기분이 언짢다는 것을 말할 때 사용하는 표현이라고 일러주었다.

그럼에도 불구하고, 그들은 자신들이 '건강하다'라고 부르는 것의 결과로 따라오는 즐거움을 예리하게 의식했다. 그들은 다른 이의 정신적인 건강을 찬미하고 사랑했으며, (언제나 자신의 의무와 함께) 자신도 그렇게 되기 위해 모든 노력을 기울였다. 건강하지 못하다고 여겨지는 집안과의 결혼은 극도로 꺼렸다. 심각하게 파렴치한 죄를 지을 때마다, 심지어는 죄를 저지를 지경에 이르기만 해도 당장 교정관을 불렀다. 교정관이 몇 주간 감금을 시키거나 가장 잔인한 신체적 고문을 가하는 등 과도하게 고통스러운 치료를 하더라도 이성적인 에레혼 사람이라면 절대로 교정관의 지시를 거부하지 않았다. 의사가 필요한 절차라고 말하기만 하면 아무리 끔찍한 수술이라도 얌전히 수술대에 눕는 이성적인 영국인과 다를 바가 없었다.

영국인이라면 자신의 건강을 염려하는 마음에서 의사에게 자신의 문제를 털어놓는다. 의사가 우리에게 최악의 행위를 하더라도 불평 한마디 없이 참아낸다. 병이 들면 아무도 찾지 않게 되기 때문이다. 의사가 우리를 고치려고 최선을 다하고 있으며, 의사가 우리보다 병을 더 잘 판단한다고 믿기 때문이다. 하지만 에레혼 사람들이 질병이 생길 때 사회에서 멸시를 받듯 영국에서도 그런

풍습이 생긴다면 우리 역시 모든 질병을 숨겨야 할 것이다. 도덕적인 질병과 지성적인 질병도 마찬가지다. 즉, 최고의 기술을 발휘해서 건강한 척을 해야 하며 만약 병이 발각된다면 팔을 자르는 것보다 처벌로서 매를 맞는 것을 두려워해야 한다. 즉, 능력껏 건강한 척을 해야 하며 만약 병이 발각된다면 처벌로 매를 맞는 것보다 팔을 절단하는 것을 더 두려워해야 한다. 비록 곤경에서 우리를 구해주려는 친절하고 정중한 마음으로 처벌이 이루어지고, 의사 측에서는 우연히도 체질이 달라 곤경을 겪지 않았을 뿐이라는 충분한 지각을 하는 경우라도 말이다. 그래서 에레혼 사람들은 교정관이 추천할 때마다 일주일에 한 번씩 매를 맞고 두세 달 동안 빵과 물로만 연명한다.

내가 머물고 있는 집의 주인이 어느 과부에게 사기를 쳐서 전 재산을 빼앗은 후 교정관의 치료에서 겪은 고통이 영국에서 환자가 의사의 손아귀에서 겪어야 하는 것 이상이었다고는 생각하지 않는다. 물론 매우 힘들기는 했을 것이다. 소리만 들어도 그가 처절한 고통을 겪고 있다는 사실을 확인할 수 있었다. 그러나 그는 움츠러들지 않고 고통을 참아냈다. 그는 고통이 자신에게 도움이 된다고 확신했으며, 내가 보기에도 그의 확신이 맞는 것 같았다. 이제 그는 다시는 돈을 횡령하지 않을 것이며, 만에 하나 또 횡령을 저지르더라도 한참 후에야 그럴 것이다.

내가 지금까지 서술한 상황은 감옥에 수감된 동안은 물론 이후

여행을 하면서도 여러 번 목격했다. 그런데도 매번 기이해 보였고, 내가 이들과 다른 가치관을 갖고 있어서 무의식중에 무례를 저지르지는 않을까 항상 노심초사했다. 노스니보르 가에서 몇 주 머물면서 이곳의 상황을 좀 더 잘 이해하게 되었고, 특히 노스니보르 씨가 자신의 병에 대해 여러 차례 자세히 말해준 것이 큰 도움이 되었다.

그는 몇 년간 시내 증권거래소에서 일하면서 엄청난 부를 축적한 것 같았다. 그는 일반적으로 정당하다고 용인되는 한계, 어쨌든 허용 가능한 거래 이상을 넘지 않다가 결국 선을 넘어선 큰돈을 벌고 싶다는 욕망을 갖게 되었다. 실제로 두세 번 정도 그런 일을 저지르자 다소 마음이 불편해졌으나 불행히도 자신이 처한 상황을 무시해 병을 키웠으며, 결국 상당히 큰 사기를 칠 수 있는 상황에 이르렀다. 노스니보르 씨가 그 상황을 설명해주었는데, 정말 최악이긴 했다. 하지만 굳이 자세히 밝히지는 않겠다. 어쨌든 그는 주어진 기회를 이용했고, 뒤늦게야 자신이 제정신이 아님을 깨달았다. 너무 오랫동안 자신을 돌보는 데 태만했던 것이다.

그는 당장 집으로 돌아와서 아내와 아이들에게 가능한 온화하게 진실을 밝혔다. 그야말로 심각한 사례였기 때문에 그는 왕국에서 가장 명성 있는 교정관을 불러 가족 담당의와 함께 상담했다. 교정관이 도착하자 그는 자기 이야기를 털어놓고 자신의 도덕이 영영 손상될까봐 두렵다고 말했다.

저명한 교정관은 우선 그를 안심시킨 다음 사태에 대해 좀 더 자세하게 물어보았다. 교정관은 노스니보르 씨 부모의 도덕 건강에 대해 질문을 던졌고, 부모에게 심각한 문제점은 없었지만 그와 성품이 비슷했던 외할아버지가 완전히 악당이었으며 병원에서 임종을 맞이했다는 답변을 들었다. 노스니보르 씨의 작은 아버지 역시 여러 해 동안 대단히 파렴치한 행동을 하다가 신설 학교의 철학자에 의해 치유되었다고 하는데, 교정관과 철학자란 영국의 동종요법과 대증요법 관계만큼이나 상반되는 입장인 것으로 보였다. 교정관은 이 대답에 고개를 젓더니 철학자의 그 치료가 자연에 의한 게 분명하다고 비웃듯이 말했다. 그는 몇 가지 질문을 추가로 한 뒤 처방전을 써주고 돌아갔다.

처방전은 횡령한 돈의 갑절에 해당하는 금액을 국가에 벌금으로 납부하고, 여섯 달 동안 우유와 빵으로 연명하며 한 달에 한 번씩 모두 열두 번 심하게 매질을 당해야 한다는 내용이었다. 전 재산을 사기당한 그 불쌍한 여인에게는 벌금이 한 푼도 돌아가지 않는다는 점이 놀라웠다. 나는 피해 여성의 안부에 대해 물었다가 그녀가 전 재산을 잃은 것을 알고 곧 사망했으며, 만약 그렇지 않았더라면 '잘못된 신뢰의 법정Misplaced Confidence Court'에 기소되었을 것이라는 대답을 들었다.

내가 노스니보르 가에 도착한 바로 그날에 그는 열한 번째 매질을 당했다. 그날 오후 늦게 다시 보았을 때 그는 여전히 고통스러워했지만, 교정관의 처방전을 단 한 번도 피하지 않았다. 에레혼의 소위 위생법이 무척 엄격해서, 만약 교정관이 자신의 명령이 잘 이행되지 않는다고 판단할 경우 환자는 (가난한 사람과 마찬가지로) 병원에 보내지고, 상황은 더욱 악화될 것이었다. 적어도 법은 이러했지만, 이를 사람들에게 강요할 필요는 전혀 없었다.

그 뒤 노스니보르 씨와 가족 교정관의 면담 자리에 참석하게 되었는데, 그 교정관은 치료의 완수를 지켜볼 자격이 있다고 간주된 사람이었다. 집주인의 눈가가 담즙 이상 때문에 누렇게 떴는데도 교정관이 환자의 육체적 건강에 대해 던지는 어떤 질문도 신중하게 피한다는 점이 놀라웠다. 만약 이에 대해 언급했다면, 그는 전문가로서의 예의를 크게 위반하는 셈이 될 것이다. 교정관이 진단이 필요하다고 판단할 경우 육체적 이상의 가능성을 살짝 언급하는 경우도 있지만, 대개 거짓말이나 회피하는 답변만 돌아오고 결국에는 자신의 생각에 따라 결론을 내린다고 한다. 현명한 에레혼 사람들은 교정관이 주어진 상황과 관련된 모든 육체적 질환에 대해 알아야 하며 비밀은 절대 보장되어야 한다고 주장해왔다. 하지만 사람들은 교정관의 의견에 따라 자신을 낮추기를 좋아하지 않으며 또한 교정관은 의학적으로 대단히 무지했다. 어떤 귀부인은 급격히 침울해지거나 공상이 과해지는 증상을 용기를 내 실토하면서 조언을 들으려 했다가 마음을 편히 먹으면 나아진다는 진단을 들었다고 한다. 교정관은 친절하지만 엄숙한 어조로 말했다.

"스스로 이겨내야 합니다. 우리는 환자의 몸에 대해 어떤 대처도 할 수 없습니다. 그런 문제는 우리의 영역을 넘어서는 것입니다. 더 이상 자세한 이야기를 듣고 싶지 않습니다." 결국 귀부인은 울음을 터뜨렸고, 다시는 건강이 나빠지지 않겠다고 진심으로 다짐했다.

다시 노스니보르 씨에게 돌아가보자. 오후가 되자 그가 매질을 잘 견뎠는지 알아보려고 많은 방문객이 마차를 타고 찾아왔다. 비록 심한 고통을 겪었지만, 사람들의 자상한 질문에 그는 큰 기쁨을 얻었고, 자신이 회복되는 동안 친구들이 보여준 걱정과 우려는 다시 잘못을 저지르고 싶을 정도라고 나에게 말했다. 이 말을 듣고 나니 그의 상태가 과연 심각하지 않다고는 말할 수 없었다.

내가 머무는 동안 노스니보르 씨는 자신의 사업에 정진해서 이미 충분히 많은 재산을 더욱 증식시켰다. 하지만 그가 다시 성격이 나빠졌다거나 명예로운 수단 외의 방법으로 돈을 벌었다는 수군거림은 들리지 않았다. 후에 비밀리에 들은 바에 의하면, 그의 건강이 교정관의 치료에 의해 적잖이 영향을 받았다고 믿을 만한 이유가 있었다. 하지만 그의 친구들은 이에 대해 지나친 호기심을 보이지 않았으며, 그가 자기 사업으로 복귀하는 문제에 대해 모두 동의했다. 그들은 몸의 질병이 체질과는 별개의 이유로 생기는 것이므로 더욱 가볍다고 느꼈다. 따라서 음식이나 술에 지나치게 탐닉해서 건강을 해치면 그 상황을 초래한 정신병의 일부로 간주되어 경시되는 경향이 있다. 반면 열병이나 콧물감기, 폐병 등 우리가 보기에 개인의 통제를 넘어서는 질환 등에 대해서는 전혀 자비가 허용되지 않는다. 다만 젊은이의 질병에는 그나마 관대한 편이고(홍역은 젊음의 방탕 정도로 여겨진다), 지나치게 심각하지 않고 완전히 회복될 수 있으면 용서가 가능한 경솔함으로 판단된다.

교정관이 되기 위해서는 장기간 특별한 수련 과정을 거쳐야 한다는 점은 굳이 강조할 필요도 없겠다. 도덕적인 질병을 치유할 사람이라면 당연히 실제적으로 모든 면에 익숙해야 한다. 교정관이 되려는 학생은 종교적 의무처럼 특정 기간 동안 갖가지 악을 직접 실천해야 한다. 이러한 기간은 '단식'이라고 불린다. 학생은 모든 일상적인 악덕을 직접 제압할 수 있으며, 환자에게 자신의 경험에서 우러나온 조언을 해줄 수 있을 때까지 이를 지속해야 한다.

일반 교정관이 아니라 특수 교정관이 되려는 학생은 자신의 전문 업무에 대한 특별훈련을 받는다. 평생 훈련을 계속하는 학생도 있으며, 일부 헌신적인 학생은 자신이 선택한 전문 악덕의 분야에 따라 술이나 음식을 탐닉하다가 순교자로 죽는다. 하지만 대부분은 자신이 학습해야 할 다양한 악덕의 분야로 들어간다고 해서 해를 입지는 않는다.

에레혼 사람들은 순수한 미덕은 무절제하게 탐닉되지 않는다고 믿고 있다. 사실 부모의 실제 혹은 가정된 미덕이 제3세대나 제4세대의 후손에게 나타나는 사례를 여러 번 목격했다. 미덕을 상당히 선호하는 경향이 존재하며, 미덕에 거스르는 것보다 따르는 편이 대개 훨씬 낫다고 교정관들은 진심으로 말한다. 한편 교정관들은 유사 미덕pseudo virtue이라는 것이 성행하면서 사람들이 의식하기 전에 매우 나쁜 방향으로 몰고 간다고 주장한다. 따라서 미덕으로나 악덕으로도 두드러지지 않는 사람들이 가장 낫다. 나는 호가스Hogarth의 게으른 도제와 근면한 도제 이야기를 해주었지만, 그들은 근면한 도제를 아주 좋은 사람이라고 여기지는 않는 듯 보였다.

에레혼의 재판

다른 나라와 마찬가지로 에레혼에서도 특별한 주제를 다루는 법정이 있다. 앞에서 설명한 대로 불운은 대개 범죄로 간주되고, 다시 여러 범주로 분류되어 해당 법정에 할당된다. 나는 도착하고 얼마 지나지 않아 '개인적 사별 법정Personal Bereavement Court'에 갔다가 사랑하는 아내를 막 잃고 겨우 세 살짜리 큰 아이를 포함해서 모두 세 아이를 키우게 된 한 남자의 재판을 보게 되었는데, 관심이 가기도 했지만 또한 몹시 고통스러웠다.

변호사는 피고가 아내를 실제로 사랑한 적이 없었다는 취지의 변론을 하려고 했다. 그러나 검사가 부부의 헌신적인 사랑을 증명하는 증인들을 계속 세웠고, 피고는 자신이 견뎌야 할 상실의 본질을 떠올리며 흐느꼈기 때문에 변론은 실패했다. 배심원은 심의도 제대로 거치지 않고 유죄 평결을 내렸다. 그래도 피고가 최근

아내의 이름으로 상당한 생명보험에 들었다가 겨우 두 번의 납입 끝에 보험금을 탔으니 운이 좋다고 판단된다는 이유로 감형을 추천했다.

바로 앞에서 나는 배심원이 유죄 판결을 내렸다고 말했다. 그런데 판사가 형을 선고하면서 이 죄수가 범한 불운한 범죄에 대한 처벌이 법정의 분개를 야기할 정도로 경감되었다며 변호사를 책망하는 모습을 보고 나는 상당히 놀라지 않을 수 없었다.

판사는 이렇게 선고했다.

"인간이 존중할 만한 대상은 오직 행운뿐이라는 말이 널리 인정될 때까지 이처럼 조야하고 반사회적인 사례가 가끔씩 있을 것입니다. 어느 정도나 운이 좋아야 이웃들보다 더 존경을 받을 권리가 있는지는 대략 시장의 홍정에 따라, 그리고 궁극적으로는 야만적인 힘에 의해 결정됩니다. 어쨌든지 간에 어느 누구도 매우 적절한 범위 이상으로 불운하도록 허용되어서는 안 된다는 점은 논리적이라 할 것입니다."

판사는 피고는 바라보며 선고했다.

"피고는 큰 상실을 경험했다. 자연은 이러한 범죄에 심각한 벌점을 부여하며, 인간의 법은 자연의 명령을 강조해야 한다. 배심원의 권고가 아니었더라면 피고에게 6개월의 노역을 선고했겠으나 3개월 형이나 보험금의 25퍼센트를 벌금으로 내는 것으로 감형한다."

피고는 판사에게 감사해하면서 자신이 투옥되면 아이들을 돌볼 사람이 없기 때문에 왕이 하사한 선택권을 기꺼이 수락하고 벌금을 내겠다고 말한 뒤에야 피고석에서 내려올 수 있었다.

이어지는 재판의 피고는 막 성인이 된 젊은이였다. 그는 아직 미성년일 때 가장 가까운 친척이기도 했던 후견인에게 큰돈을 사기당했다. 그의 아버지가 오래전에 사망했기 때문에 이 사건이 '개인적 사별 법정'에서 다루어지게 되었다. 청년은 변호사가 따로 없었는데, 자신이 젊고 경험이 없으며 후견인을 무척 두려워했고 전문가의 조언을 따로 얻지 못했다고 주장했다. 그러자 판사가 엄격하게 말했다.

"젊은이, 헛소리는 금합니다. 젊고 경험이 없으며 후견인을 무척 두려워하고 전문가의 조언을 따로 얻지 못할 권리를 갖는 사람은 없습니다. 그런 무분별함 때문에 친구들의 도덕성을 유린한다면 그에 따른 결과도 예측해야 합니다."

피고는 후견인에게 사과하고 고양이 꼬리 채찍으로 열두 번 맞으라는 판결을 받았다.

폐병에 걸렸다는 이유로 고소당한 남자의 재판은 그야말로 내가 독자들에게 유별난 에레혼 사람들의 완전히 전복된 사고방식을 가장 잘 보여줄 수 있는 사례인데, 이 죄목은 최근까지 사형으로 처벌되었다고 한다. 여기에 도착하고 몇 달이 지난 뒤에 이 사건의 재판이 열렸기 때문에 지금 여기에서 설명하자면 연대기적

순서에서 벗어나게 되지만, 다른 주제를 언급하기 전에 미리 말해 두는 편이 나을 것 같다. 더욱이 서사의 형식을 고수하면서 매일 접했던 무한히 불합리한 일들을 자세하게 설명하다가는 영영 결론에 이르지 못할 것이다.

죄수가 피고석에 자리한 뒤 배심원이 선언을 하고 죄수에게 소명하라고 요구하는 것에 이르기까지는 유럽과 비슷할 뿐만 아니라 절차적으로도 거의 동일했다. 재판은 피고가 무죄를 주장하면서 시작되었다. 그는 강력한 증거로 기소되었고, 재판의 공정성은 절대적이었다. 피고측 변호인은 의뢰인에 관한 어떤 사항도 선별해 활용할 수 있었는데, 그는 죄수가 연금을 좀 더 이로운 조건으로 탈 목적으로 보험사에 폐병에 걸린 척 사기를 쳤다고 주장했다. 이 주장이 사실로 입증되면 피고는 형사처벌을 면하고 도덕적 질병을 치료하기 위해 병원에 보내질 수 있다. 그러나 그 나라에서 가장 유명한 변호인의 웅변과 명민함에도 불구하고 이 주장은 이성적으로 증명될 수 없었다. 피고는 거의 죽을 정도로 아팠기 때문에 오래전에 유죄 판결을 받지 않았다는 점이 놀라울 정도였다. 그는 재판 내내 쉬지 않고 기침을 했으며 담당 간수 두 명이 재판이 끝날 때까지 그의 두 다리를 붙잡아주어야 했다.

판사의 사건 요지 설명은 대단했다. 그는 죄수에게 유리하게 해석될 수 있는 모든 관점을 숙고했지만, 증거가 워낙 강력했기 때문에 의심의 여지가 없었으며, 배심원들 또한 배심원석에서 물러날 때 어떤 판결을 내릴지에 대해서 모두 같은 의견이었다. 약 10분 후에 배심원들이 돌아오고 배심장이 유죄 평결을 내렸다. 박수 소리가 약간 들리다가 곧 사라졌다. 그 뒤 판사는 잊을 수 없는 선고를 내렸다. 다음 날 주요 신문에 실린 관련 기사 내용을 적어 두겠다. 나의 표현력으로는 판사가 평결을 내리는 순간의 장엄함은커녕 그의 진지하고 근엄한 태도조차 제대로 담아낼 수 없으니 간단히 요약만 하겠다.

"이 법정의 죄수인 피고는 폐병에 걸린 채 노동을 하는 큰 범죄로 기소되었으며, 동족의 배심원 앞에서 진행된 공정한 재판 결과 유죄로 판명되었다. 이 평결에 반대하는 말은 할 수 없다. 피고에게 결정적으로 불리한 증거가 있으며, 나에게는 법의 목적을 충족시키는 선고를 내리는 일만 남았다. 선고는 대단히 엄격하다. 이렇게 젊은 사람이, 앞길이 창창한 사람이 근본적으로 악하다고 여길 수밖에 없는 체질에 의해 이토록 불안한 상태에 이른 것을 보자니 고통스럽지만, 피고의 사례에는 동정의 여지가 없다. 더욱이 초범도 아니며, 지금까지 여러 차례 범죄의 이력이 있다. 피고는 과거의 완화된 처벌에 의해 이득을 보면서 우리의 법과 제도를 더욱 심각하게 공격하고 있다. 지난해에는 기관지염 악화로 유죄 판결을 받았으며, 이제 겨우 스물세 살인데 다소 가증스러운 특질의 질병 때문에 이미 열네 차례나 투옥되었다. 사실 피고는 인생의 대부분을 감옥에서 보냈다고 해도 과언이 아니다.

피고의 부모는 건강하지 못했으며, 어린 시절에 큰 사고를 당해서 피고의 체질을 영구히 해쳤다고 말할 수도 있다. 이런 변명은 범죄자의 흔한 핑곗거리지만 정의의 귀에는 전혀 들리지 않는다. 근원에 대한 형이상학적 질문을 하려는 의도는 아니다. 일단 이런 질문을 던졌다가는 대답이 끝이 없을 것이며, 결국 근원적인 세포 조직이나 기본 기체만이 유죄 판결을 받을 것이다. 피고가 어떻게 사악하게 되었는지에 대한 질문은 없으며, 단지 피고가 사악한지에 대한 질문만이 있다. 이 질문에 대한 대답은 긍정적으로 결론이 났으며, 나는 그 결정이 정당하다고 단언한다. 피고는 유해하고 위험한 사람이며 동족에게 가장 가증스러운 죄인이라는 낙인이 찍혔다.

법을 정당화하는 것이 내 임무는 아니다. 법이 불가피하게 고난을 주는 경우도 있으며, 내가 반드시 내려야 하는 선고보다 덜 엄격한 선고를 내릴 수 있는 선택의 여지가 없다는 점이 안타까울 때도 있다. 하지만 이 사건은 여기 해당하지 않으며, 사실 폐병에 대한 사형제도가 폐지되지 않았다면 피고에게 확실하게 사형을 선고했을 것이다.

이토록 중대한 범죄 사례가 처벌되지 않는다는 것을 참을 수 없다. 존경받는 사람들로 구성된 사회에 피고가 존재한다면 건강하지 못한 사람들이 모든 형태의 질병을 경시하게 될 것이다. 더욱이 앞으로 피고를 괴롭힐 수도 있는 태어나지 않은 존재들을 피고가 더럽힐 기회가 주어진다는 것도 용납될 수 없다. 태어나지 않은 자들은 피고 옆에 오도록 허용되어서는 안 되며, 그들을 보호하는 것이라기보다(그들은 우리의 당연한 적이다) 우리 자신을 보호하기 위해서이다. 그들은 완전히 부정되지 않기 때문에 그들을 가장 덜 더럽힐 자들에게 할당될 것이다.

그러나 이와는 무관하게, 또한 피고의 경우처럼 중대 범죄와 연결된 육체적 죄와도 무관하게, 설령 그럴 의향이 있더라도 우리가 피고에게 자비를 베풀 수 없는 이유가 또 있다. 우리 사이에 숨어 있는 계층 중에 자칭 의사라는 자들이 있다. 법의 엄정함이나 국가의 현재 정서가 이렇게 조금이라도 안정을 찾지 못한다면, 현재 비밀리에 활동하면서 최대의 위험을 무릅쓰고 자문 역할을 하는 이 버려진 사람들이 모든 가정을 자주 방문하게 될 것이다. 그들은 모든 가족의 비밀을 자세히 알고 또 자신들의 조직을 통해 그 누구도 저항할 수 없는 사회적, 정치적 권력을 부여받게 될 것이다. 집안의 가장은 가정의에게 종속될 것이며, 가정의는 부부 사이와 주인과 하인 사이에 개입하고 마침내 의사들은 국가에서 유일한 권력을 휘두르면서 우리가 소중하게 여기는 것을 자신의 뜻대로 좌우하게 될 것이다. 그 결과 전반적으로 비육체화의 시대가 도래하고, 거리마다 온갖 약장수들이 넘쳐나며 모든 신문에 광고를 해댈 것이다. 이에 대해서는 오로지 단 하나의 치유책이 있다. 오래전부터 이 국가의 법이 시행해온 방법은 모든 질병이 법의 눈에 자명해질 때마다 최대한 엄격하게 누르는 것이다. 법의 눈이 실제보다 훨씬 더 통찰력이 있으면 좋을 것이다!

하지만 자명한 문제에 대해서는 더 이상 확대하지 않겠다. 피고는 이 일이 자신의 잘못이 아니라고 말할지도 모른다. 대답은 이미 가까이에 있다. 만약 피고가 건강하고 유복한 부모에게서 태어났으며 어렸을 때 제대로 양육을 받았다면 절대로 국가의 법을 위반하지도, 현재의 치욕스러운 지경에 처하지도 않았을 것이다. 만약 피고가 자신의 부모와 양육에 대한 책임이 없으며, 따라서 이를 자신의 범죄로 여기는 것이 부당하다고 주장한다면, 피고가 폐병에 걸린 것이 피고의 잘못이건 아니건 간에 이는 피고에게 내재하는 잘못이며 이러한 잘못에서 국가를 보호하는 것이 나의 의무라고 대답하겠다. 피고는 자신이 범죄자가 되다니 불운하다고 주장할 수 있겠지만, 나는 불운해진 것이 바로 당신의 범죄라고 답변한다.

마지막으로, 배심원이 피고를 무죄라고 했더라도(내가 전혀 좋아하지 않는 가정이지만) 나는 지금만큼 강력한 선고를 내렸을 것이라는 점을 지적해야겠다. 피고가 고소된 죄목으로부터 무죄라고 판명될수록 피고는 여전히 가증스러운 죄, 즉 부당하게 기소된 죄를 짓는 것이므로 유죄이다.

그러므로 나는 주저 없이 피고에게 자신의 비참한 존재가 끝날 때까지 강제노역과 징역을 선고하는 바이다. 이 기간 동안 피고가 자신이 이미 저지른 악행을 후회하고, 온몸의 체질을 온전히 개선하기를 진심으로 탄원한다. 피고가 내 조언에 귀를 기울이길 바라지만 그리 희망을 품지는 않는다. 피고는 이미 지나치게 타락했다. 이미 선고한 형량을 경감하는 것에 대해 덧붙일 말은 없지만, 자비로운 법의 조항에 따라 가장 비정한 범죄자라도 유죄 평결과 함께 처방되는 세 가지의 공식적인 치료 중 하나가 허용된다는 점을 고지함으로써 내 책임을 다하겠다. 그러므로 피고는 법정의 영광이 더 널리 알려질 때까지 매일 피마자유 두 숟가락을 먹을 것을 명한다."

판사의 선고가 끝나자 죄수는 자신이 정당하게 처벌받았으며 공정한 재판이라고 중얼댔다. 그 후 그는 다시는 돌아오지 못할 감옥으로 이감되었다. 판사가 말을 마치자 몇몇 사람이 박수를 치려다가 다시 저지되었다. 법정은 죄수에게 대단히 적대적이었지만 그가 죄수의 마차로 사라질 때 방청석에서 일어난 약간의 야유를 제외하면 그에게 폭력을 가하려는 움직임은 전혀 없었다. 나는 이 나라에 체류하는 동안 사람들이 법과 질서를 모두 존중하는 것에 가장 큰 충격을 받았다.

불평분자들

그다지 유쾌하지 못한 기분으로 집에 돌아와 방금 목격한 재판에 대해 좀 더 곱씹어보았다. 법정에서는 주변 사람들의 여론에 나도 휩쓸렸다. 그들은 자신이 무슨 일을 저질렀는가에 대해 전혀 자책하지 않았고, 법정의 판결에 대해 아무런 의심도 품지 않는 것 같았다. 그래서 나는 그동안 전혀 상반된 가치관을 갖도록 훈련받았는데도 불구하고 모든 사람이 아무런 의심도 없이 확신하는 분위기에 휩쓸렸던 것이다. 우리는 주변 사람들이 사실로 받아들이는 것을 사실로 받아들인다. 또한 심각한 경우를 제외하고 이렇게 하는 것이 결국 우리의 의무이다.

그러나 집에 돌아와 다시 생각해보니, 그 재판은 매우 기이했다. 나로서는 도저히 편들 수 없는 입장이 승리한 재판이었다. 만약 판사가 피고가 건강하지 못한 부모에게서 태어났거나 어렸을 때 굶

주리거나 사고 때문에 폐병에 걸렸다는 등의 사실에 대해 언급하고, 자신은 이를 전부 알고 있지만 사회를 보호해야 하므로, 이미 고통스러운 죄인에게 추가적인 고통을 부여하는 것이 몹시 통탄스러우나 어쩔 도리가 없다고 말했더라면, 나는 그런 판단이 잘못되었다고 여기면서도 그의 입장을 이해했을 것이다. 그러나 판사는 약하고 병든 이에게 고통을 가하는 것만이 약함과 병의 확산을 막는 유일한 수단이며, 피고에게 가해지는 열 배의 고통은 엄격한 법률에 따라 궁극적으로 다른 이에게 번져나가지 않으리라고 확신했다. 그렇게 생각했기에 그토록 불량한 사례가 사회에 확산되어 사회의 기준을 저하시키는 것을 방지하는 데 필요한 고통을 가한다는 사실에 판사는 어떤 이의도 제기하지 않았다. 하지만 피고에게 체질상 운이 좋고 어렸을 때 고통에 덜 방치되었더라면 건강이 좋았을 것이라고 말한 판사가 좀 치졸해 보였다.

내가 지금 비록 굉장히 망설이면서 이 글을 쓰고는 있지만, 불운을 이유로 처벌하거나 혹은 순전한 운을 근거로 보상하는 것이 불공정하다고 생각하진 않는다. 그것이야말로 인간의 평균적 상태이며, 제정신인 사람이라면 보편적인 방식에 따라야 한다는 점에 불평하지 않을 것이다. 우리에게 다른 대안은 없다. 사람들이 자신의 불운에 책임이 없다고 말하는 건 쓸모가 없다. 도대체 책임이란 무엇인가? 책임이 있다는 것은 대답이 요구되면 대답할 수 있다는 뜻이며, 살아 있는 모든 존재는 공인된 자의 입을 통해 사회가 던지는 질문이 적절하다고 판단할 경우 자신의 삶과 행동에 책임을 져야 한다.

우리가 명백히 도살 목적으로 키우며 안전하게 돌보는 양이 저지른 죄는 과연 무엇일까? 양의 죄목은 인간 사회가 식량으로 삼고 싶어 하는 존재이자, 스스로를 보호할 힘이 없는 존재라는 불운을 타고난 것이다. 이 정도면 충분하다. 사회 자체를 제외하고 누가 사회의 권리를 제한하겠는가? 또한 사회가 그로 인해 이득을 얻지 못한다면 개인에 대해 어떤 고려가 허용되겠는가? 공동의 이득이 증진됨이 입증되지 않는다면 백만장자의 아들이라고 해서 왜 그 높은 지위를 인정받아야 할 것인가? 안전하게 보관하고자 하는 우리의 재산을 위태롭게 할 때라야 부자 아버지를 둔 아들의 지위를 탓할 수 있다. 만약 그 반대의 경우라면 우리는 한시바삐 그에게서 돈을 앗아서 당장 우리가 취할 것이다. 재산은 강도질이기 때문이다(P. J. 프루동Pierre Joseph Proudhon이 《소유란 무엇인가?Qu'est-ce que la propriete?》에서 한 주장과 일치한다—옮긴이). 또한 우리는 모두 강도이거나 미래의 강도이며, 우리의 욕망과 복수를 조직화할 필요가 있다고 깨달았듯이 우리의 도둑질을 조직화해야 한다고 생각한다. 재산과 결혼, 법, 모두 마찬가지이다. 규칙 및 관습과 본능의 관계는 강바닥과 강의 관계와 마찬가지여서 홍수가 날 때 둑에 장난치는 사람에게는 화가 미칠 것이다.

이제 다시 본론으로 돌아가자. 영국에서 황열병에 걸렸는데도 배에 올랐다면 격리되어 어떤 희생을 치르더라도 자신의 불행에 책임을 져야 한다. 병이 심해져서 죽을지라도 어쩔 도리가 없으며, 다른 사람들처럼 자신의 운에 맡겨야 한다. 그러나 오만함이 자기보호의 최선책이라고 믿지 않는다면 스스로를 보호하기 위해 오만함을 더하는 것은 분명 절망적인 불친절함이다. 미치광이의 예를 들어보자. 우리는 미치광이가 자신의 행동에 대해 무책임하다고 말하면서도 그들이 자신의 광기에 대해 우리에게 답변하게끔 그들을 보호하고, 그들의 대답이 마음에 들지 않으면 소위 보호시설(현대의 은신처!)에 투옥한다. 이는 기이한 형태의 무책임이다. 미친 사람이 미치지 않은 사람에 비해 만족스럽지 못한 대답을 하더라도 우리가 만족할 여유가 있다고 말해야 하는데, 이는 광기가 범죄보다 전염성이 덜하기 때문이다.

우리는 뱀이 위험하다고 생각하고, 뱀이 나타나기만 하면 죽여버린다. 그러나 뱀이 해로운 동물로 태어난 게 잘못이라고 하는 사람은 없다. 뱀으로 태어난 것이 뱀의 죄이고, 이 자체가 중범죄이며, 뱀을 죽일 수만 있다면 죽이는 것이 옳다. 그러나 우리는 죽이면서도 뱀을 불쌍히 여기는 마음을 갖는다.

그러나 앞에서 언급한 재판의 경우, 법정에 앉아 있던 모두는 자신이 폐병에 걸리지 않은 이유가 출생과 환경이라는 우연 덕분이라는 사실을 알고 있었다. 그럼에도 불구하고 그들은 판사가 피고에게 퍼부어대는 잔혹하고 진부한 말을 잠자코 듣는 행위를 불편하게 여기지 않았다. 판사는 친절하고 사려 깊었으며 장엄하고 온화한 존재였다. 강철 같은 체질에 가장 성숙한 지혜와 경험이 그의 얼굴에서 드러난다. 나이가 많고 학식이 풍부한 판사이지만 그는 어린 이라도 분명하게 볼 수 있는 것을 보지 못했다. 이 세상에 태어나서 성장하는 동안 자신을 지배해온 생각의 굴레를 느끼지도, 거기에서 해방되지도 못했다.

배심원과 방청객도 마찬가지였고 무엇보다 피고 자신까지 그랬다는 점이 가장 놀라웠다. 피고는 시종일관 자신이 정당하게 재판받는다고 확신하는 것 같았다. 그는 자신이 더 나은 환경에서 태어나고 자라지 못했기 때문에 사회에 필요한 보호가 되지 못하는 것은 물론이고(사람들이 이를 간과하지는 않았지만) 자신이 처벌되어야 한다는 판사의 의견이 터무니없다고 여기지 않았다. 그가 나와 동일한 시각에서 이 사태를 보았더라면 훨씬 더 고통스러웠으리라는 점에서는 다행이라고 여겼다. 결국 정의란 상대적인 문제이다.

에레혼은 내가 도착하기 겨우 몇 년 전만 해도 유죄 판결을 받은 자가 지금보다 훨씬 야만적인 취급을 받았다는 점을 말해둬야겠다. 육체에 대한 치료는 전혀 제공되지 않았으며, 죄수들은 어떤 날씨에서든 혹독한 노역을 치러야 했고, 대부분의 죄수가 자신이 겪는 극단의 곤경에 굴복했다. 이는 국가가 범죄자를 관리하는데 필요한 비용을 감소시켰다는 점에서 유익했다. 그러나 생활 수준이 올라가면서 엄격했던 태도가 다소 완화되었고, 예민한 나이의 사람들은 아무리 중대한 죄를 지은 사람에게라도 극단적으로 가혹하게 대하는 것을 더는 용인하지 못하게 되었다. 더욱이 배심원들은 유죄 판결을 그다지 원하지 않았고, 피고를 실질적으로 사망에 이르게 하는 것과 석방시키는 것 사이에 대안이 없었기 때문에 재판에서 부정행위가 종종 발생했다. 또한 국가가 지나치게 엄격하게 굴기 때문에 회부되는 재판도 많았다. 소소한 질병으로 투옥된 자들이 감옥에서 불구가 된 경우가 많았으며, 일단 유죄 판결을 받고 나면 대체로 평생 국가의 감독 아래 있게 되었다.

이러한 문제점들이 오랜 시간에 걸쳐 분명하게 드러났지만, 사람들은 자신에게 속하지 않는 고통에 지나치게 나태하고 무관심해서 이를 종결하려는 노력을 기울이지 않았다. 결국 자비심 많은 개혁자가 나타나 개혁에 평생을 바쳤다. 그는 모든 질병을 머리와 몸통, 하지下肢에 영향을 미치는 세 부류로 나눈 뒤 머리의 내부와 외부에서 생긴 질병은 아편제로, 몸통은 피마자유로, 그리고 하지의 병은 강한 황산과 물의 도포제로 치료해야 한다는 법령을 제정했다.

이 분류가 그다지 세밀하지 못하며 치료법도 잘못 선택되었다고 말하는 이도 있겠지만, 어떤 개혁도 처음 시작하기란 힘들고, 대중에게는 우선 작은 것에서부터 개혁의 정신과 원칙을 알리는 것이 필요한 법이다. 이렇게 현실적인 민족에게 아직 개선의 여지가 있다는 점은 놀랍지 않았다. 모든 국민은 조정안이 있다는 데 만족하고, 죄수에 대한 처우가 완벽하다고 믿었다. 그러나 혈기왕성한 소수는 극단적인 의견을 주장하면서 최근 인정된 원칙이 더 실행될 때까지 전혀 만족하지 못했다.

이들의 견해와 근거를 찾아보기란 쉽지 않았다. 대중은 이들을 몹시 혐오했고, 이들은 모든 도덕성의 파괴자로 간주되었다. 한편 이 불평분자들은 질병이란 모종의 원인에 의한 결과이며 대부분의 경우 그 결과는 개개인이 통제할 수 없기 때문에 썩은 과일이 썩었다는 이유로 유죄인 정도의 논리에 따라 병에 걸린 사람도 유죄일 뿐이라고 주장했다. 사실 그러한 과일은 사람이 먹기에 적절하지 않으므로 치워두어야 하며, 폐병에 걸린 사람은 동료 시민들을 보호하기 위해 감옥에 가야 한다. 그러나 이 급진주의자들은 범죄자의 자유를 박탈하고 엄격하게 감시하는 것 이상으로는 처벌하지 말아야 한다고 주장했다. 그들의 주장에 따르면 병자는 사회에 해를 끼치지 않는 범위 내에서 각자의 능력을 발휘해서 사회에 기여해야 했다. 만약 병자가 돈을 버는 데 성공한다면, 급진주의자들은 그를 감옥에서 되도록 편하게 지내게 하고, 그가 도망치거나 감옥 안에서 병이 악화되는 것을 방지하는 데 필요한 만큼 이상으로는 그의 자유에 간섭하지 않을 것이다. 더욱이 그의 수입에서 그의 방값과 식대, 감시 비용, 그리고 유죄의 절반이 공제된다. 그가 너무 아파서 수감 비용을 감당할 정도의 노동도 하지 못한다면, 그에게는 오로지 물과 빵만 제공될 것이다.

급진주의자들은 어떤 사람이 지금까지 사회에 해로운 행위를 했다고 해서 그를 완전히 배제해야 한다는 사고방식은 우매하다고 지적하고, 질병에 걸린 계급의 노동에 반대하는 것이야말로 오히려 다른 형태의 보호라고 생각한다. 특정 재화를 생산할 능력과 의지를 갖고 있는 어떤 사람이 노동을 하지 못하게 막고 그로 인한 비용을 다른 사람들이 부담해야 한다면 재화의 가격에 불필요한 거품이 끼게 된다는 것이다.

더욱이 병자는 살아 있는 한 불쾌하더라도 여전히 우리의 동료이다. 그를 지금 이 존재로 만드는 것은 주로 다른 사람들의 행동, 즉 현재 그를 단죄하는 사회가 부분적으로는 그와 관련된 책임을 지는 것이다. 그들은 이런 상황에서 질병이 늘어날까봐 두려워할 필요는 없다고 말한다. 자유의 상실, 감시, 죄수의 수입에서의 상당액을 강제로 공제하는 것, 자극제를 거의 사용하지 않는 것(아주 조금만 허용되며, 돈을 벌지 못하는 사람에게는 전혀 허용되지 않는다), 강요된 금욕 생활, 무엇보다 친구들 사이에서 평판을 잃는 것이야말로 건강에 대한 전반적인 태만을 겨냥한 사회의 충분한 안전장치라는 것이 그들의 의견이다. 따라서 투옥되는 사람은 가능하면 자신의 직업이나 상업 행위를 감옥에서 그대로 행해야 한다는 주장이다. 그렇지 않으면 병자는 자신의 능력 범위 내에서 그나마 가능한 것으로 자신의 생계를 벌어야 한다. 하지만 신사로 태어나서 특정한 직업이 없는 경우라면 뱃밥을 만들거나(과거 죄수들이 주로 행하던 일—옮긴이) 신문에 예술비평 기사를 써야 한다.

불평분자들은 나라의 질병 대부분은 질병이 비상식적으로 다뤄진 결과라고까지 주장한다.

그들은 매일 치료되는 도덕적인 질병처럼 육체적 질병도 치유 가능하지만, 신체적 부정不貞의 원인을 더 공정하게 보지 못하는 이상 대대적인 개혁은 불가능하다고 믿는다. 사람들은 자신이 아프다는 사실을 숨길 수 있는 한 숨길 것이다. 은폐를 생성하는 것은 약이 아니라 경찰 활동이다. 자신이 아프다는 소식이 이웃들에게 비참한 사실로, 마치 보석상에 침입해서 비싼 다이아몬드 목걸이를 훔친 범죄와 같은 정도로 개탄스러운 일로 받아들여지는데, 이는 태생이 좋거나 양질의 양육을 받는 행운을 누릴 수 없는 누구에게나 쉽게 벌어지는 일이다. 그리고 감염에 대항해서 사회를 보호하고, 자신의 질병을 적절하게 치료할 수 있다면 감옥의 불편함을 감수할 수 있다고 느낀다면, 사람들은 유언장을 위조하거나 남의 아내와 달아나고 싶다고 느낄 때 교정관에게 가듯이, 자신이 수두에 걸렸다는 사실을 인식하는 순간 스스로 경찰에 자수할 것이다.

그러나 이들은 무엇보다 경제적인 측면에 의거해서 주장을 펼친다. 대부분 빌리거나 훔친 것들로 가득 찬 머릿속보다는 대체로 자신의 고유한 소유물이 들어 있는 주머니에 호소하면 곧 목적을 이루게 되며, 더욱이 이런 방법이 가장 준비가 잘된 테스트이

자 스스로 보여줄 것이 가장 많다고 믿기 때문이다. 그들이 주장하는 바에 따르면, 만약 어떤 행동 과정을 통해 국가적 비용을 절감하며 정당하게 절약하고, 간접적인 다른 방식을 통해 소비를 줄이지도 않을 수 있다면, 이를 채택하지 않기 위해서는 더 많은 수고가 필요하다. 내가 옳거나 틀리다고 말하는 척할 수 없지만, 그들은 자신이 옹호하는 병자들을 의학적이고 인간적으로 치료할수록 결국에는 국가에 비용이 덜 들 것이라고 생각한다. 그러나 나는 이 개혁가들이 가장 극심한 질병을 채찍이나 죽음으로 치료하는 것에 반대하지는 않는다. 그들도 그보다 효과적인 제어 방법을 알지 못하기 때문에 매질과 교수형을 허용했겠으나 여전히 동정심을 잃지 않을 것이다.

우리와 무관한 견해에 대해 내가 지나치게 깊게 생각한 것 같지만, 나는 이 개혁자들이 나에게 촉구했던 바의 10분의 1도 채 말하지 않았다. 하지만 이것으로도 독자의 호기심을 충족시키기에는 충분하다고 생각한다.

죽음에 대한 에레혼 사람들의 견해

에레혼 사람들은 죽음이 질병보다 덜 혐오스럽다고 생각한다. 죽음이 범죄라 할지라도 법의 범위를 넘어선 것이며 따라서 여기에 대해서는 아무 의견도 내지 않는다. 한편 에레혼 사람들은 죽었다고 일컬어지는 사람들 대다수가 아예 태어나지 않았다고 주장한다. 적어도 유일하게 고려할 만한 대상인 보이지 않는 세계unseen world에서 태어난 것은 아니라고 주장한다. 이 보이지 않는 세계에 대한 그들의 주장을 내가 이해한 대로 설명해보자면, 일부는 보이는 세계the seen에 도달하기 전에 실패하고 일부는 도달한 이후에 실패하고 만다. 그곳에서 태어나는 사람은 드물며, 에레혼 사람들 대다수가 거기 도착하기 전에 실패한다고들 한다. 또한 우리가 생각하는 만큼 중요한 것도 아니라고 한다.

그들은 우리가 죽음이라 부르는 것이 지나치게 조작되었다고 말한다. 언젠가 죽는다는 사실이 우리를 그렇게 불행하게 만드는 것은 아니다. 어느 누구도 자신이 죽음에서 도망칠 수 있다고 생각하지 않기에 실망하지 않는다. 우리는 오래 살지 못한다는 사실을 알면서도 그다지 신경을 쓰지 않는다. 우리가 신경 쓰게 만들 유일한 것은 정확히 언제 죽음이 닥칠지 알거나 알 수 있다고 생각하는 것인데, 다행히 많은 사람이 이에 대해 알아내려고 비참히 노력했으나 확실히 아는 사람은 아무도 없었다. 어딘가에 어떤 힘이 존재하고 있어서 우리가 죽음의 꼬리에 찔리는 것을 은혜롭게도 막아주는 것 같다. 죽음은 언제나 걱정거리이겠으나 어떤 상황에서도 그 이상의 큰일로 비화하지 않으리라는 확신을 준다.

일주일 안에 사형이 집행된다는 선고를 받고 절대로 도망칠 수 없는 감옥에 갇힌 사람이 있더라도, 그는 일주일이 지나기 전에 집행유예 받기를 희망하게 마련이다. 또는 감옥에 화재가 발생해서 교수대의 올가미 대신 연기에 질식될 수도 있다. 아니면 감옥 뜰에서 운동하다가 번개에 맞을 수도 있다. 이 가련한 사람은 교수형에 처해질 날 아침에 식사를 하다가 질식사할 수도, 교수대의 발판이 떨어지기 전에 심장발작으로 죽을 수도 있다. 더욱이 교수대의 발판이 떨어진다 해도 실제로 죽기 전까지는 죽음을 확신할 수 없다. 결국 자신이 정해진 시각에 죽는다는 사실을 발견할 때는 이미 늦게 된다. 따라서 에레혼 사람들은 삶과 마찬가지로 죽음 역시 고통보다는 두려움의 문제라고 주장한다.

에레혼에서는 죽은 사람의 시신을 화장하고 재를 고인이 직접 선택해둔 땅에 뿌린다. 고인에 대한 호의를 어느 누구도 거부할 수 없다. 그래서 그들은 젊었을 때 좋아했던 정원이나 과수원을 주로 장지로 선택한다. 미신을 믿는 이들은 고인의 재가 뿌려진 곳에서 고인이 질투심 많은 수호 정령이 된다고 주장한다. 또한 살아 있는 사람들은 자신이 죽고 나면 한때 행복을 느꼈던 특정 지역과 동일시된다고 생각하는 편이다.

예전에는 에레혼의 관습과 우리의 관습이 비슷했지만, 지금은 고인을 기리는 묘비나 묘비명도 만들지 않는다. 그래도 거의 비슷한 관습이 남아 있는데, 인류에게는 육체가 죽은 후에도 이름을 보존하려는 본능이 있기 때문이다. 사람들(그러니까 여유가 있는 사람들)은 죽기 전에 미리 자신의 조각상을 만들고 그 아래 비명을 새기는데, 방식은 다르더라도 내용은 우리 묘비명과 마찬가지로 진실되지 못하다. 그들은 자신이 나쁜 기질과 질투, 탐욕 등등의 피해자이며, 사실 여부와 무관하게 자신이 아름답고, 국가의 고정부채에 큰 액수를 갖고 있다고 주장한다. 외모가 별로인 사람은 조각상에 자신의 이름을 새기는 경우는 있어도 직접 모델이 되지는 않는다. 대신 가장 잘생긴 친구에게 조각상의 모델이 되어달라고 부탁하며, 모델이 되어달라는 부탁이야말로 타인을 칭찬하는 방법이다. 물론 여성들은 친구의 탁월한 미모를 인정하고 싶어 하지 않기 때문에 대개 직접 모델이 되면서도 자신이 이상적인 모습으로 표현되기를 바란다. 그러나 이런 조각상 대다수가 거의 모든 집안에서 골칫거리로 여겨지기 시작했기 때문에 머지않아 이러한 관습이 폐지될 것으로 보인다.

사실 공인의 조각상에 대해서는 이미 이런 여론이 형성되어서 조각상은 수도 내에 겨우 세 점만 남아 있다. 나는 이 일에 놀라움을 표했는데, 500년 전 수도에 이런 골칫거리가 넘쳐났으나 해결 방법은 없고 사방에서 문제 해결을 놓고 입방아만 찧는 바람에 참을 수 없는 수준에 이르자 아예 걱정하지 않기로 했다는 이야기를 들었다. 이러한 조각상 대부분은 동물 박제사가 수행하는 작업을 인간에게 시도해보는 것에 불과했다. 이러한 조각상은 누군가를 칭송하면서 결국 스스로를 칭송하려는 무리에 의해 공공연하게 세워졌으며, 딸의 약혼자인 젊은 조각가에게 일거리를 주고 싶다는 무리 일원의 욕망에 불과한 경우도 빈번했다. 조각상을 만드는 기술이 널리 퍼지면서 조각상은 결국 흉물로 전락하고 말았다.

나로서는 이유를 알 수 없지만, 가장 숭엄한 예술은 아주 짧은 순간에만 완벽을 유지하다가 곧 정상에 이르러 쇠퇴하기 시작한다. 쇠퇴하기 시작할 때 아예 죽어버리지 못한다는 점이 유감이다. 예술은 살아 있는 유기체와 같아서 죽어가기보다는 죽는 편이 낫기 때문이다. 노쇠한 예술을 다시 젊게 만드는 방법은 없으니, 새로 태어나서 어린 시절부터 새롭게 성장하면서 모든 두려움과 떨림을 뚫고 노력을 거듭하면서 구원에 다다라야 한다.

500년 전의 에레혼 사람들은 이런 것을 전혀 이해하지 못했고 지금도 마찬가지인 것 같다. 그들은 박제된 인간 안에 넣는 내용물이 변질되지 않게끔 최대한 노력했다. 우리의 마담 투소 밀랍 인형 박물관처럼 사람들에게 실제로 옷을 입히고 채색하는 그런 박물관이 있어야 했다. 이런 박물관은 입장객에게 돈을 받아 흑자를 낼 수도 있었을 것이다. 그러나 결국 가련하고 차갑고 지저분하고 창백한 남녀 주인공들은 비가 오나 눈이 오나 예술작품을 청결하게 유지하려는 노력의 손길 한번 받지 못한 채 광장과 거리 모퉁이를 맴돌았다. 죽은 예술작품을 눈에 보이지 않는 곳에 매장한다는 조항이 전혀 없었기 때문이다. 다시 말해서 국가에 대한 여운을 느끼게끔 충분히 조화를 이룬 조각상들을 체제 밖으로 옮길 만한 처리 시설이 없었다. 그래서 조각상들은 시끄러운 요구에 부응해 가벼운 마음으로 세워졌으며, 그 결과 당대 사람들과 그들 자손들은 비겁함 때문에 말할 수 없을 정도로 국가 재정을 상실하게 만든 수다쟁이와 공존해야 했다.

마침내 유해한 상황이 절정에 달하자 무차별적인 적개심으로 봉기한 사람들이 좋은 것과 나쁜 것을 모두 파괴했다. 주로 나쁜 것들이 파괴되었으나 개중에는 좋은 것도 있었기에 오늘날의 조각가는 전국의 여러 박물관에 보관된 파편들을 보면서 비통한 나머지 경악한다. 그 후 약 200년 정도 왕국의 어디에서도 조각상이 전혀 제작되지 않았지만, 사람을 박제하고 싶다는 본능이 워낙 강력해서 결국 사람들은 다시 조각상 제작을 시도했다. 그러나 방법도 모르는 데다 그들을 잘못된 길로 이끌 학교마저 없어서 이 시대 최초의 조각가들은 고심 끝에 다시 흥미로운 작품을 제작하기 시작했는데, 3, 4세대 후에는 몇백 년 전의 작품에 크게 뒤지지 않는 완벽한 수준에 달했다.

그러자 이전과 동일한 유해한 상황이 재발했다. 조각가들은 상당한 대가를 받았고, 예술은 상업이 되었으며, 돈이 된다면 예술의 성스러운 영혼을 판매하겠다고 공언하는 학교들이 생겨났다. 방방곡곡에서 사람들이 예술의 영혼을 구매했다가 나중에 다시 판매할 희망을 품고 모여들었으며, 그들을 보낸 자들의 젖값을 받아 우둔해졌다. 곧 우상 타파의 격노가 확실하게 몰아닥칠 정도에 이르렀으나 통찰력 있는 어느 정치인에 의해 어떤 공인의 조각상도 50년 이상 유지되어서는 안 된다는 취지의 법안이 통과되었다. 정해진 50년이 끝날 무렵에 길거리에서 임의로 선택된 24인의 배심원이 다시 50년의 기간을 유지해도 좋은지에 대해 결정을 내린다. 50년마다 검토가 반복되고, 18명이 조각상의 보유를 승인하지 않으면 조각상은 제거된다.

공인이 사망하고 100년이 될 때까지 조각상 제작을 금지하고, 그 후 50년마다 고인과 조각상의 가치를 다시 검토하는 방법이 더 간단할 것이다. 그래도 이러한 법안이 전반적으로 만족스러운 결과를 가져왔다. 무엇보다 구체제에서라면 인정받았을 공인의 조각상 대다수가 50년 후면 확실히 제거된다고 알려지자, 아예 주문 자체가 들어가지 않았다. 또한 공인의 조각가들은 자신의 작품이 단명하리라는 것을 알고 대강대강 작품을 만들었기 때문에 아무리 무식한 자의 눈에도 형편없어 보였다. 곧 기부자들은 죽은 정치가들의 조각상을 담당한 조각가에게 조각상을 제작하지 않는다는 조건으로 돈을 지불했다. 이제 고인에게 존경이 표해지고, 공인의 조각가는 벌금이 부과되지 않았으며, 대중은 불편함을 겪지 않게 되었다.

그러나 이 관행이 남용되면서 조각상을 만들지 않겠다는 위탁의 경쟁이 하도 첨예해져서 조각가들은 미리 작성된 계약에 따라 기부자에게 상당 액수의 대금을 환급해주었다고 한다. 이러한 거래는 언제나 은밀했다. 공인의 조각상이 세워질 예정인 보도에 작은 글씨를 새기길 조각상 제작을 의뢰했지만 조각가가 아직 완성하지 못했다고 알렸다. 개인적인 소비를 위한 조각상을 억제하는 법령은 없었어도 위에서 말한 대로 관습은 소멸되어가는 중이다.

죽음과 관련한 에레혼 사람들의 관습으로 돌아가서, 나로서는 도저히 간과하기 힘든 사항이 하나 있었다. 어떤 사람이 죽으면, 유가족의 친구들은 애도의 편지를 쓰지 않으며 예식에 참석하지도 상복을 입지도 않는다. 다만 상자 뚜껑에 보낸 이의 이름이 새겨지고 가짜 눈물이 가득 담긴 작은 상자를 보낸다. 눈물의 숫자는 관계의 친밀도에 따라 두 개에서 열다섯, 열여섯까지 다양하며, 사람들은 정확히 몇 개를 보내야 하는지 아는 것이 훌륭한 예의라고 생각한다. 이상해 보일지 몰라도, 이러한 배려는 소중하게 여겨지며, 눈물을 보내야 할 사람이 보내지 않으면 지탄의 대상이 된다. 과거에는 고인이 사망하고 몇 달 동안 유족들이 접착제로 눈물을 뺨에 붙이고 공공장소에 모습을 드러냈고, 그 후 눈물은 모자 안으로 사라졌다. 그러나 지금은 아무도 더 이상 눈물을 부착하지 않는다.

한편 아이의 출생은 차라리 건드리지 않는 편이 나을 정도로 고통스러운 주제로 간주된다. 산모의 질병은 출생증명서로 인해 더 이상 감출 수 없을 때까지 은폐되며, 그동안 가족은 은둔 생활을 하며 사람들과 거의 만나지 않는다. 범법 행위가 모두 해결된 이후의 당사자는 공공의 필요에 따라 다음과 같은 논리에 의해 사면된다. 은혜로운 자연의 공급, 충돌의 완충제, 우리의 계산을 망치지만 이것 없이는 존재가 불가능해진다는 갈등, 맹목적이면서도 자혜로운 인간의 발명품 중에서 최고의 영광, 축복된 불일치성 등등은 어디에나 있듯 여기에도 존재하기 때문이다. 도덕성에 매우 엄격한 작가라면 여성의 출산이 사악한 일이며 건강 악화는 잘못이라고 주장하겠지만, 이러한 사례가 필요하기 때문에 조용히 간과하자는 일반적인 정서가 형성되고 공공연하게 드러나는 극악한 사례를 제외하면 아예 존재하지 않는 일로 여겨지게 되었다. 이런 사례에 대한 사회의 비난은 가혹하며, 질병이 위험하고 기간이 연장된다고 간주될 경우 해당 여성은 이전의 사회적 지위로 돌아갈 수 없었다.

지금까지 언급된 관습들이 내 눈에는 독단적이고 잔인하게 보이긴 했지만, 그 덕분에 수많은 상상 질병이 자취를 감추었다. 이런 상황이 흥미롭다고 여겨지기보다는 다소 비난받을 만한 조건으로 보이기 때문에 해당 여성은 자신의 비행이 발각되면 심한 질책을 받을 것이라 예상하고 남편에게조차 이 일을 숨기려 한다. 또한 숨겨져 있던 아기는 걷고 말할 때가 되고 출생증명서에 서명하는 날이 되어서야 비로소 그 존재가 드러난다. 불행히도 아이가 죽는다면 검시관의 조사가 불가피하겠지만 그때까지 존경받았을 가족에게 돌아갈 불명예를 피하기 위해, 대개는 그 아기가 75세가 넘어 자연사한 것으로 처리된다.

마하이나

나는 노스니보르 가족의 집에 계속 머물렀다. 며칠 후 노스니보르 씨는 매질의 후유증에서 회복되어 드디어 다음번이 마지막이라는 사실을 기쁘게 기다리게 되었다. 나는 이 정도 했으면 충분하지 않나 싶었지만, 그는 안전한 편이 나으며 열두 번을 채우겠다고 말했다. 이제 그는 평상시처럼 사업을 처리했고, 과중한 벌금에도 불구하고 사업은 어느 때보다 번창했다. 그는 1년이나 한 달, 또는 하루 단위가 아니라 1분 단위로 돈을 받을 정도로 돈을 벌어들이는 사람이어서 나에게 할애할 시간이 많지 않았다. 대신 그의 아내와 딸들이 나를 존중해주었고, 나를 보려고 떼를 지어 몰려온 친구들을 소개시켜주었다.

친구 중에 마하이나라는 숙녀가 있었다. 그녀가 방 안에 들어서자마자 줄로라Zulora(주인집 맏딸)가 달려가 끌어안으면서 '가련한 음주벽'은 좀 어떠냐고 물었다. 마하이나는 예전과 마찬가지로 나쁘다면서 자신이 음주벽의 완벽한 순교자이며 그나마 건강이 좋다는 점 때문에 고통 중에서 유일하게 위안을 얻는다고 말했다.

그러자 다른 숙녀들도 정신적 질환을 앓는 사람을 위해 준비해둔 완벽한 조언으로 그녀를 위로해주었다. 그들은 마하이나의 교정관을 비방하고 자신의 교정관을 추천해주었다. 노스니보르 부인은 무척 좋아하는 비법의 약을 추천했으나 나는 그 약의 특성을 전혀 이해할 수 없었다. 다음과 같은 말이 띄엄띄엄 들렸다. "이 약을 계속 복용하면 술 생각이 사라질 거란 확신" "이 확신이 가장 중요하죠." "다시는 술을 마시지 않겠다는 완벽한 결단력을 과소평가하는 것은 아니에요." "지나치게 자주 실패해요." "확실한 치료책(아주 강조함)" "처방전" "완벽한 확신" 등. 그 후의 대화는 좀 더 알아들을 만했고, 이야기는 상당히 길게 계속되었다. 그들의 독창적이고 기이한 대화 내용을 기록하다가는 나는 물론이고 독자까지 혼동시킬 것 같다. 다만 얼마간의 시간이 흐르고 떠날 시간이 되자 마하이나가 모든 숙녀와 정겨운 포옹을 나누고 돌아갔다는 정도만 밝히겠다. 나는 처음의 소개 예식이 끝나자 뒤에 물러서 있었는데, 마하이나의 외모가 마음에 들지 않았고, 대화도 별로였기 때문이다. 그녀가 떠난 후에 나는 사람들이 나눈 이야기를 들으며 위안을 느꼈다.

처음에 그들은 매우 점잖게 마하이나를 칭찬했다. 그녀가 이러

이러하다는 이야기를 듣다 보니 점점 더 그녀가 싫어져서 교정관들이 노스니보르 씨를 고친 것처럼 마하이나를 치료하지는 않는지 물어보았다.

내 질문을 듣고서 노스니보르 부인이 의미심장한 표정을 지었는데, 아마도 마하이나의 경우에는 교정관이 필요 없다고 암시하는 듯 보였다. 그 순간 그 불쌍한 여인이 술을 전혀 마시지 않을지도 모른다는 생각이 퍼뜩 들었다. 나는 이런 질문을 해서는 안 된다는 것을 알면서도 참지 못하고 그녀가 술을 마시는지 단도직입적으로 물었다.

“어느 누구도 다른 사람의 상태를 판단할 수 없어요.”

노스니보르 부인이 엄숙하고 자비로운 어조로 대답하면서 줄로라를 바라보았다.

“아, 엄마.”

줄로라는 다소 화난 것처럼 대꾸했지만 자기들끼리 이미 은근히 내비치던 내용을 말할 수 있게 되어 좋아하는 것 같았다.

“나는 한 마디도 믿지 않아요. 소화불량이죠. 지난여름 한 달 내내 집에서 함께 지내는 동안 그녀가 술 한 방울 마시지 않았다고 확신해요. 사실 마하이나는 아주 병약하기 때문에 친구들에게서 인내심을 얻으려고 취한 척하는 거죠. 그녀는 미용 체조를 할 정도의 기력도 없기 때문에 자신의 무능력을 도덕적인 원인 탓으로 돌려야 한다는 것을 알고 있어요.”

그러자 늘 상냥하고 친절한 그녀의 여동생이 자신은 마하이나가 가끔 술을 마신다고 생각한다면서 이렇게 덧붙였다.

"가끔은 양귀비 주스도 마시는 것 같은데."

"음, 가끔은 마실 수 있겠지. 그래도 자신의 병약함을 숨기기 위해 더 자주 마시는 척할 거야."

줄로라의 대답이었다.

그들은 방금 전에 다녀간 손님이 실제로 술을 마시는지 여부에 대해 30분 정도 이야기를 나누었다. 자비로운 말투로 마하이나가 과도한 음주를 자제하지 못하는 불운이 아니라면 신체 건강이 좋았을 거라는 데 동의하는 척했다. 그러나 이 의견이 어느 정도 안정되자마자 그들은 불편해하기 시작했고 결국 이전 화제로 돌아가서 그녀의 체질을 과하게 비난했다. 논쟁이 사이클론, 즉 원형 태풍처럼 계속 돌다가 어디에서 시작해서 어디에서 끝나는지 모를 지경에 이르자 나는 핑계를 대고 방으로 돌아왔다.

마침내 내 방에 혼자 있게 되었지만 마음은 편하지 못했다. 뛰어난 교양과 탁월함을 갖추었음에도 불구하고, 몇 세대에 걸쳐 어린 시절에 노출된 왜곡된 시각에 의해 뒤틀린 관점을 갖게 된 채 되돌릴 수 없을 지경에 이른 사람들을 만났기 때문이다. 한 사람의 신체적 체질이란 어쨌든 처음부터 본인이 통제할 수 없지만, 정신은 완벽하게 다른 문제여서 정신을 소유한 이의 의사에 따라 새롭게 형성되고 지도될 능력이 있다는 점을 그들에게 말해주면 받아들일 수 있을까? 정신과 인격의 습성은 초기의 정신력, 조기 교육과는 전혀 별개의 문제이지만 몸은 양육과 환경의 산물이므로 나쁜 건강에 대해서는 감염 방지를 제외하면 어떠한 처벌도 용인되어서는 안 되며, 처벌이 불가피한 경우에도 동정심으로 돌봐줘야 한다는 사실을 일깨워줄 수 있을까? 불운한 마하이나가 병약하기 때문에 경멸을 받을 것이라는 두려움 없이 자신의 신체적 허약성을 털어놓을 수 있다고 느낀다면, 그리고 자신의 사례를 제대로 털어놓을 수 있는 의료계가 있다면, 그녀는 메스꺼운 약을 복용해야 하는 두려움을 떨치고 당당히 일어설 것이다. 그녀가 불치병일 가능성이 있는데(그녀의 음주벽이 핑계에 불과하며 그녀가 절주한다는 이야기를 많이 들었기 때문이다), 그럴 경우 그녀는 골칫거리가 되거나 감금될 수도 있다. 하지만 그녀가 자신의 증상을 숨기지 않고 분명하게 드러내기 전까지 병이 치유될 수 있는지 누가 알겠는가? 질병을 제거하려는 이들의 노력은 정도를 넘었다. 병을 숨기는 데 통달한 나머지 뛰어난 기술로 얼굴에 분칠을 해서 시간의 퇴락과 불운의 결과를 대폭 보정해왔다. 따라서 몇 달 혹은 몇 년간 알고 지낸 사이라도 누가 건강하고 누가 아픈지 구별하지 못한다. 심지어 그보다 더 오랫동안 알아온 사이라도 아무리 눈치가 빠른 사람조차 오판을 거듭했으며, 병약함을 숨기려는 기술 때문에 결혼의 결과가 매우 참담한 경우가 종종 발생했다.

가까운 친척과 친구들에게 자신이 병에 걸렸다는 사실을 알리는 것이야말로 병을 치료하는 첫 번째 단계라고 생각한다. 두통이 있는 사람은 합리적인 한계 내에서 당장 머리가 아프다고 말하도록 허용되어야 한다. 그리고 자기 침실에서 약을 먹을 수 있어야 하며 다른 사람들은 심각한 표정으로 눈물을 흘려서는 안 된다. 이곳에서는 누군가가 두통이 있다는 이야기가 돌면 모든 사람이 즉각 자신은 평생 두통이 없었던 척한다. 사실 여기 사람들은 건강이 나쁠 경우 가혹한 처벌을 받기 때문에 굉장히 건강하고 준수한 편이며, 질병 자체가 아예 드물다. 하지만 건강이 가장 좋은 사람이라도 가끔은 몸이 좋지 않게 마련이며, 어느 집안이라도 찬장 어딘가에 약품 상자를 보관해둘 것이다.

15

음악은행

응접실로 돌아와보니 마하이나 이야기가 어느새 끝나 있었다. 숙녀들은 하던 일을 멈추고 외출 준비 중이었는데, 어디에 가느냐는 내 질문에 돈을 찾으러 은행에 간다면서 상당히 신중한 태도로 대답했다.

에레혼의 경제는 우리와 전적으로 다른 체제를 따른다는 점은 이미 알고 있었다. 하지만 그들에게 두 가지 상업 체제가 있으며, 그중 하나는 유럽의 어느 체제와도 다르게 상상력에 강하게 호소한다는 사실 이상으로는 아는 바가 없었다. 이 체제의 은행은 굉장히 사치스럽게 장식되었으며 모든 경제 거래에 음악이 수반되기 때문에 '음악은행'이라고 불리지만, 그 음악이라는 게 유럽인의 귀에는 대단히 섬뜩하게 들린다.

당시 나는 이 체제를 전혀 이해하지 못했으며, 지금도 마찬가지다. 에레혼에는 이 체제와 관련된 규범이 있는데, 에레혼 사람들이라면 당연히 그 규범을 이해하나 외국인은 절대로 불가능하다. 대단히 복잡한 문법 체계처럼, 혹은 억양이나 성조의 미묘한 변화만으로도 문장의 의미가 완전히 바뀐다는 중국어 발음처럼 규칙들은 서로 상충한다. 내가 완벽하게 이해하지 못했기에 내 설명이 중언부언처럼 들릴 수도 있겠다.

다만 내가 확실하게 추정할 수 있는 바로는, 별개의 두 가지 통화가 사용되며 각기 다른 은행과 상업 규범에 따라 통제되고 있었다. 그중 하나가(음악은행) 주요 체제로 간주되어 모든 금전 거래가 이루어져야 하는 통화를 배포하며, 남의 눈에 훌륭하게 보이고 싶어 하는 모든 사람은 이 은행에 크고 작은 계좌를 보유하고 있다. 그런데 이런 식으로 보유된 금액은 외부 세계에서 직접적인 상업 가치를 지니지 못한다. 음악은행의 경영자와 회계원조차 자기 은행의 통화로 월급을 받지 않을 것이라고 확신한다. 노스니보르 씨는 이 은행의 지점이나 시의 큰 본점에 가끔 들렀다. 그는 음악은행에도 작은 직위가 있는 것 같았지만 다른 체제의 은행에서는 임원급이었다. 숙녀들은 주요한 경우를 제외하면 대개 혼자 다녔는데, 다른 집안에서도 사정은 마찬가지였다.

오랫동안 이 기이한 체제에 대해 궁금했기 때문에 노스니보르 부인과 두 딸과 함께 그 은행에 꼭 가보고 싶었다. 나는 이 집에 머문 이후로 그들이 매일 아침 외출하면서 지갑을 손에 들고 가는 것에 주목했는데, 지갑은 과시용은 아니었으나 마주치는 사람들에게 그들이 어디로 가는지 분명하게 보여주었다. 하지만 그들은 단 한 번도 나에게 같이 가자고 하지 않았다.

어떤 사람의 태도를 말로 표현하기란 쉽지 않으며, 은행에 가려고 준비하는 숙녀들에게 내가 어떤 기운을 감지했는지 잘은 모르겠다. 다만 그것은 일종의 아쉬움과도 같았다. 나를 데려가고 싶지만 나에게 부탁하고 싶지는 않으며, 내가 같이 가자고 부탁하지는 않을 것 같다는 그런 분위기였다. 나는 여주인에게 같이 가고 싶다고 말하기로 결심했고, 그들은 나와 잠시 이야기를 나누면서 진심으로 가고 싶으냐고 여러 번 물어본 후에 드디어 나를 데려가겠다는 결정을 내렸다.

유력한 저택들이 몰려 있는 거리를 여럿 지나 모퉁이를 돌자 큰 광장이 나타났다. 광장 끝에 웅장한 건물이 서 있었는데, 기이하면서도 고귀한 건축물로 상당히 고풍스러웠다. 건물은 광장으로 바로 연결되지 않고 그 사이에 장막이 있었다. 장막을 지나면 광장과 은행 구역 사이로 아치 길이 나 있었다. 아치 길을 지나자마자 초록색 잔디밭이 펼쳐지고 잔디를 둘러싼 아케이드(회랑)로 이어졌으며 앞에는 장엄한 은행 탑과 고색창연한 전면이 나타났다. 전면은 깊게 움푹 파인 세 부분으로 다시 구분되어 온갖 대리석과 조각상으로 장식되어 있었다. 양측으로 아름다운 오래된 나무들이 서 있고 수백 마리의 새들이 모여 있으며, 기이하면서도 실속 있는 저택들의 독특하고 편안한 외관이 보였다. 저택들은 과수원과 정원 사이에서 평화롭고 풍요로운 분위기를 풍기며 자리를 잡고 있었다.

사실 건물 자체가 상상 속에 나올 법하다고 말한다 해도 과언이 아닐 정도였다. 아니, 그 이상이었다. 건물은 상상력과 판단력을 완전히 사로잡았다. 석재와 대리석으로 만든 걸작의 강력한 효과에 매료되어 나 자신이 녹아내릴 것 같았다. 나는 먼 과거의 존재를 좀 더 의식하게 되었다. 누구나 과거에 대해 알고 있지만, 사라진 시대의 생명을 직접 목격하는 것처럼 생생한 경험도 없다. 우리 인간이 존재하는 생명의 공간이 얼마나 짧은지 느껴졌다. 내 존재의 하찮음을 절감할 수 있었고, 사물의 적절함에 대한 개념이 이처럼 평온한 작품을 만드는 것과 동일한 사람들이 내리는 결론이라면 그 무엇도 잘못될 수 없다고 느꼈다. 이 은행의 통화가 반드시 옳아야 한다는 느낌이 들었다.

우리는 잔디를 지나 건물로 들어섰다. 외관도 인상적이었으나 내부는 그 이상이었다. 천장이 매우 높았고 거대한 기둥 사이의 벽이 공간을 여러 구획으로 나누었다. 창문은 여러 세대에 걸쳐 은행의 주요한 상업 사건을 묘사한 스테인드글라스로 장식되었다. 실내 먼 곳에서 성인 남성과 소년들이 부르는 노래만이 정신을 어지럽게 했는데, 잘 알려지지 않은 음역이 유럽인의 귀에는 전혀 즐겁게 들리지 않았다. 노래를 부르는 사람들은 새의 노래와 바람 소리에서 영감을 얻어서 우울한 운율로 모방하려고 했고 때로는 울부짖는 것 같았다. 내 귀에는 가증스럽게 들렸지만, 나와 동행한 이들에게는 큰 효과를 자아냈고, 그들은 무척 감동받았다고 말했다. 노래가 끝나자마자 숙녀들은 자신들이 안에 들어가 있는 동안 나에게 그 자리에서 기다리라고 부탁했다.

그들이 사라진 동안 나도 모르게 몇몇 생각이 들었다.

처음에는 실내에 사람이 거의 없다는 점이 기이해 보였다. 주변에는 거의 나 혼자였으며, 나 외의 몇 명은 호기심에 이끌렸을 뿐 은행에서 거래할 의도는 없어 보였다. 그러나 안쪽에는 사람들이 더 있을지도 모른다. 나는 커튼 옆으로 몰래 다가가서 한쪽 끝을 젖혀보았다. 안에도 사람들은 거의 없었다. 많은 출납원이 자기 자리에 앉아 수표를 지불할 준비를 하고 있었고, 한두 명은 경영진으로 보였다. 내 집주인과 그녀의 두 딸, 다른 숙녀 두어 명과 노부인 서너 명, 그리고 인근의 비이성의 대학에서 온 소년 몇 명이 전부였다. 이 은행에서 대단히 큰 거래를 하는 것 같지는 않아 보였다. 하지만 내가 들은 바로는 시내 모든 사람이 이 은행과 거래한다고 했다.

은행 내부에서 일어난 일을 내가 전부 묘사할 수는 없다. 검은 가운 차림의 사악해 보이는 사람이 다가와서 내가 엿보는 것에 대해 불쾌하다는 몸짓을 해보였기 때문이다. 마침 노스니보르 부인이 준 음악은행의 지폐 한 장이 주머니에 있었기에 그에게 팁으로 주려고 했지만, 그 돈을 보고 심하게 화를 냈기 때문에 나는 다른 종류의 돈을 주고 그를 진정시켜야 했다. 내가 다른 돈을 주자 그는 곧 공손해졌다. 그가 사라지자마자 다시 안을 들여다봤더니 줄로라가 수표처럼 보이는 종이 한 장을 출납원에게 막 주려는 참이었다. 그는 종이를 자세히 확인하지도 않고 골동품 돈궤에서 금속 조각을 몇 개 꺼내 세지도 않고 건네주었다. 줄로라 역시 금속 조각들을 세지 않고 지갑에 넣고는 출납원 옆에 위치한 자선 상자에 다른 동전 몇 개를 넣고 자기 자리로 돌아갔다. 노스니보르 부인과 아로헤나도 똑같은 행동을 했고, 얼마 후에 출납원에게서 받은 것 전부를 (내가 보기에는) 안내인에게 다시 주었고, 그는 돈을 다시 돈궤에 넣었다. 마침내 그들이 커튼 쪽으로 다가오자 나는 얼른 커튼을 내리고 뒤편으로 물러섰다.

그들은 곧 나에게로 다가왔다. 잠시 동안 아무도 입을 열지 않자, 내가 오늘따라 은행이 평상시에 비해 분주하지 않은 모양이라고 말했다. 그러자 노스니보르 부인은 무엇보다 소중한 이 제도에 사람들이 신경을 쓰지 않는다니 참으로 애석하다고 말했다. 당시 나로서는 뭐라 대답할 말이 없었지만, 나는 인류의 대다수가 자신에게 이익이 되는 것이 무엇인지 대략 안다고 생각한다.

노스니보르 부인은 은행에 사람이 거의 없다고 해서 사람들이 은행을 신뢰하지 않는다고 생각해서는 안 된다고 강조했다. 이 나라의 정신은 바로 이 제도에 헌신하며, 이곳이 위험에 처해 있다는 어떤 징후라도 보이면 전혀 예기치 않던 곳에서부터 원조를 받게 될 것이다. 그러나 사람들은 이곳이 매우 안전하다고 여기며, 어떤 경우에도 (애석하게도 노스니보르 씨의 경우처럼) 외부로부터 지지가 불필요하다고 느낀다. 더욱이 이 제도는 가장 안전하고 가장 인정받는 은행 시스템을 철저히 고수한다. 그래서 예금에 이자를 절대로 허용하지 않는데, 최근 일부 유령 회사에서 이자를 배당하는 불법을 저질러 많은 고객을 돌아서게 만들었다. 심지어 주주들도 비양심적인 자들의 꿍꿍이 때문에 이전에 비해 줄게 되었다. 한편 음악은행은 배당금을 거의 혹은 전혀 주지 않고 3만 년에 한 번씩 원래의 주를 보너스로 나눠준다. 그러나 겨우 2,000년 전에 배당이 이루어졌기 때문에 사람들은 자신이 살아 있는 동안에는 가망이 없다고 느끼고 좀 더 현실적인 수익을 얻을 만한 투자를 선호하게 되었다고 한다. 노스니보르 부인은 모든 상황이 참으로 암울하다고 말했다.

부인은 이처럼 최근의 상황에 대해 언급하고 자신이 처음에 했던 발언, 즉 모든 사람이 실제로 이 은행을 지지한다는 것을 재차 말했다. 부인은 여기에 사람들이 거의 없고 유능한 직원들이 부재한 점이야말로 기대할 점이라고 강조했다. 인간 제도의 안정성에 가장 정통한 사람들, 즉 변호사나 과학자, 의사, 정치가, 화가 등은 자신의 공상적인 업적에 의해 오도될 가능성이 가장 높다. 또한 그들을 반대하는 자들의 90퍼센트가 당장의 큰 수익을 바라며 갖는 방종한 욕구, 저속한 자들에 대해 우월감을 갖게 하는 허영, 그리고 일반적으로 병이 든 신체 때문에 끊임없이 자신을 가장 잔인하게 책망하는 양심의 가책에 의해서도 부당하게 의심을 받을 가능성이 가장 높다고 했다.

부인의 말은 계속되었다. 어떤 사람이라도 신체가 절대적으로 건강하지 않으면 이런 문제에 대해 가치 있는 판단을 할 수 없기 때문에 지성은 절대로 건전하지 못하다. 몸이 가장 중요하며, 강인한 신체일 필요는 없어도 (그녀는 내가 은행에서 마주친 늙고 허약해 보이는 사람들에 대해 생각하는 것을 알아채고 이렇게 덧붙였다) 건강이 완벽해야 한다. 그러면 활동적인 힘이 덜할수록 지성의 작용이 더 자유로워지고 결론도 건전해진다. 그러므로 내가 은행에서 본 사람들의 의견이야말로 가장 가치가 있다. 그들은 은행의 이점이 무한하다고 선언했으며, 심지어 즉각적인 수익이 그들이 수여받은 것보다 훨씬 클 것이라고 공언했다. 부인은 집에 돌아올 때까지 계속 이런 식의 주장을 펼쳤다.

부인이 자신이 원하는 바에 대해 말했다 하더라도 태도에 확신이 없었으며, 후에 나는 이 은행에 대한 전반적인 무관심의 징후를 분명하게 포착했다. 은행을 지지하는 이들은 그 점을 종종 부정했지만, 대개 소극적인 부정이라 오히려 무관심의 증거를 가중시킬 정도였다. 상업 공황과 일반적인 침체기에 대중은 은행에 의지할 생각조차 하지 않았다. 개중에는 습관과 오래된 훈련에서, 혹은 물에 빠져 지푸라기라도 잡으려는 심정에서 은행에 의지하려는 사람이 있을지도 모르지만, 또 다른 유형의 통화로 자신의 계약을 충족시키지 못할 경우 음악은행을 통해 재정적인 파멸에서 구원받을 수 있으리라고 진심으로 믿는 사람은 거의 없었다.

음악은행의 매니저와 대화하는 도중에 나는 되도록 정중한 태도를 유지하며 이런 사실을 감히 암시해보았다. 그러자 그는 최근까지 어느 정도는 사실이었으나 이제 전국의 모든 은행에 스테인드글라스를 새로 갈고 건물을 보수하고, 오르간을 확대했다고 말했다. 더욱이 행장이 승합마차를 타고 다니면서 거리에서 사람들에게 친절하게 말을 걸고 자녀의 나이까지도 기억하고 아이들이 말을 듣지 않으면 선물도 주기 때문에 상황이 유연하게 진행되고 있다고 대답했다.

"당신들은 돈 자체에 대해서는 아무것도 하지 않았나요?"

내가 조심스럽게 물었다.

"그럴 필요가 없으니까요. 전혀 없다고 장담합니다."

그의 대답이었다.

은행에서 나눠주는 돈으로 빵과 고기, 옷을 살 수 없다는 사실은 누구라도 알 수 있었다. 얼핏 보면 은행의 돈은 상용되는 돈과 비슷해 보이고 더욱이 아름다운 인장까지 찍혀 있다. 또한 이 돈은 절대로 위조지폐가 아니며, 실제 사용되는 돈으로 오해를 사려는 의도로 고안된 것이 아니다. 그러나 이 화폐는 장난감 돈이나 카드놀이에 사용되는 돈과 비슷하다. 화폐의 도안이 아름답지만 돈 자체에는 거의 아무런 가치도 없다. 은종이로 덮인 것도 있지만 대부분은 주로 싸구려 비금속으로 만들었는데 주요 성분은 잘 알 수 없다. 다양한 금속, 좀 더 정확하게는 다양한 합금이 주성분이며 일부는 단단하고 나머지는 쉽게 구부러져서 소유주의 마음에 따라 어느 형태로도 변형시킬 수 있다.

물론 이 화폐에 상업적 가치가 전혀 없다는 사실을 모두 알고 있지만, 존중받고 싶어 하는 사람들은 수중에 이 은행 동전 몇 개쯤은 휴대하고 다니면서 가끔씩 손에 꺼내거나 지갑을 들어올려 다른 이들에게 보여야 한다고 생각한다. 더욱이 그들은 현재 통용되는 돈이 음악은행의 돈에 비해 별 볼 일 없어 보여야 한다고 확신한다. 무엇보다 바로 이 사람들이 이 체제 자체를 가끔 비웃는다는 점이 가장 기이해 보였다. 사실 그들은 이에 반대하는 암시라면 거의 무엇이나 환영하고 심지어 일간신문에 익명으로 기고해 칭송하기도 했지만, 동일한 내용이 자신의 면전에서 직접 언급될 경우 (주격동사와 목적격이 제자리에 사용되어 의심이 불가능한 경우) 그들은 자신이 매우 심각하고도 정당한 이유로 분노했다고 생각하며 상대를 비난했다.

그들의 거래를 훨씬 단순화시킬 수 있을 단 하나의 통화가 그들에게 왜 충분하지 않은지 나로서는 절대로 이해할 수 없었다(그들의 의도를 더 잘 이해하게 된 지금도 마찬가지다). 하지만 내가 그런 뜻이라도 내비치려고 하면 사람들의 표정에 공포가 서리곤 했다. 음악은행과 거래할 정도로만 저금한 사람들조차 다른 은행(자신의 재산을 실제로 보관해두는 곳)은 냉혹하고 경직되어 있으며 쓸모없다고 말할 것이다.

더욱이 나에게 대단한 충격을 준 일이 또 있었다. 인근 도시에서 음악은행이 개점하는 자리에 참석했다가 많은 출납원과 매니저를 보게 되었고, 맞은편에 앉아 그들의 얼굴을 자세히 관찰했다. 그들의 외모는 준수하지 않았고, 대부분이 진정한 에레혼 사람다운 솔직함이 결여되어 있었다. 어떤 계급이라도 이들보다는 행복하고 건강해 보일 것이었다. 거리에서 마주쳤을 때에도 그들은 다른 사람과 달라 보였고, 무척 고통스럽고 침울하게 얼굴을 찡그리고 있었다.

그래도 시골 출신은 사정이 나았다. 그들은 다른 계급으로 구분되어 살아온 정도가 덜한 탓인지 좀 더 자유롭고 건강해 보였다. 온화하고 고귀한 표정을 한 사람들을 많이 보긴 했지만, 그동안 만났던 많은 사람과 관련해서, 만약 그들의 표정이 다른 에레혼 사람들에게도 전이된다면 에레혼에 과연 어떤 영향을 끼쳤을지 자문하지 않을 수 없었다. 단언컨대 부정적인 영향을 불러오리라. 고귀한 이드그룬Ydgrun 교도('grundy(그런디)'의 철자를 바꾼 것. 토머스 모턴Thomas Morton의 《쟁기질 속도를 높여라Speed the

Plough》(1798)에 등장하는 인물인 그런디 부인은 당대의 예의 개념을 대표했으며, 후에 관습적인 예절에 따른 훈육과 동일시되었다—옮긴이)의 표정이라면 두루 퍼뜨리고 싶었지만 은행원들의 경우는 그렇지 않았다.

한 사람의 표정은 그의 성례전이나 다름없다. 다시 말해서, 그것은 자신의 내면적 영성의 은혜나 결핍을 외부로 내보이는 상징이다. 나는 이들의 얼굴을 보면서 그들의 삶에 그들의 자연적인 성장을 저해한 요소가 반드시 있으며, 만약 다른 직업을 택했더라면 정신적으로 더 건강했으리라고 확신했다. 그들은 대개 호의적이었기 때문에 볼 때마다 딱하다는 생각이 들었다. 대부분 월급이 많지는 않았고 체질은 일반적으로 의혹의 여지가 없었으며, 자기희생과 관대함을 보여주는 수많은 사례가 기록되어 있었다. 불운하게도 그들은 판단력이 성숙하지 않았을 때, 그리고 자라서는 오랫동안 체제의 실제적인 어려움을 고의로 무시하며 잘못된 위치로 가게 된 것이었다. 그렇다고 해서 그들의 지위가 덜 잘못된 것으로 받아들여지는 것은 아니며, 부정적인 영향을 스스로 분명하게 받게 되었다.

어느 누구도 그들 앞에서 공개적으로 거리낌 없이 말하지 않으리라는 점이 나에게는 무척 바람직하지 않은 징후로 보였다. 그들과 한자리에 있게 되면 사람들은 음악은행의 통화를 제외한 다른 통화가 전부 폐지되어야 한다는 식으로 말하지만, 은행원들조차 음악은행의 돈을 거의 사용하지 않는다는 사실을 모두가 잘 알고 있다. 다만 그런 척해야 할 뿐이었다. 그중에서 생각이 없는 이들은 그다지 불행해 보이지도 않았다. 많은 사람은 분명 마음이 아파 보였지만 아마도 스스로 알아채지 못하고, 그렇다고 인정하려 들지도 않을 것이다. 이 체제를 반대하는 이는 별로 없을 뿐만 아니라 언제라도 자신의 자리에서 쫓겨날 수 있기 때문에 매우 신중하게 처신했다. 한때 음악은행의 출납원이었던 사람이 다른 직장을 구했으나, 소위 자신의 교육 과정으로 인해 새로운 일에 전반적으로 어울리지 못했다. 사실 이 직업에서는 물러나기가 불가능했으며, 젊은이들은 대부분 이성적으로 자신의 의견을 형성하기 이전에 미리 관련된 교육을 받았다. 이들은 영국에서라면 부당한 영향, 은폐, 부정한 수단이라 불릴 요인을 통해 직업을 권고받았다. 실제적으로 어둠으로 뛰어드는 일을 저지르기 전에 문제의 양면을 모두 봐야 한다고 주장할 용기가 있는 사람은 거의 없었다. 무엇보다 신중을 기하는 것이 이전 문제에 있어 기본 원칙이라고 생각하겠지만, 또한 명예를 아는 사람이라면 아들에게 신중이라는 덕목부터 이해하라고 가르쳐야겠지만 실상은 달랐다.

심지어 어떤 부모가 여러 아들 가운데 하나(아마도 아직 어린아이)가 자리를 채워야 한다는 굳은 결심으로 은행의 출납원 자리권을 매입하는 장면을 목격한 적도 있었다. 그 아이는 훌륭하고 존경받는 성인으로 성장할 모든 가능성을 갖추었으면서도 자신을 낳아준 보호자가 신기려는 철통 신발에 대해서는 아무런 경고를 듣지 못하는 것이다. 모든 것이 결국 평생의 거짓말과 아무리 도망치려 몸부림쳐도 헛수고인 사태로 끝나지 않는다고 누가 장담하겠는가? 에레혼에서 목격한 여러 일 중에서 이처럼 충격적인 것은 또 없었다고 고백한다.

그러나 영국에서도 이와 비슷한 사태가 벌어지고 있으며, 특히 상업 체계와 관련해서 모든 국가에 국가법과 더불어 또 다른 법이 존재해왔는데, 이 법은 더욱 신성하다고 공언되지만 사람들의 일상생활과 행동에 미치는 영향력은 훨씬 덜하다. 인간의 깊숙한 본성은 어떤 법이 국법보다 우위를 차지하거나 심지어 상충해야 할 필요가 있다고 느끼는 것 같다. 사실 우리가 이 세계 안에 있을 때는 무척 커 보이지만 밖으로 나가면 작아 보일 수도 있다는 개념의 점진적인 진화가 없었다면 우리는 인간으로서 존재할 수 없었을지 모른다.

자연의 영원한 시비론是非論에서 인간을 포함한 세계의 모든 것이 보이는 동시에 보이지 않음을 인식할 수 있을 정도로 인간이 성장했을 때, 인간은 보이는 것에 대한 생명의 법과 보이지 않는 것에 대한 생명의 법이 필요하다고 느꼈다. 인간은 보이는 세계에 영향을 주는 법에 대해 보이는 힘의 승인을 주장한다. 보이지 않는 것(그것이 존재하며 강력하다는 점을 제외하면 인간이 아는 바가 없다)에 대해 그는 신이라는 이름을 부여한 보이지 않는 힘(역시 그것이 존재하며 강력하다는 점을 제외하면 인간이 아는 바가 없다)에 호소한다.

태어나지 않은 태아의 지능에 대한 일부 에레혼 사람들의 견해(독자들에게 소개할 충분한 지면이 없다는 점이 안타깝지만) 때문에 나는 에레혼의 음악은행과 아마도 모든 나라의 종교 체제가, 30~40년 전에 도출된 비교적 얕고 짜맞추듯 논리적이며 단명한 결론에 대항해서 과거 수백만 세대에 걸친 측량할 수 없고 무의식적인 본능의 지혜를 지지하려는 시도라는 결론을 내리게 되었다.

에레혼 음악은행 체제의 구원(이와 함께 공존하는 유사 우상숭배적인 관점과 구분되며, 이에 대해서는 나중에 다루겠다)은 이 세계에 속하지 않은 왕국의 존재를 입증하면서도 인간의 눈에서부터 그것을 감추는 장막을 뚫는 시도를 하지 않는다는 점이 특징이다. 바로 여기에서 거의 모든 종교가 잘못되는 것이다. 사제들은 장님이 보이는 세상에 대해 아는 것보다 자신이 보이지 않는 세계에 대해 아는 게 많다는 믿음을 심어주려 한다. 그러나 그들은 보이지 않는 왕국의 존재를 부인하는 것이 바람직하지 않지만 그 이상에 대해 아는 척하는 것 역시 바람직하지 않다는 사실을 망각하고 있다.

이 장章이 원래의 내 의도보다 장황해지긴 했지만, 앞에서 언급한 구원의 특징에도 불구하고 에레혼 사람들의 종교적 견해, 혹은 음악은행을 통해 표현하려는 것이 큰 변화를 겪기 직전으로 보인다는 점을 꼭 짚고 싶다. 내 판단으로는 수도 인구의 90퍼센트가 이 은행을 경멸 어린 시선으로 보고 있다. 내 판단이 맞는다면, 조만간 분명히 발생할 놀라운 사건은 사람들의 정신과 감정 간에 좀 더 조화를 이루면서 사물의 새로운 질서에 대한 핵심으로 작용할 것이다.

아로헤나

이쯤 되면 내가 노스니보르 씨의 집에 도착하고 만 하루가 지나기도 전에 알아챈 것을 독자 여러분도 충분히 눈치챘을 것이다. 노스니보르 가족 모두가 나에게 관심을 보였지만 나는 아로헤나를 뺀 나머지는 진심으로 좋아할 수 없었다. 이들은 전형적인 에레혼 사람들이 아니었다. 노스니보르 가족과 교류하는 다른 집안 사람들도 많이 만났으나 노스니보르 씨에 대해 처음 느꼈던 횡령과 관련된 편견을 끝내 떨쳐내지 못했다. 노스니보르 부인 역시 매우 세속적인 여성이었지만 부인의 말만 듣고 있자면 전혀 그렇지 않아 보였고, 줄로라 역시 함께 지내기 힘들었다. 그러나 아로헤나는 완벽했다.

아로헤나는 어머니와 아버지, 언니의 소소한 심부름을 도맡아 했다. 어느 가족에서나 주로 한 사람이 상냥함과 친절함을 담당하기 마련인데, 노스니보르 집안에서는 그녀가 그 역할을 맡았다. 그녀는 하루 종일 이런저런 일을 해달라는 요구를 받으면서도 기꺼이 아침부터 저녁까지 언제나 밝은 표정으로 가족들의 부탁을 들어주었다. 줄로라도 외모는 출중했으나 아로헤나의 우아함은 끝이 없어서 그야말로 젊음과 아름다움의 최고 결합체였다. 나의 짧은 표현력으로는 오히려 독자들을 오해하게 만들 수 있으니 함부로 묘사하지 않겠다. 다만 독자들이 상상하는 가장 아름다운 사람을 떠올리더라도 실제 아로헤나에 비해 한참 부족하다는 정도만 밝혀두겠다. 내가 그녀를 사랑하게 되었다는 사실을 굳이 덧붙일 필요도 없겠다.

내가 어떤 마음을 품었는지 아로헤나도 분명히 아는 것 같았으나 나는 되도록 내 감정을 드러내지 않으려고 노력했다. 나로서는 충분히 그럴 만했다. 무엇보다 그녀의 부모가 어떻게 대응할는지 몰랐고, 그녀도 부모가 인정하지 않으면 나를 만나지 않을 터였다(어쨌거나 아직까지는 그렇다). 또한 내 재산이라고는 국왕이 수여한 하루 1파운드의 연금뿐이었기 때문에 그녀의 부모가 나를 인정할 리 없었다. 그러나 이보다 더 심각한 장애물이 있다는 사실을 나는 미처 몰랐다.

그동안 나는 궁정에 불려갔다가 내 알현 태도가 매우 우아했다는 이야기를 들었다. 왕과 왕비를 여러 차례 알현했고, 왕비는 의복 등 내 소유물을 전부 가져갔다. 왕비는 내가 이람에게 단추를 두 개 주는 바람에 외투에 단추가 없다는 사실에 무척 짜증이 난 것 같았다. 나는 궁정용 의복을 선사받았고, 왕비는 내 낡은 옷을 나무인형에 입혀두었는데, 후일 내가 축출당하지 않았더라면 지금까지도 그 상태로 보존되었을 터이다. 왕의 태도는 세련된 영국 신사 같았다. 그는 영국 정부가 군주제이며, 국민 대부분이 체제의 변동에 반대한다는 내 이야기에 무척 기뻐했다. 무엇보다 셰익스피어의 아름다운 대사를 감히 인용했다가 왕이 아주 좋아하는 모습을 보고 나도 크게 고무되었다.

왕을 보호하는 신성이 있으니

어떻게든 그를 만들어보자

하지만 나중에는 이를 두고 후회했는데, 당시 내가 기대했던 것만큼 왕이 그 대사를 찬탄했다고는 생각되지 않았기 때문이다.

궁정에서 겪은 일에 대해 더 생각해볼 여유는 없지만 가장 중요한 영향을 끼쳤던 왕과의 대화는 언급해야겠다.

왕은 내 시계 이야기를 꺼내면서, 그토록 위험한 발명품이 나의 조국에서는 허용되는지 궁금해했다. 당황한 나는 시계가 흔하다고 대답했다가 왕의 얼굴에 스치는 심상치 않은 표정을 간파하고 시계가 빠르게 사라지고 있으며 그가 승인하지 않을 듯한 다른 기계적 고안품은 거의 없다고 말했다. 왕은 우리의 가장 진보된 기계에 대해 말해보라고 요구했다. 그렇다고 우리의 증기기관과 철도, 전신기에 대해 감히 언급할 수 없어서 어떻게 대답해야 할지 고민하다가 문득 열기구가 떠올라서 몇 년 전에 매우 놀랄 만하게 상승하는 물건이 만들어졌다고 설명했다. 왕은 격식을 차리느라 내 대답에 뭐라 반박하지 않았지만, 나를 믿지 않는 것이 분명했다. 그날 이후로 왕은 언제나 내 타고난 자질(피부색과 관련해서)에 대해서만 언급할 뿐, 내 조국의 예절이나 관습에 대해서는 더 이상 묻지 않았다.

아로헤나 이야기로 돌아가보자. 나는 노스니보르 부부가 자기 딸과 나를 결혼시킬 것이라는 기대감을 품게 되었다. 에레혼에서는 육체적 탁월함이 거의 모든 부적격성을 상쇄했으며, 나는 밝은 머리색 때문에 쓸 만한 신랑감으로 여겨졌다. 그러나 이 반가운 사실과 함께 무척 충격적인 사실도 드러났다. 부부는 내가 이미 미워하던 줄로라와 나를 결혼시키기를 고대하고 있었던 것이다.

처음에는 나를 줄로라와 엮으려는 미미한 암시와 기교들을 거의 알아채지 못했지만, 얼마 후 상황이 분명해졌다. 줄로라는 본인의 마음과 상관없이 나와 결혼하겠다는 결심을 굳혔다. 또한 노스니보르 씨의 집에 자주 찾아오던 손님 중 내가 무척 싫어한 어떤 젊은 신사와 대화하던 중에 미혼인 장녀부터 결혼하는 것이 신성불가침의 규칙이라는 사실을 알게 되었다. 그 신사가 이 사실을 하도 자주 강조했기 때문에 마침내 그 역시 아로헤나를 사랑하고 있으며, 내가 줄로라와 결혼해야 자신에게 방해가 되지 않기 때문에 보채고 있음을 알아챘다. 다른 사람들도 이 국가적 관습에 대해 같은 이야기를 해주었기 때문에 나는 엄청난 난관에 직면했다. 그나마 아로헤나가 내 경쟁자를 냉대하고 쳐다보지도 않는다는 점이 유일한 위안이었다. 그녀는 나도 쳐다보지 않으려 했지만, 무시하는 태도에 차이가 있었다. 그녀에게서 얻을 수 있는 것은 이뿐이었다.

사실 아로헤나가 나를 피한 것은 아니었다. 그녀의 어머니와 언니는 내가 연금 일부를 음악은행에 저축하기를 몹시 바랐기 때문에 이에 대해 그녀와 얼굴을 맞대고 대화한 적도 많았다. 노스니보르 부인과 줄로라가 헌신적으로 섬기는 여신 이드그룬의 명령에 따르는 일이었다. 내가 아로헤나에게 내 속마음을 들키지 않았는지는 잘 모르겠지만, 그녀의 언니나 어머니는 둘 다 나를 전혀 의심하지 않았기 때문에 아로헤나에게 잠정적으로라도 음악은행에 계좌를 열어두라고 나를 설득하는 일을 맡겼다. 물론 그녀의 설득은 굳이 말할 것도 없이 성공했다. 그래도 나는 그녀의 설득에 당장 넘어가지는 않았다. 금방 수락했다가는 그녀가 관심을 잃겠다 싶었기에, 그녀가 나를 설득하려고 노력하는 과정을 즐겼다. 게다가 약간의 주저는 이후의 수락을 훨씬 가치 있게 만들었다. 이에 대해 이야기를 나누던 중에 에레혼 사람들의 종교관에 대해 좀 더 분명하게 이해하게 되었는데, 이들의 종교관은 은행 체제와 공존하면서도 그 기이한 제도로부터 인정을 받지는 못했다. 이에 대해서는 다음 장들에서 간략하게 설명하기로 하고 아로헤나와 나의 모험 이야기로 돌아가겠다.

에레혼 사람들은 비교적 의식이 깨어 있는 편이지만 우상을 숭배했다. 물론 다른 인간 사회와 마찬가지로 그들이 공언하는 믿음과 실제 믿음 간에는 차이가 있다. 우상숭배를 인정하지 않으면서도 아주 강하게 믿기 때문이다.

에레혼 사람들은 정의, 힘, 희망, 두려움, 사랑 등 인간의 특성을 의인화한 신들을 공개적으로 숭배한다. 그들은 구름보다 높은 곳에 이처럼 본질적인 존재들이 살고 있다고 생각한다. 또한 고대인들의 믿음처럼 이런 존재들이 더 준수한 외모와 신체 능력을 가졌고, 스스로 인간의 눈에 보이지 않도록 하는 능력을 가졌다는 점을 제외하면 인간과 동일한 신체와 열정을 갖고 있다고 주장한다. 이들은 분노하더라도 인간에 의해 누그러지며, 도움을 요청하는 자들을 도와준다. 또한 인간 세상의 일에 관심이 많고 자비심도 넘치지만 무시를 당하면 크게 분노한다. 만일 크게 화가 나면 가장 먼저 만나는 사람을 벌해서 화를 푼다. 이들의 분노는 맹목적이긴 해도 반드시 이유가 있다. 이들은 사람들이 무지한 탓에 자신을 거스르는 죄를 지었다고 해서 벌을 줄여주지 않는다. 이런 변명을 절대 수용하지 않으며, 영국법과 마찬가지로 모든 사람이 자신에 대해 알고 있어야 한다고 믿는다.

따라서 어떤 물질의 두 조각이 동일한 공간을 동시에 차지할 수 없는 법이 생겼다. 시간과 공간의 신들이 공동으로 이 법을 관장한다. 예를 들어, 사람의 머리와 이를 향해 날아온 돌의 경우를 보자. "그들이 소유하지 않은 권리를 사칭해서"(에레혼의 책 중에서 인용하자면) 신들의 분노를 야기하고 동시에 동일한 공간을 차지할 경우 엄중한 처벌, 심지어 죽음이 따라오며, 이때 돌이 인간의 머리가 거기 있는 사실에 대해 알았는지, 혹은 머리가 돌에 대해 알았는지에 대한 고려는 전혀 없다. 이것이 사람이 살면서 발생하는 사고에 대한 에레혼 사람들의 관점이다. 더욱이 그들은 자신의 신들이 동기動機와는 그다지 관련이 없다고 여긴다. 그들에게는 이루어진 결과가 가장 중요하고, 동기는 아무 소용도 없다.

그래서 에레혼에서는 어떤 사람이 몇 분간이라도 자신의 폐에 공기를 채우지 않고 버티는 상황을 엄격하게 금지한다. 만일 어떤 사람이 의도치 않게 물에 빠졌더라도 공기의 신은 무척 분노하며 참지 않을 것이다. 그 사람이 우연히 혹은 사고로 물에 들어갔는지, 물에 빠진 아이를 구하려거나 혹은 공기의 신을 무시하려고 그랬는지의 여부와는 상관없이, 물 밖으로 고개를 높이 쳐들어서 공기의 신을 정당하게 인정하지 않는 한, 공기의 신은 그를 죽일 것이다.

물리적인 사건을 다루는 신들은 그렇다. 다음으로, 에레혼 사람들은 희망과 두려움, 사랑 등을 인격화하고 신전과 사제를 제공한다. 또한 신들과 닮은 석상을 조각한다. 신들이 인간보다 높은 존재라는 점만 빼면 인간과 마찬가지로 살아 있다고 확신한다. 우리는 두 눈을 가리고 한 쌍의 저울을 들고 있는 정의의 여신상을 세우기는 하나 그렇다고 천상에 정의라는 아름다운 여성이 존재한다고는 전혀 생각하지 않는다. 우리에게 정의의 여신상이란, 인간의 생각과 행동의 일정한 양식을 의인화한 표현에 불과하다. 그러나 에레혼에서 이런 말을 한다면 당장에 정의의 인성을 부인하면서 이 세상에 정의 같은 것은 존재하지 않다고 주장해 인간의 종교적인 신념을 교란시킨다는 비난을 듣게 될 것이다. 사람들은 자신이 숭배한다고 공언한 신들보다 더 높은 영성의 개념으로 자신을 이끌려는 시도를 무엇보다 혐오한다. 이에 대해 나는 아로헤나와 열띤 토론을 벌였고, 내가 배려심을 발휘해서 그녀의 손을 들어주지 않았더라면 아마도 더 심한 논쟁을 벌였을 것이다.

아로헤나가 이 주제를 여러 번 언급한 것으로 보아, 그녀 역시 자신의 입장에 대해 의심을 품은 게 분명했다. "정의가 살아 있는 주체라고 믿지 않는다고 해서 정의를 찬미하지 않는 건 아니라는 점을 모르겠어요? 희망이라는 신이 실제로 살아 있다고 더 이상 믿지 않으면 사람들이 더 이상 희망을 갖지 않을 거라고 생각해요?" 내가 이렇게 외치자 그녀는 고개를 저으면서 인성에 대한 믿음이 없으면 정의나 희망 등 관념 자체에 대한 존경의 동기가 없어지고 다시는 정의나 희망을 갖지 못하게 된다고 대답했다.

나로서는 도저히 그녀를 설득시킬 수 없었고, 사실 진심으로 그러고 싶지도 않았다. 그녀는 대부분의 영역에서 나를 존중하면서도 자신의 입장에 의혹이 제기될 경우 절대로 물러서지 않았다. 또한 그녀는 내가 꾸준히 요청한 나머지 결국 영국 교회에서 세례를 받았지만 지금까지도 어린 시절의 종교에 대한 자신의 믿음에서 조금도 물러서지 않는다. 그러면서도 그녀는 자기가 믿는 신들의 인성을 믿지 않으면서도 신들의 복수에서 면제된 유일한 인간이 바로 우리 아기와 나뿐이라는 식으로 자기 믿음에 대해 얼버무리고 넘어갔다. 그녀는 우리가 면제받았다고 여겼다. 그렇지 않았다면 그토록 강한 확신을 갖지 못했을 터였다. 하지만 어떤 식으로 면제받았는지는 알지 못했고, 또 알려 하지도 않았다. 차라리 모르는 편이 나은 경우도 있다. 나 역시 그녀의 신들을 믿고 있으며, 사물 자체의 차이가 아니라 언어의 차이일 뿐이라고 말하자 그녀는 약하게 강조하면서 입을 다물었다.

실은 아로헤나가 나를 거의 설복시킬 뻔한 적도 있었다. 내가 믿는 하느님의 본성과 속성에 대한 설명을 듣고 그녀는 하느님이라는 신은 인간의 최고의 선과 지혜, 힘에 대한 관념의 표현에 불과하며, 그토록 위대하고 영광스러운 관념을 더욱 생생히 발현시키기 위해 사람들은 그 관념을 의인화해서 이름을 붙인 것이라고 말했다. 또한 인간은 우연히 일어나는 사태로부터 벗어날 수 없기 때문에 신을 개인적으로 유지하는 것은 무의미하며, 신성을 찾을 수만 있다면 바로 그 신성을 인간이 숭배해야 한다고 했다. 계속 해 '하느님'이란 인간이 신성에 대한 자신의 생각을 표현한 방식에 불과하며, 정의와 희망, 지혜 등이 모두 선함의 부분이기 때문에 하느님이란 모든 선함과 모든 선한 힘을 포용한 표현이라고 했다. 사람들이 정의가 실제로 인격적인 존재가 아니라는 사실을 발견했다 하더라도 정의를 사랑하기를 멈추지 않듯이 하느님의 객관적인 인격을 믿는 것을 멈춘다고 해서 하느님을 사랑하는 것을 멈추지 않으며, 따라서 그들은 하느님을 보기 전까지는 진정으로 사랑하지 않을 것이라고도 했다.

아로헤나는 이 모든 이야기를 평상시처럼 꾸밈없는 방식으로 말했고, 내가 지금 기록한 것과 달리 고집을 부리지도 않았다. 다만 반짝이는 표정으로 내가 틀렸다고 나를 설득시켰으며, 정의는 살아 있는 인간이라고 확신했다. 사실 나는 약간 주춤하긴 했지만, 곧 정신을 가다듬고 1,800년 전에 쓰인, 어떤 의심도 초월하는 진정한 책들이 우리에게 있으며, 하느님으로부터 직접 이야기를 들은 사람들과 자신의 얼굴에 놓은 손 사이로 하느님의 뒷모습을 보도록 허용된 한 예언자의 진솔한 이야기가 담겨 있다고 말했다.

내 답변이 워낙 단호하고 태도도 진지했기 때문에 아로헤나는 약간 두려워하면서 자신들에게도 책이 있으며, 조상들이 신들을 만난 이야기가 기록되어 있다고 말했다. 그때 나는 아무리 논쟁해

봤자 절대로 그녀를 확신시키지 못하리라는 사실을 깨달았다. 더욱이 그녀가 어머니에게 내 말을 전했다가 최근 나를 지지해주던 노스니보르 부인마저 나를 버리지는 않을까 두려운 마음이 들었다. 그래서 아로헤나에게 자기주장을 계속 펼치게 하고 내가 설득당한 척했다. 후에 그녀와 결혼하고 걱정이 사라진 뒤에도 내 본심을 숨겨두고 드러내지 않았다.

그럼에도 불구하고 그녀의 말이 계속 내 귓가를 맴돌았다. 지금까지 신성에 대해서는 무척 많이 알면서도 신에 대해서는 전혀 모르는 독실한 사람들을 많이 보아왔다. 예술이나 자연, 그림이나 조각상, 들이나 구름 혹은 바다, 남자나 여자 또는 아이, 신을 숭배하는 이들의 얼굴에서 광채를 보긴 했어도 하느님의 본성과 속성에 대해 이야기할 때는 얼굴이 전혀 환해지지 않았다. 신성이라는 단어만 언급되어도 신에 대한 우리의 생각은 흐려진다.

이드그룬과 이드그룬 교도

에레혼 사람들이 우상들에 대해 온갖 소란을 떨고 신전을 세우고 사제들을 후원했지만, 나로서는 그들이 믿는다고 주장한 종교가 피상적이며, 그들의 모든 행동에서 드러나는 또 다른 우상이 존재한다는 생각이 계속 들었다. 외부인이라면 어느 누구도 그런 우상이 존재하리라 의심하지도 않겠지만, 실제로는 선원의 나침반처럼 그들의 가장 중요한 지도자로서 에레혼 사람들의 삶을 이끄는 우상이 있었다. 그래서 그들은 어떤 일을 시작하거나 멈출 때면 언제나 그 우상의 가르침부터 먼저 확인했다.

이제 나는 그들이 공언했던 믿음이 실제로는 큰 영향력을 행사하지 못한다는 의구심을 품고 있다. 무엇보다 그들 사이에 팽배한 무관심에 대해 사제들이 불평하는 소리가 종종 들렸는데, 그런 불평이 아무 근거 없이 생겨났을 리가 없다. 두 번째로 그들은 일부러 가식을 떨었지만 자신들이 실제로 믿는 이드그룬 여신을 숭배할 때면 이런 가식이 전혀 보이지 않았다. 세 번째로, 사제들이 이드그룬을 신들의 최대 적으로 언제나 비난하면서도 그 누구보다 헌신적으로 그 여신을 숭배한다는 사실은 누구나 다 알고 있었고, 그들을 자신이 섬기는 신의 사제라기보다 이드그룬의 사제라고 부른다면 단연코 최고의 사제라 할 만했다.

이드그룬은 대단히 변칙적인 위치를 차지했다. 전지전능한 존재이지만 고귀한 신념을 지닌 것은 아니었고, 가끔은 잔인하며 비이성적이었다. 여신을 가장 헌신적으로 숭배하는 이들조차 어느 정도 수치심을 품고 언행보다는 마음으로 모셨다. 여신을 입에 발린 말로 숭배하는 경우는 전무했으며, 가장 신실하게 숭배하는 순간조차 종종 여신을 부인했다. 그래도 전반적인 면에서 이드그룬은 자비롭고 유용한 신이었으며, 사람들이 자신을 부정하더라도 자신에게 복종하고 두려움을 보이기만 한다면 전혀 개의치 않았고, 자신의 길을 따르는 신도 수십만 명의 삶을 비교적 행복하게 만들어주었다. 그들은 다른 방식으로라면 행복하지 못했을 것이며, 더 고결하고 영성을 갖춘 이상理想도 그들에게 힘을 발휘하지 못했을 터였다.

에레혼 사람들이 더 나은 종교를 받아들일 준비가 되었는지에 대해 나는 강한 의구심을 갖고 있다. 더욱이 (그들이 이스라엘의 사라진 10지파의 대표라는 확신이 점점 커가는 마당에) 약간이라도 성공의 기미가 보였다면 어떤 위험을 감수해서라도 그들을 개종시키려고 노력했겠지만, 그들이 존경하는 핵심 대상인 이드그룬의 위상을 조정한다는 생각만으로도 두려운 결과가 동반함을 인정하지 않을 수 없었다. 내가 단순한 철학자에 불과하다면, 사람들이 갖는 이드그룬에 대한 관념이 점진적으로 커져가는 것이야말로 그들에게 베풀어질 수 있는 최고의 영적인 은혜이며, 그 외에는 무엇도 그런 결과를 가져오지 못하리라 말했을 것이다. 또한 이드그룬이 그다지 고결하지 못하다고 가장 요란하게 떠드는 이들이 실은 이드그룬의 기준에 도달하지 못한다는 사실도 알아챘다. 더욱이 내가 '상위 이드그룬 교도'라고 칭한 사람들(나머지는 이드그룬 교도와 하위 이드그룬 교도이다)은 인간의 행동과 삶의 여러 문제에서 바른 본성을 가진 인간이 무릇 가야 하는 길을 가는 것으로 보였다.

그들은 말 그대로 신사였다. 더 이상 무슨 말이 필요하겠는가? 그들은 이드그룬에 대해 말하지도, 심지어 넌지시 언급하지도 않았지만, 충분한 이유가 없는 한 여신의 명령에 거스르는 일을 절대로 하지 않았다. 또한 그런 상황에서라면 정당한 자립성으로 여신을 넘어섰으며, 여신도 그들을 거의 처벌하지 않았다. 그들은 용감하지만 이드그룬은 그렇지 않기 때문이다. 그들은 대부분 가설언어를 수박 겉핥기식으로 알고 있으며, 좀 더 아는 사람도 있지만 많지는 않다. 나는 가설언어 자체가 그들의 존재에 큰 영향력을 행사한다고는 생각하지 않는다. 그보다는 일반적으로 기본 사항을 공유한다는 점 때문에 가설언어가 존중받는 것이리라.

어릴 때부터 갖가지 운동으로 신체를 단련하고 또래와 어울리며 두려움 없이 자라서 용기 있고 관대하며 명예를 아는 등, 어느 면모로 보나 출중한 남성들이니 그들이 스스로 법이 된다는 것이 무엇이 놀랍겠는가. 그들이 여신 이드그룬을 높이면서 국가적으로 인정하는 신들에 대한 믿음을 모두 잃었을까? 도저히 참을 수 없을 때까지 순응하는 것이 이드그룬의 법이기에 그들은 국가의 신들을 공개적으로 무시하지는 않는다. 하지만 그들은 국가의 신들을 추상적인 개념으로 인정하고, 상상력이 부족한 유사물질주의와도 같은 신들의 인격의 존재를 부정한다. 대부분의 국민이 기존의 신을 굳건히 믿는 한, 이들은 다른 의견을 밖으로 드러내지 않는다. 국가의 신을 부정함으로써 이룰 수 있는 더 큰 선善이 있지 않는 한 남들에게 고통을 주어서는 안 된다고 믿는다.

한편 어느 문제에 대해서든 분명한 의견(확신은 거의 없다 해도)을 갖고 있는 사람들은 적절한 기회가 생길 때마다 이를 다른 이들에게 전파해야 한다. 왜냐하면 자신이 분명한 의견을 갖게 된 이유가 거의 전적으로 타인의 영향에 기인한다고 확신하기 때문이다. 결국 오해로 밝혀질지도 모르지만, 설령 그렇다 하더라도 자신은 물론이고 다른 사람들의 행복을 위해 실수는 되도록 분명하게 드러내서 더욱 쉽게 반박되게 해야 한다. 나는 여기에서 내가 상위 이드그룬 교도들의 관행을 부인하고 반대했음을 고백한다. 상위 이드그룬 교도들이 현재 우세하는 것으로 보이는 믿음을 이미 약화시키면 앞으로의 내 임무가 더욱 쉬워진다는 것을 눈치챘기 때문이다.

하지만 다른 측면에서 보면 이들은 세계의 여느 외국인들보다 더 영국인의 훌륭한 면모를 갖추고 있었다. 대부분 유머 감각이 뛰어나고 배우의 감성까지 있었기 때문에 대여섯 명 정도에게는 영국의 연극 무대에 서라고 권유하고 싶을 정도였다. 그러면 우리에게 무척 의미 있는 일이 되었으리라. 진짜 신사는, 이것이 신성모독이 아니라면, 그 어떤 복음의 말씀보다 대단하다. 그런 사람이 무대에 서면 사람들을 교화하는 뛰어난 영향력을 행사할 수 있으며, 다들 기꺼이 1실링을 지불하고 바라볼 만한 이상형이 되겠다.

나는 이런 사람들을 늘 좋아하고 찬미했으며, 그들이 궁극적으로는 구원받지 못하고 지옥에서 파멸을 맞으리라 생각하니 무척 안타까웠다. (그들에게는 내세관이 없었고, 자존감과 다른 사람에 대한 배려만이 유일한 종교였다.) 물론 나의 종교적 신념만이 현세나 내세에서 그들을 진정으로 선하고 행복하게 만들 수 있다는 것을 알면서도 그들에게 나의 종교적 신념을 전파할 정도의 방종을 부릴 수는 없었다. 가끔은 강한 의무감이 들고 이토록 훌륭한 이들이 영원에 가까운 시간 동안 지옥에서 고통을 받을 운명임을 심히 안타까워하면서 전도를 시도해본 적도 있지만, 아무리 입을 떼려 해도 말이 입안을 맴돌 뿐이었다.

전문 선교사라고 해서 더 잘할 수 있었을지는 잘 모르겠다. 분명 그런 이들은 개종의 방법론과 학문에 대해 더 많이 알 것이다. 나로 말하자면 내가 올바른 길에 있음에 감사하나 다른 사람들의 삶에는 개입할 수 없었다. 만약 그들을 개종시키겠다는 계획이 실패하면, 유대인과 이슬람교도를 훌륭하게 개종시켰다고 알려진 노련한 선교사 두세 명을 파송하는 데 얼마 안 되는 내 재산을 기꺼이 맡기겠다. 하지만 이는 육신에 관한 것일 뿐 그다지 영광스럽지 않으며, 상위 이드그룬 교도들에게 선교사가 어떻게 보일지 상상해보면 그다지 낙관적이지 않다. 그래도 시도는 해볼 만하며, 선교사들이 겪어야 할 위험이라고 해봐야 초복이 에레혼에 왔더라면 보내졌을 병원에 잡혀가는 정도겠다.

에레혼 사람들의 종교적 견해를 개괄적으로 살펴보니, 그들은 스스로 믿는다고 공언한 신들에 대한 견해와 완전히 변칙적이며 이해할 수 없는 이드그룬에 대한 숭배(무엇보다 강하면서도 형식주의는 거의 결여되어 있다)라는 면에서 미신적이었다. 그럼에도 그들의 삶은 의외로 별 탈 없이 잘 굴러갔으며, 이드그룬과 신들 사이의 갈등은 관습적으로 공유되는 타협에 통해 해결되고(대부분 이드그룬에게 유리했다) 사람들 열에 아홉은 잘 이해하고 받아들였다.

에레혼 사람들이 왜 이드그룬 숭배를 공개적으로 인정하지 않으며, 희망과 정의 등을 인격화한 신들을 버리지 않는지 나로서는 이해할 수 없었다. 하지만 이런 의문을 내비치기라도 하면 당장 위험한 처지에 처하곤 했다. 그들은 이와 같은 모순을 절대로 인정하려 들지 않았으며, 오래전에는 사람들이 신들을 자주 목격했다고 단언하고, 사람들이 신들을 믿지 않게 되는 순간 행복의 가장 위대한 비밀이라고 인정받는 일상적인 미덕조차 실행되지 않으리라고 확신했다. 그들은 "훈련받은 친절함, 훌륭한 본보기, 자신의 행복에 대한 계몽된 시각만큼 사람들을 올바른 길로 이끄는 것이 있겠는가?"라고 분노에 차서 따졌다. 그러면 나는 마음속에 있는 것을 잊어버리고, 만약 사람이 이런 것들에 의해 올바로 나아갈 수 없다면 그 외에 사람을 올바로 이끌 수 있는 것은 전혀 없으며, 그가 자신이 목격했던 이들의 사랑과 두려움에 의해 통제되지 못한다면 자신이 보지 못한 신들의 사랑과 두려움에 의해서도 통제되지 못할 것이라고 서둘러 대꾸해야만 했다.

한번은 영혼의 불멸과 죽은 자 가운데 부활을 믿는 부류를 만날 기회가 있었다. 이들의 수는 얼마 되지 않지만 점점 교세가 늘어가고 있었고, 병약한 신체로 태어나서 고통스럽게 산 사람들은 내세에서도 영원히 고문을 받겠지만 강인하고 건강하며 준수하게 태어난 이들은 영원히 보상받는다고 가르칠 뿐, 도덕적인 특성이나 행동에 대해서는 아무런 언급도 하지 않았다.

이런 경향이 나쁘긴 해도, 어떤 식으로든 내세를 생각하도록 만든다는 점에서 일종의 진보라고 할 수 있었다. 그런데도 대부분의 사람이 이들의 원칙에 아무 기초도 없으며, 부도덕하고, 어떤 이성적인 존재도 원하지 않는다는 근거로 이들에게 반대한다는 점이 충격적이었다.

나는 이들이 어떤 면에서 부도덕하냐고 질문했다가 이런 대답을 들었다. 사람들이 이들의 주장을 확고하게 믿게 되면 현재의 삶을 그리 큰 의미가 없는 부가적인 것으로만 여기게 되며, 현세를 완벽하게 하는 데에서 관심이 멀어지게 되므로 결국 인생의 어려운 문제를 대충대충 넘어가는 격이 된다. 결국 다른 사람들에게 무한한 해를 입히면서 자신은 현재의 만족을 누리는 이들이 생길 것이다. 또한 가난한 사람들이 자신들의 불성실함을 고치려 들지 않고, 치료할 수 있는 질병을 묵인하게 한다. 또한 보상이 주어진다는 것은 착각이며, 행운의 제국은 무덤으로 한정되고, 공포는 무력하고 부당한 기분이 들게 만들며, 가장 축복받은 부활이라고 해봤자 더욱 축복받은 수면이 방해받은 것에 불과할 것이다.

이 모든 주장에 대해 나는 실제로 그런 일이 있었고 죽었다가 다시 살아난 실제 사례들이 있었다고 말할 수밖에 없었다. 온전한 의식을 갖고 있는 사람이라면 누구도 부인할 수 없는 사례들이었다.

내 의견에 반대했던 이는 내 말을 듣고 "만약 그렇다면 우리가 할 수 있는 한 최선을 다해 견뎌야 한다"고 대답했다.

그래서 나는 우리가 죽음이 뻗은 팔 안으로 뛰어 들어가지 않도록 막아주는 유일한 것은 죽음 이후에 더 나쁜 악이 우리에게 떨어지지 않을까 두려워하는 마음이라는 햄릿의 고귀한 대사를 내 능력껏 번역해서 들려주었다.

"말도 안 돼요. 당신의 시인이 말하는 그런 유의 두려움 때문에 자신의 목을 자르려다 그만둔 사람은 아무도 없어요. 당신의 시인도 아마 그 사실을 아주 잘 알았겠죠. 어떤 사람이 자신의 목을 자른다면 그는 궁지에 몰려 있는 것이고, 현재로부터 달아날 수 있다면 어디로라도 도망칠 생각뿐인 거죠. 아뇨, 인간은 냄비 속 불에 뛰어든다는 두려움보다는 자신이 버티고 있으면 불길이 줄어들지 모른다는 희망에 자기 자리를 지키는 거예요. 당신의 시인을 인용하자면, '운명을 그렇게 고된 삶으로 만드는 존경'은 재난이 계속될지라도 고통받는 이는 더 오래 살 것이라는 고려 때문이랄까요."

이 문제에 대해 우리가 동의할 가능성이 거의 없다는 것을 깨닫고 나는 더 이상 논쟁을 이어가지 않았다. 내 의견을 반대하던 사람도 인정할 수 없음을 예의를 지켜 분명히 밝히고는 내 곁을 떠나갔다.

출생증서

이제부터 쓸 이야기는 아로헤나가 아니라 노스니보르 씨와 그의 손님으로 종종 찾아와서 식사를 하고 가던 신사들에게서 들은 이야기이다. 에레혼 사람들은 전생을 믿을 뿐만 아니라(다음 장에서 자세히 다루겠다) 자신이 이 세계에 태어난 것은 태어나기 전의 자신이 행한 자유행동의 결과라고 믿는다. 태어나지 않은 자들은 결혼한 사람들을 끊임없이 괴롭히면서 고문하고 끊임없이 주변을 배회한다. 그들이 보호해준다는 동의를 해줄 때까지 몸과 마음을 힘들게 한다. (적어도 그들의 주장에 따르면) 그런 게 아니라 누군가를 좋아해 결혼하며 앞으로 아무런 선택권 없이 이 인간 세상의 가능성과 변화를 겪겠노라 하는 것은 기괴한 자유일 것이다. 존재하지 않는 한 불행하지도 않을 누군가에게 어떤 어려움이 닥칠지 도저히 알 수 없기 때문에 어느 누구도 결혼할 권리가 전혀 없겠다. 그들은 이 문제를 심각하게 받아들이고는 다른 이에게 비난의 화살을 돌리기로 결심했다. 그래서 태어나지 않은 사람들이 사는 세계에 대한 신화를 만들고 거기에서 그들이 무슨 일을 하는지, 또 어떤 방법과 장치를 이용해서 우리 세계로 들어오려고 하는지에 대해서도 기록해두었다. 자세한 내용을 다루기에 앞서, 우선 그렇게 이 세계에 온 사람들에 대한 에레혼의 인식을 알아보자.

특이하게도 에레혼 사람들이 어떤 문제에 대해 잘 안다고 공언하고 그것이 현실 세상의 기초라고 말한다면, 실은 그 문제에 가까이 가려 하지 않는 것이라 봐도 좋다. 사회적으로 널리 인정받은 어떤 제도에 미심쩍은 냄새가 난다고 느껴진다면 그들은 항상 그 냄새를 맡지 않으려고 자기 코를 틀어막는다.

에레혼 사람들 대부분은 태어나지 않은 자의 문제에 대해서도 바로 이런 식으로 행동했다. 나로서는 그들이 전생과 관련된 자신들만의 신화를 진심으로 믿는다고는 절대로 생각하지 않는데, 그들은 그것을 믿기도 하고 또 믿지 않기도 하기 때문이다. 그들은 자신이 무엇을 믿는지 모르고, 자신이 믿는 것처럼 믿지 않는 것이 병이라는 점만 안다. 다만 자신이 이 세상에 태어나게 된 이유가 태어나지 않은 자들의 괴롭힘 때문이며, 평화로운 사람들을 가만 놔두었더라면 절대로 이 세상에 오지 않았을 것이라는 점에 대해서만 확신한다.

이러한 입장을 부인하기란 어려우며, 여기서 더 진행하지 않았다면 별 문제가 없었을 것이다. 그러나 에레혼 사람들은 이중으로 확신해야 했다. 아이가 태어나자마자 아이에 대해 기록된 내용을 확보해서 부모에게 출생의 근거에 대한 책임을 면책하고, 아이의 전생에 대해 단언해야 한다. 그래서 출생증서라는 것이 만들어졌는데, 부모가 얼마나 신중한가에 따라 여러 이름으로 불리지만 실제로는 모두 같은 걸 가리킨다. 오랫동안 에레혼 변호사들이 출생증서를 완벽하게 작성해서 모든 사태에 대비하기 위한 기술을 연마해왔기 때문이다.

가난한 사람들은 출생증서를 적당한 비용을 들여 일반 용지에 인쇄하지만, 부자들은 양피지에 기록하고 제대로 제본하기 때문에 출생증서는 사회적 지위의 상징이 된다. 출생증서는, 아무개가 태어나지 않은 사람들이 속한 왕국의 일원으로 모든 면에서 부족함과 불만의 여지가 전혀 없었으나 방종한 태도와 불안감에서 현세계에 들어오고 싶다는 욕구를 갖게 되었다는 내용으로 시작된다. 그는 태어나지 않은 자의 왕국의 법이 정한 바에 따라 필요한 절차를 취하고, 사전에 고려된 악의에 따라 자신에게 아무 잘못도 저지르지 않은 두 사람을 괴롭힌다. 두 사람은 그가 평화에 역행하는 졸렬한 의도를 품기 전까지는 행복하고 만족스러운 삶을 보내고 있었으므로, 이제 그는 자신의 잘못에 대해 겸손하게 용서를 간청한다.

그는 나라의 법에 따라 책임질 수 있는 자신의 모든 육체적 오점과 결핍에 책임을 지며, 부모는 이에 아무런 책임도 없다. 그들은 원한다면 언제든지 그를 죽일 권리가 있으며 그는 부모의 권리를 인정하면서도 놀라운 선의와 자비를 보여 목숨을 살려달라고 간청한다. 그렇게만 해준다면 그는 삶의 초기 단계에서 부모에게 최선을 다해 복종하고 비굴하게 살겠으며, 부모가 크나큰 관대함을 발휘해 자식에게 그만하면 됐다고 허락하지 않는 한 평생토록 그렇게 봉사하겠노라고 약속한다. 증서는 이런 식으로 이어지며, 가족 변호사의 상상력에 따라 세부적인 조항이 매우 상세하게 이어지는데, 변호사들은 되도록 증서의 내용을 줄이려 하지 않는다.

이렇게 준비된 증서는 '최후의 끈질긴 간청'이라 불리며, 아기가 태어나고 사나흘 후에 친구들이 모여 연회를 여는데 참석자들 모두 대단히 침울해하며(내가 보기에 대체로 진심으로 침울해하는 것 같다), 아이의 부모에게 태어나지 않은 자들이 저지른 손해를 위로하는 선물을 준다.

유모가 아이를 데리고 나오면 사람들은 아이에게 악담하고, 아이의 뻔뻔한 행동을 질책하면서 아이가 스스로 저지른 잘못을 어떻게 보상할지에 대해 묻는다. 또한 몇 번 정도는 태어나지 않은 자들에 의해 이미 상처를 입은 자들로부터 어떻게 배려심과 부양을 요청하는지도 묻는데, 대가족의 경우 태어나지 않은 자들에 의해 이미 어마어마한 상해를 입었기 때문이다. 이러한 추궁을 충분히 하고 증서에 대해 언급하면 증서가 제시되고 가족 교정관이 아이에게 엄숙하게 증서의 내용을 낭독한다. 교정관은 언제나 이와 같은 행사에 초대되는데, 평화로운 가족으로 침입한다는 사실 자체가 전문 교정관의 봉사를 요구하는 아이의 악행을 증명하기 때문이다.

증서를 낭독한 뒤 유모가 아이의 살을 꼬집으면 아이는 대개 울음을 터뜨리는데, 이는 자신의 죄를 의식한다는 의미에서 길조로 인정된다. 그 후 아이는 증서에 동의하냐는 질문을 받게 되지만, 아이가 울어대느라 아무 대답도 하지 못할 경우 친구 중 한 명이 나서서 대신 증서에 서명한다. (친구의 말에 의하면) 아기가 방법만 알면 스스로 서명했을 것이며, 자라서 성인이 되면 현재 서명하는 사람을 그 언약의 책임에서 풀어줄 것이라고 여긴다. 이제 친구는 양피지 아래쪽에 아이의 서명을 하는데, 비록 친구가 대신 서명했다 하더라도 이로써 아이에게 구속력이 미치게 된다.

그러나 그들은 이 정도로는 완전히 만족하지 못하는데, 결국 아이 당사자의 서명을 얻을 때까지는 불안함을 버릴 수 없기 때문이다. 아이가 열네 살이 되면 에레혼 사람들은 더 많은 자유와 멋진 물건을 주겠다고 어르거나 자신의 대단한 권력을 이용해서 적극적으로 아이를 압박함으로써 눈앞에 자유가 보이는 듯하나 실제로는 그렇지 않다. 또한 그들은 비이성의 대학 선생들의 직위를 이용해서 이런저런 방식으로 아이가 서명을 하게 만들어서 자신의 자유의지로 이 세계에 왔으며 그렇게 한 행동의 모든 책임을 스스로 지겠다고 공언하게 했다. 평생 서명해야 하는 문서 가운데 분명 가장 중대한 문서인데도 그들은 법적 의무를 지우기엔 너무나 어린 나이에 서명을 하도록 시킨다. 그들은 아이가 너무 어려서 자신이 무엇을 하는지 모른다고 생각하며, 몇 년 뒤 자신에게 편견으로 작용할 어떤 일도 저지르는 것이 공정하지 않다고 여긴다.

이를 둘러싼 모든 상황은 상당히 어려워 보일 뿐만 아니라 존중받을 만한 관습도 전혀 아닌 것 같았다. 나는 한번 나의 견해에 대해 비이성의 대학 교수에게 감히 물어본 적이 있다. 상당히 조심스럽게 물었지만, 그가 체제를 정당화하는 논리를 나로서는 도저히 이해할 수 없었다. 어떤 소년이 아무것도 모른다는 점만을 안다고 엄숙하게 선언해야 한다면, 소년의 원칙에 해가 되지는 않겠느냐고 물어보았다. 또한 그렇게 하도록 그 소년을 이끌고, 아니 자신도 확신하지 못하는 것을 확신에 차 가르치는 선생들이 자기 제자들(대부분 미숙한 아이들이다)의 진리 의식을 무효화하면서 생활비를 버는 건 아니냐고도 물어보았다.

호인이었던 교수는 내 견해에 상당히 놀라 보였지만 전혀 동요하지 않았다. 교수는 그 소년이 안다고 말한 모든 것을 알게 되리라곤 아무도 기대하지 않는다고 대답했다. 그러나 이 세계는 타협으로 넘쳐나며 공언한 대로 받아들여지리라는 확신도 거의 존재하지 않는다. 인간의 언어란 생각을 담기에는 지나치게 조야한 도구이며, 생각이란 완벽한 번역이 불가능하다. 한 언어에서 다른 언어로 번역될 때 의미가 다소 모자라게 되거나 확장되지 않는 경우가 있어서 어떤 언어라도 어딘가에서 생각을 틀리거나 거칠게 만든다고 그는 덧붙였다. 결국 모든 것의 결론은 이렇다. 그것은 이 나라의 관습이다. 에레혼 사람들은 보수적인 사람들이고, 소년은 조만간 타협을 시작해야 하며, 이는 교육의 일환이다. 있는 그대로의 타협이 필요하다는 사실을 후회하겠지만 그럼에도 불구하고 타협은 필요하며 이를 빨리 이해할수록 본인에게 좋다. 하지만 그들은 이 사실을 절대로 그 소년에게 말하지 않을 것이다.

다음 장은 태어나지 않은 자들에 대한 그들의 신화를 발췌한 내용이다.

태어나지 않은 자들의 세계

에레혼 사람들은 우리가 삶을 거꾸로 통과한다거나 어두운 복도에 들어가듯이 미래로 나아간다고 말한다. 나아가다 보면 옆에서 걸어가던 시간이 어느 순간 덧문을 홱 밀어젖힌다. 이렇게 주어진 빛은 종종 우리 눈을 부시게 만들고, 앞에 놓인 어둠을 더욱 어둡게 만든다. 우리는 한 번에 조금씩만 볼 수 있을 따름이며, 앞으로 무엇을 볼 것인지 두려워하면서도 그다지 주의를 기울이지는 않는다. 호기심 가득한 시선으로 현재의 빛 사이로 미래의 어스름을 엿보고 뒤에 있는 침침한 거울에서부터 희미하게 반사된 빛에 의지해 우리 앞에 놓인 것을 이끄는 선을 예지하며, 비틀거리며 걷다가 발밑에서 아래로 이어지는 문이 열리면 그대로 사라져버린다.

에레혼 사람들은 미래와 과거란 두 개의 축에 펼쳐진 파노라마와 같다고도 말한다. 미래의 축에 놓인 내용은 과거의 축 위로 펼쳐지며, 우리는 흐름을 더 빠르게 하지도, 머물게 하지도 못하고, 우리 눈앞에 펼쳐지는 내용이 좋건 나쁘건 간에 모조리 봐야 한다. 또한 한 번 본 내용을 다시는 보지 못한다. 이는 언제나 펼쳐지고 다시 감기기 때문에 우리는 잠시의 순간을 포착하는데, 그 찰나를 현재라고 부른다. 우리의 혼란스러운 감각을 총동원해서 전부 다 느껴보고, 지금까지 겪은 것을 토대로 앞으로 다가올 것을 짐작한다. 하나의 존재가 모든 그림을 그리는 것이며, 강, 숲, 평원, 산, 마을, 사람, 사랑, 슬픔, 죽음 등 구성 요소들은 거의 변하지 않는다. 그래도 우리의 관심은 전혀 시들지 않으며, 우리는 희망을 품고 좋은 미래를 기다리거나 찡그린 얼굴을 하지 않기를 두려운 마음으로 바란다. 우리는 눈앞을 지나가는 장면을 인식한다고 여긴다. 하지만 볼 내용이 워낙 많은 데 비해 볼 시간은 거의 없어서 과거의 지식에 대한 우리의 자만은 대개 근거가 없다. 또한 우리는 주된 관심사인 미래에 영향을 미치는 경우가 아니라면 그다지 과거에 신경을 쓰지 않는다.

에레혼 사람들은 지구와 별과 모든 천상의 세계가 서쪽에서 동쪽으로가 아니라 동쪽에서 서쪽으로 굴러가는 것은 우연에 불과하다고 말한다. 또한 인간이 미래 대신 과거를 바라보며 삶을 살아가도록 이끌어지는 것 역시 우연에 불과하다고 치부한다. 과거가 존재하듯이 미래도 존재하지만 미래를 볼 수는 없기 때문이다.

미래가 과거의 허리에 있지 않은가? 미래가 변하기 전에 과거가 변해서는 안 되는가?

또한 그들은 한때 지구에 어떤 인종이 살았는데 그들은 과거보다 미래에 대해 더 잘 알았지만 거기에서 비롯된 비참함을 견디지 못하고 1년 만에 멸망했다고 믿는다. 만약 누군가가 지나친 선견지명을 갖고 태어난다면, 그는 평화를 파괴하는 능력을 후손들에게 물려주기도 전에 자연에서 도태될 것이다.

인간으로서는 참으로 기이한 운명이 아닐 수 없다! 그것을 얻으면 죽고 또한 쫓지 않으면 죽는다. 쫓지 않으면 짐승보다 나을 바가 없으며, 또한 얻으면 악마보다 비참해진다.

지금까지 여러 장章을 거친 뒤 드디어 태어나지 않은 자들의 이야기까지 오게 되었다. 그들은 순수하고 단순한 영혼이며, 육체는 없고 인간의 모습과 흡사한 기체 같은 존재여서 유령과도 같다고 여겨진다. 그들은 육체도 피도 온기도 없다. 그럼에도 불구하고 그들이 거주하는 지역이 있는데 이 역시 마찬가지로 실체가 없다고 여겨진다. 심지어 그들은 신성하고 묽은 물질을 먹고 마신다고 알려져 있다. 또한 그들은 꿈에서 보는 유령처럼 인간이 하는 것은 대개 무엇이나 할 수 있다고 한다. 한편 그들은 자신의 자리에 그대로 있는 한 결코 죽지 않으며, 태어나지 않은 자들의 세계에서 유일한 죽음이란 바로 우리 세계를 향해 떠나는 것뿐이다. 그들은 인간보다 훨씬 더 수가 많다고 한다. 그들은 알려지지 않은 행성에서 완전히 성장한 형태로 한 번에 큰 무리로 몰려온다. 그들은 여기 도착하는 데 필요한 조처를 취할 때만 태어나지 않은 자의 세계를 떠날 수 있는데, 그 조처란 바로 자살이다.

그들에게는 아주 좋거나 나쁜 극단적인 운명이 없기 때문에 대단히 행복해야 마땅하다. 그들은 절대로 결혼하지 않고 시인들이 인간의 원시적인 조건으로 그려낸 듯한 모습으로 살고 있다. 그럼에도 그들은 쉬지 않고 불평한다. 그들은 이 세계에서 우리가 신체를 갖고 있다는 사실을 포함해서 우리에 대해 모조리 알고 있다. 또, 내키는 대로 우리 가운데에서 이동하고 우리 생각을 읽고 행동도 관측할 수 있다. 이 정도면 충분하지 않느냐고 생각할 수도 있겠다. 그들 대부분은 자신이 그토록 희구하는 '분별력 있는 따사로운 움직임'으로 육체를 탐닉할 경우 겪어야만 하는 엄청난 위험에 대해 알고 있다. 그럼에도 불구하고 육체가 결핍된 존재의 권태로움을 도저히 참지 못하고 변화할 수 있다면 무엇이라도 감당할 자세인 이들도 있다. 그래서 그들은 떠나겠다고 결심한다. 그들이 수용해야 할 조건은 지나치게 불확실해서 태어나지 않은 자들 중에서 가장 아둔한 자들만이 동의할 터이다. 그리고 바로 여기에서, 오직 여기에서 우리 사회가 구성된다.

떠나기로 결심하면 가장 가까운 읍의 판사에게 가서 자신의 존재로부터 떠나겠다는 내용의 진술서에 서명해야 한다. 그러면 판사는 그들이 수용해야 하는 조건에 대해 낭독해준다. 워낙 길어서 그중 가장 중요한 요점만 발췌해보겠다.

첫 번째로, 그들은 기억과 자아 정체감을 없애는 약을 먹어야 하며, 스스로의 의지를 버리고 무기력하게 이 세계로 들어가야 한다. 또한 가기 전에 자신의 성향에 대해 제비뽑기를 하는데, 결과가 좋건 나쁘건 받아들여야 한다. 그토록 열망하던 육체에 대해서도 아무런 선택권이 없어서, 오로지 우연에 의해 육체를 할당받으며 자신을 입양시켜줄 두 사람을 찾아내서 입양될 때까지 괴롭히면서도 아무런 애원도 할 수 없다. 두 사람이 부자인지 아닌지, 친절한지 아닌지, 건강한지 아닌지 알아낼 도리도 없다. 사실 건전한 몸과 마음을 갖고 있는지에 대해 전혀 보장할 수 없는 두 사람에게 상당히 오랜 기간 자신을 위탁해야만 한다.

변화에 대해 생각하는 이들을 대상으로 하는 현명한 이들의 강의를 읽어보는 일은 흥미롭다. 그들이 이야기를 하고 목적을 달성하는 정도는 마치 우리가 씀씀이가 헤픈 사람과 이야기하고 성과를 얻는 정도와 흡사하다.

"태어나는 것은 중죄이다. 범법 행위 후에 언제라도 선고가 실행될 수 있다. 어쩌면 70~80년 정도 살 수도 있겠으나 지금 즐기는 영원에 비교하면 어떠한가? 설령 감형을 받아 영원히 살도록 허용되더라도 결국에는 생이 하도 지루해져서 처형이 최고의 은혜가 될 터이다.

얼마나 큰 위험에 처하게 될지 따져보라. 악독한 부모에게서 태어나 최악의 교육을 받는다면! 멍청한 부모에게서 태어나 현실에서 동떨어진 교육을 받는다면! 자식을 가재도구나 재산으로 여겨서 부모의 소유라고 생각하는 부모에게서 태어난다면! 혹은 동정심이라고는 눈곱만큼도 없는 부모에게서 태어난다면 그들은 절대로 당신을 이해하지 못하고 피하려고만 들다가(오리 새끼를 낳은 암탉처럼) 당신이 부모를 사랑하지 않는다는 이유로 배은망덕하다고 비난할 거다. 아니면 어릴 때 겁을 줘야지만 나중에 자식이 자신의 소원과 감정을 품고 부모를 괴롭히지 않을 거라고 생각하는 부모에게 걸린다면!

다음 생에서 당신이 이 세계의 완전한 일원으로서 드디어 검열을 통과한 뒤 당신은 태어나지 않은 자를 괴롭히게 되고 대단히 행복한 삶을 누리게 될 것이다. 우리가 워낙 강력하게 간청했기 때문에 극소수(최고가 아닌 자들)만이 우리를 거부할 수 있기 때문이다. 그럼에도 거부하지 않는 것은 사전에 아무것도 알 수 없는 여섯 사람과 동반자 관계가 되는 것과 마찬가지인데, 남성 혹은 여성과 동반자가 될지, 아니면 그중 몇 사람이나 동반자가 될지도 모른다. 자신이 부모보다 현명해질 거라 생각하며 스스로를 기만하지 말라. 당신은 당신이 괴롭혔던 사람들의 나이가 되겠지만, 위대한 인물이 되지 못한다면 당신을 괴롭힐 자보다 어린 나이일 따름이다.

당신과 완전히 다른 기질과 성향을 지닌 태어나지 않은 자가 당신과 함께한다고 상상해보라. 당신이 수천 가지 방식으로 여섯 명이나 되는 그들에게 평안과 안녕을 제공하더라도 그들은 당신을 사랑하지 않으며 당신의 희생을 모두 잊을 터이다. 또한 자신도 모르는 사이에 저질렀을 오판이 오래전에 속죄되었으리라고 희망할 수는 있겠지만 그들이 당신에게서 앙심을 품지 않는다고 전혀 확신하지 못한다. 이런 배은망덕은 비일비재하지만 앙심을 품는다는 것에 대해 상상해보라. 오리 새끼가 암탉에게 부화되는 일은 어렵듯, 암탉이 오리 새끼를 부화하는 일 역시 어렵지 않겠는가?

우리 자신을 위해서가 아니라 당신을 위해서 다시 생각해보기를 바란다. 당신의 주된 성격은 제비뽑기로 결정된다. 어떤 성격이든 오랜 훈련을 거치면 좋은 쪽으로 발전할 수 있다. 그러나 그 훈련 과정을 당신은 전혀 통제하지 못한다는 점을 명심하라. 다음 생에서 즐겁고 의미 있는 것을 얻는다면 이는 당신이 지금부터 괴롭힐 사람들의 도움 덕분이라기보다는 그 도움에도 불구하고 얻는 것이리라. 당신이 오랫동안 힘들게 투쟁해 자유를 얻게 됐을 때 얼마나 많은 부상을 입었고 타인에게 얼마나 많은 해를 입혔는지 일일이 다 열거하기도 어려울 것이다.

또한 당신이 세계로 나가면 자유의지를 갖게 되는데, 반드시 의지를 가져야만 하며 피할 도리가 없고 평생토록 거기 얽매이게 된다. 당신의 선택이 옳건 그르건 간에 주어진 시간 동안 최선으로 보이는 일을 무엇이건 해야 한다. 당신의 정신은 판단을 위한 저울이 되고 당신의 행동은 더 무거운 쪽으로 기울 것이다. 모든 것이 당신이 태어날 때 고른 저울의 종류와 그로 인한 편견, 실제적인 행위라는 추의 무게에 따라 결정될 터이다. 만약 처음부터 상태가 좋은 데다가 덧붙여 만약 어린 시절을 거치며 변하지 않는 저울이라면, 게다가 만약 일반적인 조합이 입력될 경우 좋은 결과가 나올 것이다. 그러나 여기에는 '만약'이 너무 많고, 그중 하나라도 어긋나면 결과는 분명 참담하리라. 이를 마음에 깊이 새겨라. 당신에게 불운이 닥친다 하더라도 본인밖에 탓할 이가 없으니, 이는 당신 스스로 태어나기를 선택했을 뿐 누구도 강요하지 않았기 때문이다.

인간이 즐거움을 모른다고 말하는 것은 아니다. 인간은 분명 다양한 단계로 만족할 줄 알고 상당한 행복에 이르기도 한다. 그러나 그것이 인간의 삶에 어떻게 분배되는지에 주목해보면 그중에서 가장 즐거움이 강한 시절은 삶의 초기에 몰려 있고, 그 후에는 거의 없다. 노년의 비참함의 대가로 구입할 만한 즐거움이 있겠는가? 만약 당신이 착하고 강하며 준수하다면 스무 살에 운이 좋을 것이나, 60대에 이르면 그 운 가운데 얼마나 남겠는가? 당신은 주어진 자산을 활용해서 살아야 하고 영구히 연금을 타먹을 수는 없다. 범죄나 사고로 급작스럽게 강탈당하는 상황을 모면할 수 있다 하더라도 결국은 자신의 원금을 조금씩 까먹어야 할 테고 잔고가 점점 더 줄어드는 것을 보면서 고통스러워할 것이다.

품위와 명예를 유지한 채 태어나지 않은 자의 세계로 돌아올 수만 있다면, 40대 이상의 사람이라면 누구나 기꺼이 돌아오리라. 일반적으로 이 세계로 온 사람들은 이곳을 떠나야 할 때까지 계속 머물 것이다. 하지만 만약 다시 태어나서 본인의 삶을 다시 살아보라는 제안을 받는다면 과연 동의하리라 생각하는가? 생각해볼 필요도 없다. 그가 과거를 바꿀 수 있어서 태어나지 않을 수만 있다면 흔쾌히 그러리라는 생각이 들지 않는가?

한 시인이 노래한 바가 이것이 아니라면 도대체 무엇이란 말인가? 시인은 자신이 태어난 날과 남자아이가 잉태되었다는 밤에 대해 이렇게 한탄했다. '그렇지 아니하였던들 이제는 내가 평안히 누워서 자고 쉬었을 것이니, 자기를 위하여 폐허를 일으킨 세상 임금과 모사들과 함께 있었을 것이오. 금과 은으로 집을 채운 고관들과 함께했을 것이며 또는 낙태되어 땅에 묻힌 아이처럼 나는 존재하지 않았을 것이고 빛을 보지 못한 아이들 같았을 것이라. 거기서는 악한 자가 소요를 그치며 피곤한 자가 쉼을 얻으며.' 태어난다는 죄가 모든 인간에게 이런 벌을 내린다는 점을 유념하라. 두 눈을 뜬 채 올가미에 스스로 들어와서는 자신에게 닥칠 불행에 대해 어떻게 동정을 구하거나 불평할 수 있겠는가?

마지막으로 한마디만 덧붙이겠다. 어느 혼란스러운 순간에 꿈처럼 어떤 희미한 기억이 당신의 뇌를 스치고, 당신에게 주어진 약이 제 임무를 다하지 못했다고 느껴지면서 지금 떠나려는 곳에 대한 기억이 돌아올 때가 있을 거다. 오르페우스가 에우리디케를 볼 때처럼 아무리 붙잡아도 꿈이 당신의 손아귀에서 벗어나 황혼의 왕국으로 미끄러져 돌아갈 때 (당신이 이 충고를 기억할 수 있다면) 현재 당장 해야 할 의무로 달려가서 당면한 일에서 피난처를 택하라고 말하고 싶다. 모든 의식의 순간마다 이를 깊이 명심한다면 눈앞의 시련을 거치고 안전하고 명예롭게 돌아올 것이다."*

지금까지 말한 내용은 그곳을 떠나려는 사람들을 설득하는 방식이지만 그다지 도움이 되지는 못했다. 불안해하고 비이성적인 자들만이 태어나는 것에 대해 생각하고, 그런 생각을 할 정도로 아둔한 자들은 대개 그걸 행동으로 옮길 정도로 아둔하기 때문이다. 결국 더 이상 할 수 있는 것이 없음을 깨달은 친구들은 눈물을 흘리며 대법관의 법정으로 따라가고, 거기에서 태어나고 싶어 하는 자는 자신의 결정에 수반되는 조건을 받아들이겠다고 엄숙하게 공개적으로 선언한다. 그러면 기억과 정체성을 없애는 약을 먹고 본디 거주하던 얇고 기체 같은 공간은 흩어져 사라진다. 이제 그는 가장 기본적인 생존의 주체가 되어, 인간의 감각은 물론 어떤 화학 실험으로도 존재를 증명할 수 없다.

그에게는 어떠한 장소에서 발견한 어떤 두 사람에게, 그를 받아들이겠다는 동의를 받을 때까지 부모가 될 그들에게 간청한다

* 여기에서 언급된 신화와 이름만 다르고 동일한 내용이 에레혼에도 전해 내려오는데, 우리에게 친근한 이름으로 바꿔보았다.

는 본능만 남게 된다. 부모가 될 사람을 초복의 부족 가운데에서 찾을지 혹은 에레혼에서 찾을지는 그가 선택할 문제가 아니다.

20

함축된 의미

앞에서 신화에 대해 꽤 자세히 말하긴 했지만 이는 일부에 불과하다. 신화의 내용을 처음 접했을 때, 이 세계로 오는 태어나지 않은 자들의 우둔함은 그토록 참을 수 없는 단조로움에서 도망치고 싶다는 욕망으로 정당화된다고 느꼈다. 신화는 분명 생명과 사물을 부당하고 과장되게 표현하고 있으며, 지은이들은 그런 식으로 마음을 먹은 나머지 부정적인 면은 물론이고 긍정적인 면에서도 마찬가지로 착오가 있을 수 있는 그림을 쉽사리 그렸으리라. 에레혼 사람 누구도 그 그림처럼 세계가 어둡다고 믿지 않았으며, 반박의 여지가 없다고 단언하는 내용을 실은 전혀 믿지 않는 경우가 흔하다는 점은 매우 독특하다.

현존하는 사례에서 볼 수 있는 태어나지 않은 이들에 대한 에레혼 사람들의 공언은, 그들이 여기 오기 전에 가장 암울한 그림을 제시받았다는 점을 입증하고 싶다는 욕망에서 비롯되었다. 그렇지 않으면 처벌을 받아야 하는 자에 대한 마음과 애정 때문에 모두 스스로 벌인 일이라고 차마 말할 수 없을 것이다. 현실적으로 그들은 자신의 이론을 상당히 수정하며 극단적인 경우를 제외하곤 출생증서에 대해 거의 언급하지 않는다. 습관의 힘 때문에 그들 대다수는 태어나지 않은 이들처럼 나쁜 짓을 하는 다른 생물에게조차 친절한 관심을 보인다. 또한 처음 12개월간은 환영받지 못하는 작은 이방인을 증오하지만, 시간이 지나면서 (자신의 견지에 따라) 누그러지는 경향을 보이고, 때로는 그 어린 존재들을 기꺼이 자식이라 부르면서 엄청난 애착을 보이기도 한다.

물론 에레혼의 전제에 따르면 육체적인 질병은 물론이고 도덕적이고 지적인 질병 때문에 처벌을 받고 조롱당하는 것은 당연하다. 오늘까지도 나는 그들이 왜 중간에서 멈춰야만 했는지 이해하지 못한다. 더욱이 그들의 그런 행동이 왜 나에게 그토록 중요한 관심거리였는지도 이해하지 못하겠다. 에레혼 사람들이 비이성적인 것들을 얼마나 많이 받아들이는지가 나에게 왜 중요했을까? 어쨌든 나는 그들이 나처럼 생각하기를 열망했다. 우리 자신의 행복에 도움이 되는 의견을 널리 퍼뜨리고 싶다는 열망이 영국인의 마음에 깊이 뿌리를 박고 있고, 그 영향력에서 벗어날 사람은 거의 없기 때문이다. 이 이야기는 이 정도에서 마치자.

이처럼 혐오스러운 이론을 현실적으로 상당히 많이 수정했음에도 불구하고 에레혼에서 부모와 자식의 관계는 유럽에서만큼 행복하지 못하다. 노인과 젊은이가 진정으로 애정을 보이는 사례는 찾아보기 힘들었다. 가끔은 스무 살이 다 된 자녀가 누구보다 자기 부모를 좋아하고, 따르는 경우도 있었다. 이런 이들의 집 앞에는 교정관의 마차가 거의 보이지 않는다. 에레혼에 머무는 동안 그런 예는 겨우 두어 번 보았다. 선함과 지혜, 인내심이 그토록 제대로 보상받는 장면을 보면서 얼마나 기뻤는지 모른다. 자신이 어렸을 때 어떤 감정이었는지 부모가 된 후에 기억하고 자기 부모가 그들에게 해주기를 바랐던 대로 자녀에게 행동한다면 십중팔구 이런 사례가 생길 거라고 믿는다. 그러나 이토록 단순하고 명백해 보이는 일도 어쩌면 10만 명 중에서 한 명도 실현할 수 없을지 모른다. 위대하고 훌륭한 이들만이 가장 단순한 이치를 실제로 믿는다. 그리고 2 더하기 2가 4인 것만큼이나 확실하게 19 더하기 13이 32라고 믿을 정도로 신성한 사람은 거의 없다.

에레혼 사람들이 내 글을 보게 된다면 부모와 자식 간의 관계가 거의 만족스럽지 못하다는 내용은 지독하게 왜곡된 것이며, 누구보다 가까운 친척*과의 만남에서 행복을 느끼지 못하는 젊은이는 거의 없다고 주장하리라. 노스니보르 씨도 틀림없이 그렇게 말할 것이다. 하지만 돌아가신 그의 부모님이 다시 나타나서 6개월간

* '친척relation'은 참으로 안전한 단어이며 거의 어느 것도 단정하지 않는다. 그럼에도 이 단어는 '혈족kinsman'보다 많이 사용된다.

집에 머무른다면 그는 무척 난감해하면서 그보다 더 큰 벌도 없을 것이라고 생각하리라. 내가 그를 알기 20년 전에 그의 부모는 이미 노령으로 돌아가셨으므로, 이런 사례는 대단히 극단적이다. 그렇지만 그가 어렸을 때 그의 부모가 진정한 이타심으로 아들을 대했다면 노스니보르 씨는 세상을 떠날 때 부모를 떠올리면서 미소를 지을 수 있을 것이다.

내가 접했던 진정한 가족애의 한두 사례에 등장하는 젊은이들은 열여덟 살의 나이에도 자신의 부모를 진심으로 좋아했는데, 후일 예순이 되더라도 부모를 다시금 맞이할 기회가 생긴다면 완벽하게 기뻐할 것이라고 확신한다. 자신의 아이와 손자의 행복을 지켜보는 것을 제외하면 이보다 더 즐거운 일도 없겠다.

이것이야말로 마땅히 이루어져야 할 상황이며, 절대 불가능한 이상이 아니다. 하지만 실제로는 이런 사례가 거의 없다. 부모가 좀 더 참고 인내하기만 한다면 거의 모두 가능할 터이다. 하지만 현재로서는 너무나 드문 나머지 미래에 어떤 사람들의 큰 행복은 부모가 조부모와 영원히 함께하게 될 때 겪을 불행을 지켜보는 데 있다는 의미의 속담까지 생겼다. 한편 에레혼에서 '의무적인 사랑'이라는 표현은 가장 극심한 괴로움을 뜻하는 단어에 근간을 두고 있다.

'부모'라는 단어 자체에는 사랑의 기적을 만들어내는 주술 같은 힘은 없다. 내 아이 입장에서는 차라리 여섯 살 때 아버지인 나와 어머니인 아로헤나가 죽어버리는 것이 낫지, 자신이 예순 살이 되도록 부모인 우리가 살아 있는 모습을 보는 것은 일종의 재앙일 것이다. 이 문장을 내가 쓸 수 있는 것은, 이 말을 함으로써 만약 내가 이기심 때문에 적정한 수준을 넘어서도 죽지 않고 계속 살아 남을 경우, 우리 아이로 하여금 나를 죽여도 좋다는 보장을 해주거나 혹은 아이 손에 무기를 쥐어주는 것 같은 느낌이 있기 때문이다.

이 모든 상황에서 돈이 상당히 근본적인 원인이 된다. 부모가 지금보다 더 일찍 아이에게 재산을 모으게 해준다면 아이는 곧 독립하게 될 터이다. 그러나 현 체제에서 젊은이들은 돈을 벌고 쓰는 방법을 배우기 전에 모든 방면에서 합법적으로 곤궁해진다(다시 말해서 그들이 그런 것에 대해 '관심'이 있다면). 그러므로 그들은 그런 결핍 없이 살거나 부모의 능력 이상으로 돈을 더 얻어야 한다. 이는 주로 비이성의 대학 때문이다. 그곳에서 학생은 가설의 원칙을 배우는데, 그 이야기는 곧 다루겠다. 몇 년 동안 어떤 일도 제대로 할 줄 모르는 채(학생은 본인이 무엇을 하는지도 잘 모른다) 가장 낮은 등급에서 시작해서 실제 경험을 통해 습득하고 자신의 능력에 따라 성장해야 한다.

나는 비이성의 대학에 무척 충격을 받았다. 유사 공리주의에 빠지기란 쉬운 일이며, 아주 부유한 부모의 자녀나 가설의 지식을 습득하는 데 타고난 본능을 보여주는 이들에게는 좋은 체계라고 생각한다. 하지만 이드그룬 숭배 때문에 품위의 가식을 갖춘 이들은 모두 자녀를 그런 학교에 보내야 했고 몇 년씩이나 돈을 착취당했다. 자녀를 되도록 쓸모없게 만들기 위해 부모가 얼마나 희생하는지 차마 보기 힘들었다. 또한 이 과정에서 소요되는 비용 때문에 노인이 더 고통을 받는지, 아니면 인간의 탐구에서 가장 중요한 부분에서 젊은이가 사기를 당하고 잘못된 방향으로 표류하면서 더 고통을 받는지 구분하기 힘들 정도였다.

영아 살해(전국적으로 경각심을 일으키는 사악함이다)를 통해 가족을 제한하는 성향이 늘어나는 이유가, 에레혼의 방방곡곡에서 교육이 일종의 집착이 되었다는 데 있다고 나는 믿는다. 모든 아이에게 읽기와 쓰기, 산수를 가르치는 규정은 필요하다. 그러나 여기에서 의무적인 국가 보조 교육은 끝나야 한다. 아이는 (혹시나 과로를 하지는 않는지 확인하는 적절한 예방책을 상비하고) 자신이 먹고 살 수 있는 기본적인 기술을 습득해야 한다.

아이는 영국의 기술 교육 학교와 같은 학교를 다니지만 이런 기술을 습득하지는 못한다. 그런 학교에서는 거칠고 뒤죽박죽인 세계와 반대되는 수도원과 같은 삶을 산다. 학교에서 배우는 것은 실제 사회에서 부닥치는 일에 써먹기에 부적합하다. 기술은 기술로 먹고사는 사람들의 작업장에서만 배울 수 있다.

아이는 대개 인위적인 것을 싫어하고 현실적인 것에 즐거워한다. 아이에게 돈을 벌 수 있는 기회가 주어진다면 곧 돈을 벌 것이다. 자식이 부담스러운 존재로 인공적으로 만들어지는 대신 일찌감치 가족의 복지에 기여하는 방법을 배우게 된다면, 부모는 어린 아이를 죽이려들지 않고 다산을 추구하게 될 것이다. 현재 국가는 혈육이 감당할 수 있는 이상의 부담을 부모에게 떠안기고는 스스로 원인이 되는 폐해 앞에서 괴로워한다.

차림새가 초라한 하층계급에서는 그 정도는 아니다. 이런 계급에서 열 살 정도가 되면 아이는 무언가를 시작해야 한다. 아이가 유능하다면 꾸준히 성장하겠고, 그렇지 못하더라도 아이의 친구들이 소위 교육이라 부르는 것에 의해서라도 무능해지지는 않을 것이다. 사람들은 대개 자신의 수준을 발견한다. 안타깝게 발견하지 못하더라도, 높은 품격을 갖출 수 있다. 자녀가 스무 살이 되도록 자신의 계층에 마땅한 수익을 벌어들이지 못하면 그 부모에게 세금을 부과하자는 이야기가 회자되는 것을 보면, 에레혼에서도 이런 상황을 인식하기 시작한 것 같다. 그들이 이런 법안을 통과시킬 용기가 있다면 절대로 후회하지 않을 것이라고 확신한다. 왜냐하면 자녀가 일찌감치 돈을 벌기 시작할 수 있도록(다시 말해서 사회에 좋은 일을 한다는 의미이다) 부모가 신경을 쓰게 되니 자녀가 일찌감치 독립하게 되고, 그렇게 되면 부모와 자녀가 지금보다 서로를 더 좋아하게 될 것이다.

이것이야말로 진정한 자선이다. 양말 사업으로 엄청난 돈을 벌어들이고 자신의 힘으로 파운드당 1페니의 1,000분의 1로 양모

상품의 가격을 줄이는 데 성공한 사람은 전문 자선사업가 열 명에 버금가는 가치가 있다. 에레혼 사람들은 이에 큰 감명을 받은 나머지 어떤 사람이 1년에 2만 파운드 이상의 수입을 얻으면 그를 예술작품으로 간주하며 매우 소중한 존재니 지켜주자는 취지에서 모든 세금을 면제해준다. "사회가 그에게 그토록 많은 돈을 주게 되기까지 그가 사회에 얼마나 많이 공헌했는가!"라고 그들은 말한다. 그토록 막강한 체계가 그들을 짓누르고 있다. 돈은 하늘에서 떨어진 것으로 간주된다.

"돈은 의무의 상징이며, 인간의 욕구를 받들겠다는 서약이다. 인간이 대단히 훌륭한 재판관은 아닐지라도 인간 이외에 더 나은 존재도 딱히 없다." 누군가가 권위 있는 자에게 재산이 많으면 천국에 가기 힘들다고 한 말을 전해 들었을 때 나는 큰 충격을 받았다. 하지만 에레혼의 영향 덕분에 나는 사물을 새로운 관점으로 바라보게 되었고, 재산이 없는 이가 오히려 더 천국에 들어가기가 힘들겠다고 생각하게 되었다.

사람들은 문화생활에 돈을 잔뜩 투자하면서 누군가가 모든 시간을 돈을 버는 데 쏟으면 교양이 없다고 매도해버린다. 이는 너무 큰 오류가 아닌가! 영광스럽게 제힘으로 독립하는 것보다 문화에 더 도움이 되는 게 있다는 태도와 다름이 없고, 땡전 한 푼 없는 이일지언정 문화와 교양은 그의 가난한 처지를 통렬하게 느끼게 하는 것 이외의 역할을 할 수 있음을 전제로 하기 때문이다. 재산을 모두 처분해서 가난한 이에게 베풀려는 젊은이가 있을 때, 그 자신을 위해서든 가난한 사람을 위해서든 그러한 의지가 현명한 방식으로 표현되기만 한다면 그 젊은이는 매우 독보적인 사람이 될 수 있을 것이다. 돈을 사랑하는 것이 모든 악의 근원이라고들 하지만 돈이 부족한 것 역시 마찬가지다.

이런 이야기는 불경스럽게 들릴지도 모르지만 마땅한 가치가 있는 것들을 전심으로 존중하는 마음에서 비롯되었다. 즉, 우리를 형성했으며 영향을 주는 것들, 우리가 충분히 따르지 않으면 우리에게 벌을 내릴 것들, 그러므로 우리의 주인님이라 할 수 있는 것들이다. 이야기가 다소 옆으로 새었다.

영국에서 여성의 권리에 대해 요란법석을 떠는 것처럼 에레혼에서도 대단히 요란스럽게 떠드는데, 에레혼 사람들에게는 그들만의 계획이 있었다. 극단적인 과격론자 한 무리가 노인과 젊은이 중에서 누가 더 우월한지 결정할 수 없다고 선언한 바 있다. 이들의 선언은 전부 젊은이들을 되도록 빨리 늙게 만드는 편이 바람직하다는 전제 아래 진행된다. 이에 반박하는 사람들은 교육의 목적은 노인들이 되도록 오래도록 젊음을 유지하는 데 있다고 주장할 것이다. 그들은 매주 돌아가면서, 한 주는 노인들이 우위를 취하고 그다음 주는 젊은이들이 우위를 취하도록 하되 35세가 그 기준이 되어야 한다고 말한다. 또한 젊은이들이 노인들에게 육체적 벌을 가하는 것이 허용되어야 하며, 그래야만 노인들을 교정할 수 있다고 주장한다. 유럽의 어느 나라에서도 이런 주장은 못 할 것이나, 에레혼은 다르다. 교정관들은 항상 사람들을 매질하라는 명령을 내리기 때문에 모두 이런 개념에 익숙하다. 이런 주장이 실행되리라고는 생각하지 않지만 그런 논의가 있었다는 자체만으로도 에레혼 사람들의 정신적인 도착증을 충분히 엿볼 수 있다.

비이성의 대학 I

노스니보르 집안에서 지낸 지도 어느덧 5, 6개월 정도 지났다. 따로 살 집을 구하겠다고 여러 번 말했지만 들으려 하지도 않았다. 내가 그 집에 계속 머물면 언젠가 줄로라와 사랑에 빠지게 될 거라고 생각한 모양이지만, 사실 나를 그 집에 붙잡아둔 것은 다름 아닌 아로헤나를 향한 사랑이었다.

그동안 아로헤나와 나는 서로 맹세한 애정을 바라며 꿈꾸듯 떠다닐 뿐 우리가 처한 실제적인 난관에 감히 맞서지 못했다. 우리도 모르는 사이에 다양한 문제가 성큼 다가왔고 우리는 지나칠 만큼 확실하게 현실을 직시하게 되었다.

아로헤나와 단둘이 정원에 앉아 있게 된 어느 날 저녁이었다. 나는 한 남성이 자신과 결혼하지 않으려는 여성을 진심으로 사랑한다면 그 얼마나 안쓰럽겠냐며 바보같이 빙빙 돌려가며 그녀를 설득하고 있었다. 말을 더듬고 얼굴까지 벌게지는 등 한심하기 그지없었다. 나를 동정해달라고 그토록 빤히 드러날 정도로 성가시게 굴면서도 정작 그녀 자신이 원하는 바에 대해서는 한마디도 하지 않았다. 어쨌거나 아로헤나는 달콤하면서도 슬픈 미소를 지으며 나에게 말했다. "동정하느냐고요? 나 자신을 동정해요. 당신을 동정하고 또 모두를 동정해요." 그녀는 말을 마치자마자 고개를 푹 숙였고 나에게서 아무 대답도 기다리지 않는다는 것처럼 나를 빤히 쳐다보더니 일어나서 가버렸다.

아로헤나는 몇 마디 하지 않았지만, 뭐라 형언할 수 없이 애잔했다. 나는 마침내 현실을 직시하게 되었다. 그녀가 나와 결혼하려면 조국의 가장 강력한 관습 중 하나를 위반해야 하는데, 차마 그러라고 설득할 권리가 내게는 없음을 깨달았다. 나는 오랫동안 자리에 앉아 생각에 잠겼고, 에레혼에서는 부정하다고 여겨질 결혼을 감행할 때 수반될 죄와 수치심과 비참함을 떠올리고는 오랫동안 나 혼자만 눈이 멀어 있었다는 사실에 부끄러움을 느꼈다. 지금은 차분하게 글을 쓸 수 있지만 당시는 무척이나 괴로웠고, 지금처럼 결말이 행복하지 않았더라면 그때 기분을 훨씬 더 생생하게 느낄 수 있었으리라.

그렇다고 아로헤나와 결혼하겠다는 생각을 포기할 마음은 들지 않았으니 방법을 찾아야만 했다. 줄로라가 누군가와 결혼할 때까지 기다린다는 계획은 버렸다. 에레혼에서 아로헤나와 결혼하겠다는 생각은 이미 포기했으니 남은 길은 하나뿐이었다. 둘이 함께 유럽으로 도망을 친다면, 돈이 없다는 사실을 빼면 아무 문제도 없을 터였다. 또한 돈이 없다는 사실도 전혀 불편하지 않으리라.

이렇게 분명하고도 간단한 계획에 두 가지 장애물이 있었다. 첫 번째로 아로헤나가 따라오지 않을 가능성이었다. 두 번째로는 왕이 나를 복역 유예 중인 죄수로 고려해야 한다고 선언한 이 시점에 몰래 도망치는 것이 거의 불가능하며, 도망치려는 시도를 들키기만 해도 불치병자들의 병원으로 당장 보내지리란 것이었다. 더군다나 이 나라의 지리도 전혀 모르니 혹여 돌아가는 길을 찾아내더라도 내가 처음 온 통행로에 이르기도 전에 체포될 것이다. 이런 판국에 아로헤나까지 대동해서 집으로 돌아간다는 희망을 어떻게 품을 수 있겠는가? 나는 어려운 상황에 대해 며칠간 고민하다가 드디어 그야말로 황당한 계획을 세웠다. 두 번째 난관에 정면으로 맞서기로 한 것이다. 사실 첫 번째 난관은 별 문제가 되지 않았다. 정원에서 헤어진 후 다시 아로헤나를 보았을 때 그녀 역시 나처럼 괴로워하는 것을 확인했기 때문이었다.

아로헤나와 마지막으로 한 번 더 만나고 나서 되도록 빨리 계획을 추진하기로 마음을 먹었다. 간신히 단둘이 있게 될 기회를 얻게 되었고, 나는 열정과 헌신을 다해 그녀를 사랑한다고 고백했다. 그녀는 별말 하지 않았지만 그녀의 눈물(나도 눈물로 보답하지 않을 수 없었다)과 몇 마디 말만으로도 그녀와 나 사이에 아무런 장애도 없음을 확신할 수 있었다. 그래서 그녀에게 우리가 함께해야 할 엄청난 위험을 감당할 수 있겠느냐고 물어보았다. 혹시 우리가 성공해서 내 고향 사람들과 어머니와 누이들이 있는 집으로 그녀를 데려가면 모두 반갑게 환영해주겠지만, 성공할 확률보다 실패할 확률이 훨씬 높고 내 계획을 실천에 옮겼다가 둘 다 죽을 수도 있다고 말해주었다.

아로헤나에 대한 내 생각은 틀리지 않았다. 그녀는 자신이 나를 사랑하는 만큼 나도 자신을 사랑한다고 믿으며, 내 계획이 영국에서 불명예로 여겨지지 않는다면 어떤 일이라도 감당하겠다고 말했다. 나 없이는 살 수 없으며, 혼자 남느니 함께 죽고 말겠으며, 어쩌면 죽음이 우리에게 최선이겠다고 말했다. 내가 준비를 다하고 때가 되어 그녀를 불러내면 반드시 약속을 지킬 테니 믿어달라고 했다. 우리는 서로 껴안고 한참을 울다가 헤어졌다.

그 후 나는 노스니보르 가에서 나와 시내에 거처를 구했고 무척 침울한 기분이 되었다. 음악은행에 규칙적으로 다닌 덕분에 아로헤나와는 가끔 얼굴을 볼 수 있었지만 노스니보르 부인과 줄로라는 상당히 냉랭한 태도로 나를 대했다. 그들이 나를 의심한다는 확신이 들었다. 아로헤나는 측은해 보였고 그녀의 지갑도 음악은행의 돈으로 채울 수 있는 만큼 가득 채워져서 예전보다 훨씬 두툼해 보였다. 그러다가 그녀의 건강이 나빠지면 기소될지도 모른다는 두려움이 몰려왔다. 아! 그때 내가 에레혼을 얼마나 증오했는지 모른다.

가난한 이들이 내 연금에 대해 격렬하게 항의한다는 이야기가 들렸다. 반정부적인 신문의 한 신랄한 기사의 필자는, 내 고국에서 밝은 머리칼이 흔하다는 이야기가 보도되었다는 점을 고려하면 내 머리색이 밝은 것도 나를 향한 신뢰를 잃게 만든다고도 말했다. 노스니보르 씨가 이 기사를 사주했다고 믿을 만한 근거가 있었다. 곧 내가 시계를 소유한 사실을 왕이 재고하기 시작했으며, 내가 열기구에 대해 거짓말을 했다는 이유로 의학적인 치료가 가해질 것이라는 소식도 듣게 되었다. 사방에서 불행한 일들이 몰려오고 있었고, 정신을 바짝 차리고 또 차려야지만 아로헤나와 나를 위한 최선의 결말을 얻을 수 있음을 절감했다.

그래도 여전히 나에게 친절을 베푸는 사람들이 있었다. 무엇보다 전혀 예상치 못했던 사람들에게서 친절한 대우를 받았으니, 다름 아닌 음악은행의 행원들이었다. 나는 행원 몇 명과 알고 지내게 되었고 은행에 자주 들르자 그들도 나를 상당히 잘 대해주었다. 그중 한 명은 내가 완전히 건강이 나빠진 것을 보고(물론 못 본 척해주었지만) 기분 전환 삼아 자신과 같이 주요 소도시 중 하나로 여행을 가자고 제안했다. 그 도시는 대도시에서부터 2, 3일 정도 걸리는 곳이자 비이성의 대학의 본거지였다. 그는 내가 그곳에 가면 틀림없이 좋아할 것이라고 장담했으며 내가 상당히 융숭하게 대접을 받을 거라고도 했다. 결국 나는 그의 초대를 받아들이기로 했다.

우리는 사나흘 뒤에 출발해서 하룻밤을 길에서 보낸 뒤 저녁 무렵에 목적지에 도착했다. 그곳은 이제 완연한 봄이었다. 초복과 처음 탐험을 시작한 지도 거의 열 달이 지났는데, 왠지 10년은 된 것처럼 여겨졌다. 나무는 어느 때보다도 푸릇하고 아름다웠으며 바람도 지나치게 덥지 않고 적당히 훈훈했다. 대도시에서 몇 달을 보내다 이렇게 시골 마을을 여행하니 마음이 가벼워졌지만 내 고민거리를 내려놓을 수는 없었다. 여행의 마지막 8킬로미터 정도가 가장 근사했는데, 마을마다 물결치듯 경사가 지고 숲은 더욱 울창하게 뻗어나가는 풍경이 펼쳐졌다. 무엇보다 대학 도시의 첫인상이 환상적이었다. 이전 세계에 이보다 더 아름다운 풍경이 있을까 싶어 나는 동행하는 친구를 잔뜩 치켜세우며 데려와줘서 고맙다고 말했다.

우리는 마을 중앙의 여인숙으로 이동했고, 아직 날이 훤할 때 동행한 출납원(그의 이름은 심스Thims이다)과 함께 길거리와 대학 교정으로 산책을 나갔다. 그곳은 정말 아름답고 흥미로워서 도저히 매료되지 않을 수 없을 정도였다. 대학의 일원으로서 만일 평생토록 대학에 대한 사랑을 느끼지 못한다면 실로 품성이 나쁘고 배은망덕한 사람일 것이라는 생각이 들었다. 즐거운 도시의 아름다움과 훌륭함에 내 괴로움도 사라져서 30분 정도는 나와 아로헤나에 대해서도 전부 잊어버렸다.

저녁식사 후에 심스 씨는 여기에서 실행되는 교육 체제에 대해 많은 이야기를 들려주었다. 일부는 이미 아는 내용이었지만 대부분 새로웠고, 지금까지 알던 것 이상으로 에레혼 사람들의 입장에 대해 이해하게 되었다. 그럼에도 불구하고 과연 적절한지에 대해 완전히 납득하지 못한 부분도 있었는데, 이는 내가 받아온 교육이 이곳의 교육과는 상당히 다른 데다가 당시 내 상태가 그다지 좋지 않아서 그랬던 것 같다.

이곳 교육 체제의 가장 중요한 특성은 '가설학'이라는 학문을 중시한다는 데 있다. 아이에게 도처에 존재하고 평생토록 익숙해질 사물의 본성에 대해서만 가르치다가는 우주에 대해 편협하고 얕은 개념을 가질 것이니 아직 미처 발견되지 않은 것들에 대해서도 가르쳐야 한다는 것이 에레혼 사람들의 주장이다. 또한 아주 기이하고 말도 안 되는 임의의 조합을 상상해서 거기에서 비롯된 질문에 현명하게 대답하라고 요구하는 것이야말로 학생들이 후일 자신에게 벌어질 일들에 대해 실제로 행동하는 방식을 준비하는 최적의 방법이라고 여긴다.

그래서 에레혼 사람들은 인생의 황금기 동안 소위 가설언어라는 것을 배우게 되었다. 가설언어는 에레혼이 지금과 매우 다른 문명일 때 만들어진 것인데, 그때의 문명은 이미 오래전에 사라졌다. 한때 그 안에 숨겨졌던 소중한 격언과 고귀한 생각이 현대 문헌에도 남아 있으며 현재 사용되는 언어로 여러 차례 번역되었다.

그렇다면 원래의 언어에 대한 연구는 본능적으로 언어 연구에 매료된 극소수에게 국한되어야 한다고 볼 수도 있겠다.

그러나 에레혼 사람들의 생각은 달랐다. 그들은 믿을 수 없을 정도로 가설언어를 중시한 나머지 언어 연구에 상당한 실력을 보이는 자라면 평생 먹고살 걱정을 할 필요가 없을 정도였다. 아니, 자신들의 훌륭한 시를 가설언어로 번역하는 방법을 배우는 데만 몇 년을 기꺼이 투자할 정도였으며, 유려한 번역 실력은 학자와 신사의 징표로 여겨졌다. 건방져 보일 수도 있겠지만, 내겐 그토록 결실이 없어 보이는 연구를 완벽하게 익히는 데 몇 년이고 투자하는 행위가 인간의 뛰어난 능력을 쓸데없이 허비하는 것으로 보였다. 그사이에 이들 자신이 속한 문명사회에서도 많은 문제가 발생했을 것이고, 이를 해결했더라면 충분한 보상을 받을 수도 있었을 것이다. 물론 당사자가 자기 일을 가장 잘 아는 법이다. 만일 젊은이들이 스스로 이 연구를 선택한다면 내 의구심도 줄어들었을 것이다. 그런데 그들이 스스로 선택한 건 없고, 오히려 연구를 강요당했으나 대부분은 싫어하는 편이었다. 어쨌든 이러한 체제를 옹호하는 주장들이 턱없이 부족해서 도저히 존중할 만한 구석이 없어 보였다.

그보다는 비이성의 기능을 의도적으로 개발시켜야 한다는 주장이 훨씬 더 설득력이 있었다. 그런데 여기에서 에레혼 사람들은 가설학 연구를 정당화하는 원칙에서 벗어나고 만다. 왜냐하면 가설학의 요점은 특별한 것을 준비한다는 사실에 기초하는 반면, 비이성에 대한 연구는 일상적인 행동에 요구되는 기능을 발전시키는 데 기초하기 때문이다. 따라서 불일치Inconsistency와 회피Evasion의 교수들은 가설학 연구를 계속하려는 학생들에게 자격시험을 보게 한다. 진지하고 양심적인 학생일수록 높은 점수를 따낸다는 사실이 상당히 놀랍다. 이토록 불일치가 심한 경우가 드물어서 그들은 곧 이를 옹호하는 법을 배우게 되며, 그토록 명료한 경고도 드물어서 그들은 무시할 만한 변명을 찾아내지 못하게 된다.

사람들이 해왔던 일들이 전부 이성, 오로지 이성으로만 인도된다면 삶은 참을 수 없어진다는 것이 그들의 주장이다. 이성은 인간에게 단단하고 빠른 선을 그리게 하고 언어를 사용해 설명하게 하는데, 언어는 태양과도 같아서 우뚝 솟아올랐다가 전속력으로 달려 내려간다. 두 극단은 홀로 논리적이지만 만나면 항상 부조리하며, 중도는 비논리적이다. 그러나 비논리적인 중도는 극단의 순전한 부조리보다 낫다. 이성 자체로만 논박의 여지없이 명백하게 옹호될 수 있는 것이란 실은 무엇보다 대단히 비이성적이고 우둔한 것이다. 또한 이성에만 기초해서 행동하는 사람들은 온갖 실수에 쉽게 빠져들 것이다.

이성이 어쩌면 이중성을 없애고 희망과 정의의 인성을 공격할지도 모른다. 더욱이 사람들이 이성을 향한 자연스럽고 강력한 편견을 갖고 있어서 자신들에게 좋은 만큼 혹은 그 이상으로 스스로 이성을 추구하거나 이성에 의거해서 행동할 것이다. 그러니 이성을 독려할 필요는 없겠다. 그러나 비이성의 경우는 다르다. 비이성은 이성의 자연스러운 보완제이며 비이성이라는 존재가 없으면 이성도 존재하지 못한다.

이성이 존재하지 않을 경우 비이성도 없다면, 비이성이 많을수록 이성도 더 많아진다는 뜻일까? 이런 이유로 이성 자체의 관심을 위해서라도 비이성이 발전할 필요가 발생한다. 비이성의 교수들은 자신이 이성의 가치를 경시한다는 주장을 부인한다. 그들은 인간 이성의 필요한 결과로 이중성이 엄밀하게 추론될 수 없다면 이중성이 당장 중단되리라고 누구보다 확신한다. 그런데도 그들은 자기 존재의 절반의 놀라운 기능을 박탈하게 될 편협하고 배타적인 이성에 대한 시각에서 이중성이 추론되어서는 안 된다고 말한다.

비이성의 대학 II

에레혼에서는 누구나 각자 다른 의미에서 천재라고 말하면서 정작 천재가 무엇인지에 대해서는 아무런 설명도 하지 않는다. 육체가 완벽하게 건강한 사람은 없으므로 누구나 몸 어딘가에는 문제가 있다. 한편 육체가 완벽하게 병든 사람도 없으므로 누구나 몸 어딘가는 건강할 것이다. 또한 정신적으로든 도덕적으로든 완벽한 사람은 없으니, 누구든 마음 한구석은 건강하며 다른 한구석은 사악할 것이다. 즉, 어떤 사람이든 어딘가 현명하고 존중받을 구석이 있는 것이다. 마찬가지로 천재치고 바보가 아닌 이가 없으며 바보치고 천재가 아닌 이도 없다.

나를 위해 심스 씨가 저녁식사 자리를 마련했는데, 거기서 나는 몇 명의 신사에게 독창성과 천재성에 대해 이야기하면서 기존 이론을 지지하는 말을 했다가 곧 철회를 해야 했다. 그들이 말하길,

천재란 기습적으로 찾아오는 것이며, 이는 무척 비통한 일이라고 했다. 사람은 누구나 자신의 이웃과 같은 방식으로 생각해야 하는데, 다른 사람들이 모두 꺼리는 일을 혼자서 좋아한다면 통탄할 일이기 때문이다. 에레혼에서는 '백치'라는 단어가 자기 혼자만의 의견을 갖고 있는 사람을 뜻하기 때문에 에레혼 사람들의 인식이 우리와 어떻게 다른지를 알기란 힘들었다.

거의 여든의 나이에도 노익장을 과시하던 명망 있는 세속적 지혜Worldly Wisdom의 교수는, 내가 천재를 옹호하며 경솔한 말을 내뱉은 것에 대해 무척 진지하게 의견을 펼쳤다. 그 교수는 대학에서 가장 영향력이 있는 축에 들었으며, 어떤 유형의 독창성이라도 이를 은폐하는 데 있어 동시대의 누구보다도 뛰어난 업적을 세운 것으로 유명했다.

교수는 이렇게 말했다. "학생들이 스스로 생각하게 도와주는 건 우리가 할 바가 아닙니다. 학생을 진심으로 위한다면 누구라도 그러지 않겠죠. 학생들이 우리와 같은 방식으로 생각하게 만들거나, 어쨌든지 간에 우리 방식으로 봐줄 수 있게끔 만드는 것이 우리의 의무입니다." 그런데 이 교수는 '쓸데없는 지식 은폐 협회'와 '보다 완벽한 과거 말소 협회'의 회장이었기 때문에 어떤 면에서는 다소 급진적인 의견을 갖고 있다고 여겨졌다.

나는 학생이 학위를 따기 전에 통과해야 하는 시험에 수업 목록이 없으며 학생 간의 경쟁도 권장되지 않는다는 사실을 알게 되었다. 사실 이런 것들은 이기적이며 우호적이지 못하다고 여겨졌다. 시험은 주어진 과목에 대해 학생이 페이퍼를 작성하는 방식으로, 일부는 학생에게 미리 통지해준 것이었고, 일부는 학생의 전반적인 능력과 재치를 살펴보겠다는 취지로 실시하는 것이었다.

나와 친해진 세속적 지혜의 교수는 상당히 많은 학생에게 공포의 대상이었다. 그도 그럴 것이, 그는 자신의 교수직을 누구보다 진지하게 받아들이는 교수였다. 어느 가련한 학생이 유보 조항에 대한 페이퍼에서 애매모호성을 충분히 드러내지 않았다는 이유로 그 교수가 낙제를 주었다는 이야기도 들었다. 또 어떤 학생은 과학 주제에 대해 글을 쓰면서 '세심하게', '인내심 있게', '진지하게'에 해당하는 단어를 충분히 많이 사용하지 않았다는 이유로 퇴학당했다. 또 어떤 학생은 지나치게 자주, 대단히 진지하게 옳은 주장만을 하다가 학위를 받지 못했으며, 내가 오기 불과 며칠 전에도 인쇄물에 대한 불신을 충분히 보여주지 못했다는 이유로 한 무리의 학생이 몽땅 낙제를 받았다.

이러한 사태에 대해서는 상당한 소요가 있었다. 교수는 잘나가는 대학 잡지에 글을 썼는데, 그가 썼다고 익히 알려진 글에는 온갖 그럴듯한 실수가 넘쳐났다. 후일 그는 시험 응시자들이 이와 같은 실수를 되풀이할 기회를 주는 페이퍼를 제시했는데, 학생들은 해당 글이 바로 자신의 시험 감독관이 쓴 것이라 믿고 당연히 따라했다. 교수는 그들 모두에게 낮은 점수를 주었지만 그의 행동은 그다지 당당해 보이지는 않았다.

나는 그들에게 호메로스의 위대한 글에 대해 이야기해주었는데, 사람들은 무릇 경쟁에서 동료들을 이기기 위해 앞장서고 모든 면에서 노력해야 한다는 내용이었다. 그러자 그토록 혐오스러운 격언이 칭송되는 나라에서 항상 서로의 목을 조르려고 하는 게 당연하다는 반응이 돌아왔다.

어떤 교수가 이런 질문을 던졌다. "왜 자기 이웃보다 나아지는 것을 추구해야 할까요? 더 못하지 않다는 데 감사하게 해야 합니다."

나는 어느 정도 이기적이고 경쟁심이 있는 사람이 예술이나 과학 또는 다른 분야에서 진보를 이루어내는 게 아니겠느냐고 조심스레 물어보았다.

교수의 대답은 이러했다. "당연히 그럴 수는 없습니다. 그래서 우리가 진보에 반대하는 겁니다."

나는 더 이상 뭐라 대꾸할 수 없었다. 후에 한 젊은 교수가 나를 옆으로 데려가서는 내가 진보에 대한 자신들의 견해를 잘 이해하지 못하는 것 같다고 말했다.

그가 말했다. "우리는 진보를 좋아하지만 진보는 사람들의 상식을 따라야 합니다. 만약 어떤 사람이 이웃보다 더 많은 것을 알게 된다면, 이웃에게 이를 말해주고 동의하는지 혹은 동의할 것 같은지 확인해야만 합니다. 그러기 전까지의 지식은 혼자서만 품고 있어야 합니다. 자신의 나이보다 너무 뒤처지는 것과 마찬가지로 너무 멀리 가는 것도 부도덕합니다. 어떤 사람이 이웃을 자신과 함께 데려갈 수 있다면 자신이 무엇을 좋아하는지 말해도 좋습니다. 하지만 그렇지 못하다면 그들이 알고 싶어 하지 않는 것에 대해 억지로 들려주는 것보다 더한 모욕이 있을까요? 과도한 지성 탐닉이야말로 과잉의 여러 형태 중에서 가장 은밀하고 불명예스럽다는 사실을 잊지 말아야 합니다. 사람은 누구나 다소 과하게 나아가는 면이 있으므로 그가 절대적으로 완벽한 온전함에 도달하는 순간 미쳐버리게 되겠지만……."

이제 그는 자신이 좋아하는 주제에 대한 이야기로 넘어가고 있었기에, 나는 어떻게 해야 그를 떼어낼 수 있을지 고민하기 시작했다. 그때 저녁식사 자리가 파했고, 나는 떠나기 전에 다시 연락하겠다고 약속을 했으나 불행히도 지키지 못했다.

에레혼 사람들이 비이성과 가설학, 교육에 대해 갖고 있는 전반적으로 기이한 견해에 대해 영국의 독자들에게 충분히 알려준 것 같다. 여러 면에서 상당히 합리적인 견해였지만, 가설학, 특히 그들의 훌륭한 시를 가설언어로 바꾸는 것은 도저히 극복할 수 없었다. 그곳에 머물면서 한 청년을 만날 기회가 있었는데, 그는 인문학의 다른 분야에서는 상당한 능력을 보인 반면(내 눈에는 칭찬할 만했다) 가설언어에 대해서는 절대로, 손톱만큼의 취향도 없었지만 지난 14년간 거의 유일하게 가설언어만 배웠다. 그는 학위만 따고 나면 그 이후에는 다시는 가설학 서적에는 손도 대지 않고 자신의 취향만을 따라가겠노라고 다짐에 다짐을 거듭했다. 물론 그것만 해도 나쁘지 않지만, 잃어버린 지난 14년을 누가 그에게 돌려줄 수 있겠는가?

사람들은 얼마나 나쁜 일이 행해지고 있는지 좀 더 잘 알고 있지 않을까, 젊은이들의 성장을 방해하고 억누르기 위해 고의적으로 자행되는 시도들에도 불구하고 현명하고 훌륭하게 자라나는 이들이 있지 않을까 궁금하기도 했다. 물론 어떤 사람들은 심각한 피해를 입고 죽을 때까지 고통을 겪었지만, 대부분은 괜찮아 보였고 심지어 더 나아진 것처럼 보이는 경우도 빈번했다. 아마도 대부분의 청년이 타고난 본성에 의해 자행되는 교육 체제에 완강하게 반항했고, 교사들이 뭐라 하든지 간에 거의 경청하지 않았기 때문인 듯하다. 결과적으로 학생들은 인생의 소중한 시간을 낭비했을 뿐인데, 그조차도 생각보다 큰 피해는 아니었다. 여가 시간에는 열심히 운동을 하며 신체를 발전시킨 덕분에 어쨌든 강인하고 건강하게 자랐다.

더욱이 어떤 면에서라도 특별한 취향을 가진 사람은 취향을 개발하지 않고서는 못 배겼다. 이들은 배우고 싶어 하는 것이나 좋아하는 것을 배웠으며, 어떤 장애물이 있어도 낙담하기는커녕 오히려 힘을 얻었다. 한편 특별한 재능이 없는 이들에게 시간 손실은 그다지 큰 문제는 아니었다. 하지만 이런 요인들에도 불구하고 에레혼에서 교육이라 불리는 체제에 의해 많은 부유층 출신의 자녀들이 큰 피해를 봤으리라고 확신한다. 피해를 가장 적게 입은 것은 빈곤층 출신의 아이들이었는데, 파괴와 죽음이 지혜의 소리를 들었다면 빈곤도 어느 정도 들은 것 같았다.

한편 국가적 차원에서 보면 학문의 전당은 국민의 정신적 성장을 돕기보다는 억압하는 편이 나을지도 모른다. 이런 학문의 전당이 그렇게나 많은 졸업생들에게 특유의 경직성을 불어넣지 못한다면, 본질적인 일은 너무 흔해져서 위험할 지경이 될 것이다. 지금까지 이 세계에서 말해지거나 행해진 것의 대부분은 수명이 너무나 짧아서 곧 사라져버리는데, 이것이 핵심이다. 하루 이틀 정도는 유효해야 하지만, 일주일 이상 좋은 상태를 유지하면 안 된다. 사람들이 자연스레 다른 새로운 것을 찾아가는 현상을 막게 되기 때문이다. 물론 영국에서 언론이 눈부시게 발전한 것과, 영국의 학문의 전당이 무엇보다도 보통의 평범함을 육성하는 것을 목표로 삼는 이유는 정신적인 발전을 격려하느니 제어하는 편이 필요하다는 점을 우리들이 무의식적으로 인정하고 있기 때문이다. 이것이 바로 우리의 학문적 주체들이 해내는 일이며, 주체들은 오로지 무의식적인 동기로 일을 해내기 때문에 더욱 효과적이다. 그들은 정신 건강을 개선하고 사람들이 이에 동화하고 주어진 것을 소화시켜내도록 한다고 생각하지만, 실상은 위장에 생긴 암과 다를 바가 없다.

에레혼에 대한 이야기로 다시 돌아가보자. 가끔씩 상식이 튀어나오면서 학문의 이러저러한 분야에 불이 밝혀지는 반면, 그토록 많은 다른 분야에는 빛 한 줄기도 새어나가지 않는 실태가 가장 놀라웠다. 특히 미술대학을 산책하면서 충격을 받았다. 여기에서는 학문 과정이 실용 과정과 상업 과정의 두 가지로 분리되어 있었는데, 학생들은 어느 쪽을 선택하든 해당 분야의 상업적인 역사와 동일한 수준의 성취를 보인 후에야 자신이 택한 예술을 실제로 활용할 수 있다는 허가를 받았다.

그래서 그림을 공부하는 학생들은 지난 50년 혹은 100년간 주요 그림들의 가격과 (종종 그러하듯이) 그림이 서너 차례 팔리고 되팔리는 과정에서 발생하는 가치의 변동에 대해 주기적으로 시험을 봐야 했다. 예술가들이란 그림 거래상이기 때문에 자신의 상품을 시장에 적용시키는 방법과 어떤 유형의 그림이 얼마의 수익을 거둘 것인지를 대략적으로 파악하는 것이 실제로 그림을 그려내는 능력만큼이나 중요하다는 인식이 퍼져 있었다. 내가 보기에 이런 시각은 프랑스인들이 강조하던 '가치'와 통하는 것 같았다.

이 도시 자체는 보면 볼수록 더욱 빠져들었다. 여러 대학 건물과 산책로, 정원이 이루어내는 절묘하고 수려한 경광은 언어로 감히 표현하지 못할 정도였다. 풍경 그 자체만으로도 신성하고 우아한 영향력을 띠고 있었기 때문에, 아무리 큰 실수를 저지르더라도 이를 완전히 망쳐버릴 수는 없었으리라. 나는 여러 명의 교수를 소개받았는데, 모두 한결같이 친절하게 환대해주었다. 그럼에도 불구하고 교수 몇몇은 너무나 오랫동안 가설학 연구에 몰두한 나머지 성 바울 시대의 아테네인들과 대척점에 있는 것은 아닌지 의심이 들 정도였다. 왜냐하면 그때의 아테네인들에게는 새로운 것을 보고 듣는 것 말고는 할 일이 없었던 반면에, 여기에서는 자신이 완벽하게 잘 알지 못하는 의견은 무조건 회피했기 때문이다. 교수들 중에는 자신의 두뇌가 무엇에도 침범당해서는 안 되는 성역인 듯 어떤 의견이 한 번 들어와 자리를 잡고 나면 그 무엇도 공격하지 못하리라는 태도를 견지하는 이들이 상당수인 것으로 보였다.

하지만 심스 씨와 함께 머무는 동안 만났던 사람들이 마음속으로는 어떤 의도를 품고 있었는지 나로서는 거의 확신하지 못했다는 점을 독자들에게 알려야겠다. 만일 그들이 '자신의 정체가 드러날지도 모른다'는 위기감을 조금이라도 느끼면 그들에게서 아무것도 알아낼 수 없기 때문이다. 교수들에게 그런 위기감을 주지 않을 수 있는 주제란 날씨나 음식, 술, 휴가 또는 수련을 요하는 노름 등을 제외하면 거의 없었기에 누구에게서도 단정적인 의견을 얻어내기가 힘들었다.

어떤 의견을 표현해야 하는 상황에서 도저히 빠져나올 수 없을 경우, 교수들은 관련 주제에 대해 글을 쓴 다른 이들의 의견을 언급하면서 저자들의 말에 맞는 부분도 있지만 동의하지 못하는 부분도 많다는 식으로 결론을 내리곤 해서 도대체 무슨 의도인지 알아내기 힘들었다. 후에 잘못이었다고 밝혀질 수도 있는 어떤 주제에 대해 아무런 의견도 갖지 않는 것은 물론, 아무것도 표현하지도 않는 태도는 학문과 훌륭한 교육의 완성으로 여겨졌다. 에레혼의 비이성의 대학만큼 우아하게 완벽한 중립의 태도를 취하는 곳은 없을 것이다.

아무리 피하려고 애를 써도 어쩔 수 없이 단정적인 의견을 표현해야만 하는 경우, 그들은 거짓되었다고 이미 널리 알려진 의견을 옹호했다. 에레혼의 최고 학술지에 실린 글 중에는 과시적으로 주장되는 내용과 정반대인 의미가 행간에 숨어 있는 경우를 어렵지 않게 찾아볼 수 있었다. 이런 경우가 워낙 흔했기 때문에 에레혼의 예의 바른 학계에서 '아니오'를 접할 때마다 '예'를 본능적으로 감지하지 못한다면 그야말로 초학자初學者임이 분명했다. 의미가 이해되기만 한다면 '예'가 '예'인지 '아니오'로 불리는지는 중요하지 않고 결국은 다 마찬가지인 것이다. 하지만 '삽'을 모두가 '삽'으로 이해하므로, 괜히 '갈퀴'라고 에둘러 말하는 대신 직접 '삽'이라고 일컫는 우리들의 방식이 훨씬 만족스러워 보인다. 한편 에레혼의 체제는 에레혼 철학의 분명한 목표가 승인하지 않을 직접성을 억누르는 것으로 귀결된다.

아무리 그렇다 하더라도 '자신의 정체를 드러내는 것에 대한 공포증'이 있는 사람들은 지능에 치명적인 영향을 받으며, 비이성의 대학에 소속된 이들 대부분이 어느 정도 이런 증상을 앓고 있다. 이렇게 몇 년이 지나면 항상 의견이 위축되고, 병자들은 자신이 접촉하는 물질적인 대상의 피상적인 측면을 제외한 다른 모든 것에 완전히 무감각하게 된다. 이런 이들의 표정은 혐오스러웠으나, 자신이 산송장에 가깝다는 사실조차 전혀 모르고 있었기에 불행해하지는 않았다. 이토록 가증스러운 '자신의 정체를 드러내는 것에 대한 공포증'에 대한 치료책은 아직까지 발견되지 않았다.

나는 비이성의 대학이 위치한 도시(도시의 이름은 하도 귀에 거슬려서 언급하지 않겠다)에 머물면서 과거에 일상적으로 사용되던 많은 기계 발명품을 파괴한 혁명운동의 전말에 대해 상세하게 알게 되었다.

심스 씨가 학문으로 명성이 자자한 어느 신사의 방으로 나를 데려간 적이 있는데, 그는 그 신사가 가설언어에 부사를 도입하려고 시도하는 등 상당히 위험한 인물이라고 귀띔해주었다. 그 신사는 에레혼의 기계 전통을 다루는 분야에서 최고령의 학자로 유명했기 때문에 내가 가지고 있던 시계에 대한 이야기를 듣고 나를 무척 만나고 싶어 했다. 우리는 곧 해당 주제에 대한 이야기로 빠져들었고, 그는 내가 떠날 때 혁명의 단초가 되었던 논문의 복사본을 건네주었다.

혁명은 내가 이곳에 오기 약 500년 전에 발생했고, 시간이 지나면서 사람들은 혁명으로 인한 변화에 완전히 익숙해졌다. 하지만 혁명 당시에는 나라 전체가 극심한 고통을 겪어야 했으며, 혁명에 대한 반동도 거의 성공할 뻔했다. 몇 년간 심한 내전이 있었고, 인구도 절반으로 줄었다고 한다. 정당은 찬기계파와 반기계파로 나뉘었으며, 내가 앞서 말한 대로 반기계파가 우세하면서 상대편을 가차 없이 숙청해 흔적을 모조리 없어버렸다.

반기계파가 에레혼에서 기계를 허용했다는 사실은 정말 놀랍다. 만약 불일치와 회피의 교수들이 자신의 합법적인 결론에 새로운 원칙을 가하는 것을 찬성했더라면 절대로 그러지 않았을 터였다. 더욱이 교수들은 반기계파라도 투쟁 중에는 사용할 수 있는 모든 무기는 물론이고, 아직 개발 단계인 공격 무기와 방어 무기마저도 사용해야 한다고 주장했다. 박물관에는 수많은 기계 표본이 아직도 전시되어 있는 데다가 학생들이 과거의 용도를 다시 완전히 밝혀낸 것 역시 무척 놀라웠다. 혁명의 승리자들은 셀 수 없이 많은 피와 재물의 손해를 보았고, 해악의 뿌리를 뽑는다면서 복잡한 기계를 모두 파괴했으며, 기계에 대한 논문과 작업장을 전부 불태워버렸기 때문이다.

혁명의 승리자들은 확실히 수고를 아끼지 않았지만 성공할 수는 없었다. 그래서 내가 오기 약 200년 전에 이 주제에 대한 열정이 시들었으며, 정신이 나간 사람을 제외하고 어느 누구도 금지된 발명품을 재도입할 생각을 하지 않게 되었다. 그에 따라 이 주제는 신기한 고대 연구로 간주되었는데, 영국으로 치면 오래전에

잊힌 종교에 관련된 활동을 다시 하는 사람들과도 비슷했다. 또한 아직까지 남아 있는 아무리 작은 조각이나, 지금까지 은닉되었을지도 모르는 기계에 대해 상세한 조사가 진행되었으며, 재발견된 기계의 기능을 밝히기 위한 수많은 논문이 발표되었다. 그러나 기계를 다시 사용하려는 의도는 전무했으며, 다만 드루이드교 승려의 기념비나 부싯돌로 만든 화살촉에 대해 영국의 골동품 전문가와 비슷한 심정으로 진행된 연구들만 있었다.

대도시로 돌아온 뒤 나는 에레혼에서의 마지막 몇 주, 아니 며칠 동안 앞에서 언급했던 혁명의 단초가 된 논문의 개요를 영어로 옮겨보았다. 기술적인 용어에 무지한 터라 실수도 많을 것이고, 영어로 옮길 수 없는 경우에는 에레혼의 용어와 개념을 순수하게 영어적인 표현으로 대체했지만 전반적으로는 정확한 내용이리라 장담한다. 다음 장은 바로 그 번역본이다.

기계의 책 I

저자의 글은 이렇게 시작한다. “한때 지구에는 동물이나 식물의 생명이 전혀 없었고, 우리의 위대하신 철학자들의 말씀에 따르면 지구란 표면이 점차 식어가는 뜨거운 둥근 공에 불과했다. 물리학에 대해 완전히 무지한 인간이 지구의 이런 모습을 마치 다른 세계인 양 무심히 볼 수 있었다고 하자. 그러면 그는 마치 타고 남은 재와 같은 이런 장소로부터 의식 비슷한 것이라도 갖춘 생물체가 진화할 리가 없다고 단언하지 않았을까? 의식이 싹틀 씨앗조차 있을 리가 없다고 주장하지 않았을까? 하지만 시간이 흐른 후에 지구에는 의식이라는 것이 도래했다. 그렇다면 당장은 아무 징후를 느낄 수 없다 해도 의식이 있는 존재가 도래할 또 다른 새로운 경로가 이미 존재할 수도 있는 것 아닐까?

다시 표현해보자면, 현재 인정되는 용어의 범위 내에서 의식은 한때 새로운 것이었다. 의식은 우리가 인식할 수 있는 한, 각 행위와 생식 체계(식물에 존재하는 명백한 의식이 없는 체계)에 뒤이어 발생했다. 동물의 정신이 식물의 정신과 다르듯이 현재 알려진 모든 상태와 다른 새로운 정신의 단계가 왜 생겨나지 않겠는가?

이러한 정신 상태(어떤 이름으로 불리건)를 정의하려는 시도는 무모하기만 하다. 인간에게는 그런 상태가 아주 이질적이어서 자신의 경험이 그 상태의 본질을 떠올리는 데 아무런 도움이 되지 않기 때문이다. 그렇다고 이미 진화한 생명과 의식의 여러 국면에 대해 숙고한 다음, 더 이상 다른 실체로도 발전할 수 없으며 동물의 생명이 진화의 끝이라고 말할 수도 없다. 불로 인해 세상이 종말을 고한 때도, 또한 돌과 물로 인해 끝났던 때도 있었기 때문이다."

저자는 몇 페이지에 걸쳐 이 문제에 대해 전개한 후에 그토록 새로운 생명의 단계가 접근한 흔적을 지금 어떻게 찾아볼 수 있는지에 대해 알아본다. 또한 먼 미래에 적응 가능한 무엇인가를 준비하는 공간이 있는지, 그리고 그러한 생명의 원시적인 세포가 지금 지구상에서 탐지될 수 있는지에 대해서도 알아본다. 그는 자신의 글에서 고등 기계를 지적하며 이 문제에 대해 긍정적으로 대답한다.

그의 말을 인용해보겠다. "지금은 의식을 가진 기계가 없다는 점을 감안하면 기계 의식의 궁극적인 발전에 대비하는 방어책이란 있을 수 없다. 연체동물에게는 의식이 많지 않다. 지난 몇백 년간 기계가 얼마나 특별하게 발전했는지 돌아보고 동식물계는 얼마나 발전이 느렸는지도 확인해보라. 좀 더 체계적인 기계는 과거와 비교해보면 어제, 아니 불과 5분 전과도 많이 다른 생물체이다. 의식을 가진 존재가 약 2,000만 년 동안 존재해왔다고 가정한 후에 지난 1,000년간 기계가 얼마나 진보했는지 보라! 이 세계가 2,000만 년 더 오래 지속하지 않겠는가? 그렇다면 결국 기계가 되지 못할 게 무엇이겠는가? 기계의 싹을 자르고 더 이상 발전하지 못하게 만드는 편이 안전하지 않겠는가?

증기기관에 의식 같은 것이 없다고 누가 말할 수 있겠는가? 의식은 어디에서 시작해 어디에서 끝나는가? 누가 선을 그을 수 있겠는가? 그 누가 어떤 선을 그을 수 있겠는가? 모든 것은 서로 엮여 있지 않던가? 기계와 동물이 무한하면서도 다양한 방식으로 연결되어 있지 않는가? 달걀 껍질은 정교한 백색 용기로 이루어졌으며 계란 컵과 마찬가지로 기계이다. 계란 컵이 계란 껍질을 담는 장치이듯 껍질은 계란을 담는 장치이다. 둘 다 동일한 기능을 갖춘 다른 형태의 장치인 것이다. 닭은 몸 안에서 껍질을 만들며, 그 껍질은 순전한 도기이다. 닭은 편리하도록 몸 밖에서 둥지를 만들지만 둥지는 계란 껍질과 마찬가지로 기계가 아니다. '기계'는 '장치'에 불과하다."

이제 저자는 의식의 문제로 돌아가서 최초의 징후를 탐지하려는 시도로 글을 이어간다.

"꽃을 이용해 유기체를 먹어치우는 식물이 있다. 파리가 꽃에 앉는 순간 꽃잎을 확 오므려서 자신의 체제 안으로 흡수해버리는 것이다. 하지만 먹을 만한 것이 올 때만 꽃잎을 오므리며, 빗방울이나 나뭇조각에는 전혀 관심을 보이지 않는다. 정말 신기하지 않은가! 그토록 의식이 없는 존재가 자신의 관심거리에는 그토록 예리한 눈을 갖고 있다니. 만약 이게 무의식이라면 의식은 과연 어디에 사용된다는 말인가?

눈이나 귀, 뇌가 없으므로 식물은 자신이 무엇을 하는지 모른다고 할 수 있을까? 식물이 기계적으로, 오직 기계적으로만 행동한다고 말한다면, 그 외의 여러 잡다하지만 분명 대단히 의도적인 행동도 기계적이라고 인정해야 하지 않을까? 식물이 기계적으로 파리를 먹이로 삼는다고 말한다면, 그 식물에게는 우리 인간이 기계적으로 양을 죽이고 먹는 것으로 보이지 않을까?

식물의 성장이란 무의식적인 성장이므로 식물에게 이성이 결여되어 있다고 말할 수도 있겠다. 식물은 흙과 공기, 적절한 온도만 있으면 자란다. 식물은 시계와도 같아서 한번 태엽을 감아주면 시계가 멈추거나 기능이 다 될 때까지 계속 생장한다. 그러한 흐름은 마치 돛단배에 부는 바람과도 같아서 배는 바람이 불면 앞으로 나아가게 마련이다. 그런데 적당한 고기와 음료수와 옷이 있는데 건강한 소년이 성장하는 걸 막을 수 있을까? 태엽이 감겨 있는 동안 계속 나아가는 것을 피하거나, 기능을 멈춘 후에도 계속 나아갈 수 있는 존재가 있을까? 어디에나 태엽을 감는 과정이 있는 건 아닐까?

어두컴컴한 지하실의 감자*도 자신에게 상당히 도움이 되는 하등한 간계함을 갖고 있다. 감자는 자기가 무엇을 원하는지 그리고 그것을 어떻게 얻는지 완벽하게 알고 있다. 감자는 지하실 창문으로 들어오는 빛을 향해 싹을 쭉 뻗는다. 싹은 마루를 따라 벽을 타고 지하실 창문으로 나아간다. 만약 가는 도중에 조금이라도 흙이 있다면, 싹은 자기 목적을 위해 흙을 사용할 것이다. 감자가 흙에 심겨질 때 뿌리를 얼마나 세심하게 움직이는지 우리는 알 수 없지만, 감자는 이런 말을 할지도 모르겠다. '여기에 덩이줄기, 또 저기에도 덩이줄기를 두고 주변에서 얻을 수 있는 이로운 건 다 빨아들이겠어. 이 이웃에게는 그림자를 드리우고 저 이웃은 밑에서부터 잠식할 거야. 내가 뭘 할 수 있느냐가 내가 할 일의 한계가 되겠지. 나보다 강하고 나보다 자리를 잘 잡은 놈이 나를 넘어서겠고 나보다 약한 놈은 내가 넘어서겠어.'

감자는 바로 행동을 통해 이런 말을 하는 셈이니, 이것이야말로 최고의 언어라 하겠다. 이것이 의식이 아니라면 도대체 무엇이

* 여기에서 언급되는 뿌리가 우리 밭에서 자라는 감자는 아니지만 매우 유사해서 감자로 번역해보았다. 이것의 지능에 관해서는 버틀러라 알려진 저자가 아마도 이렇게 말했으리라. "이것은 사리분별을 할 줄 알며, 형이상학의 기지를 뽐낼 정도로 수준이 높다."

의식이란 말인가? 우리가 감자의 감정에 공감하기란 어렵고 굴의 감정과 공감하는 것 역시 마찬가지다. 굴은 물에 삶거나 입을 벌릴 때 아무 소리도 내지 않는데, 사실 소리야말로 무엇보다 강하게 우리에게 호소하는 요인이다. 우리도 고통받으면 심하게 소리를 지르기 때문이다. 무언가가 어떠한 고통의 표현으로도 우리를 귀찮게 하지 않으면 우리는 그들을 감정이 없는 존재라고 치부한다. 인간이 보기에는 그러겠지만 인간이 전부는 아니다.

감자의 행동이 화학적이고 기계적일 뿐이며 빛과 열의 기계적이고 화학적인 영향 때문이라고 주장한다면, 모든 감각의 작용이 화학적이고 기계적이지는 않은지, 우리가 순전히 영적이라고 여기는 것들이 무한한 일련의 지렛대에서 평정을 방해하는 것이 아닌지, 그 영적이라는 것이 현미경으로 감지 못할 정도로 너무나 미세한 것으로 시작해서 인간의 팔과 그것이 이용하는 도구로 올라가는 것은 아닌지, 생각의 분자적 행동이 있어서 거기에서 역동적인 열정의 이론이 추론되지는 않는지, 엄밀히 말해서 인간의 기질에 대해 묻기보다 인간이 어떤 종류의 지렛대로 만들어지는지 탐구해보는 데 그 대답이 있을 것 같다. 이것들은 어떻게 균형을 잡을까? 그렇게 할 수 있도록 무게를 재려면 얼마나 많은 것이 필요할까?"

저자는 성능이 뛰어난 현미경으로 머리카락 한 올만 검사해도 머리카락의 주인이 무사히 곤욕을 치를 수 있는지 판별할 수 있는 시기가 오기를 기대한다고 말한다. 이후의 논의가 점점 더 모호해져서 번역을 포기했고, 그의 주장이 어디로 흘러가는지조차도 따라가지 못했다. 드디어 이해할 수 있는 부분에 이르러보니 저자는 어느새 자신의 근거를 바꾸었다.

"순전히 기계적이고 무의식이라고 여겨지던 많은 행동이 지금까지 인정된 이상으로 의식의 요소를 갖고 있거나(이 경우 의식의 싹은 고등기계의 많은 행동에서 발견될 것이다) 아니면 (진화론을 받아들이는 동시에 식물 혹은 수정과 같은 결정체의 의식을 부인하면서) 인간의 종이 전혀 의식이 없던 존재에서 진화했다고 봐야 한다. 이때 현재 존재하는 것으로부터 의식적인(그리고 의식적인 것 이상의) 기계로 진화할 때, 기계 자체의 생식계reproductive system처럼 외관상 부재로 암시되는 것을 제외하면 선험적인 가능성이란 존재하지 않는다. 그러나 이 부재가 외관에 불과하다는 점은 곧 설명하겠다.

내가 현존하는 기계를 두려워한다고 오해하지는 말라. 미래에 나타날 기계적 생명의 원형 이상으로 알려진 기계는 없는 것 같다. 현재의 기계와 미래의 관계는 초기 파충류와 인간의 관계와 비슷하다. 그중 가장 큰 것은 아마도 크기가 엄청나게 줄어들 것이다. 가장 하등의 척추동물 일부는 좀 더 고등체제의 생명 표본으로 내려오면서 몸집이 작아졌다. 이와 마찬가지로 기계의 규모가 축소되는 것은 종종 발전과 진보를 수반해왔다.

시계를 예로 들어보자. 시계를 이루는 미세한 부품들이 아름다운 구조 속에서 지능적으로 작동하는 모습을 보라. 그렇지만 이토록 작은 피조물은 이전의 거추장스러울 정도로 큰 벽시계의 발전물이지 퇴보가 아니다. 손목시계가 광범위하게 사용되며 벽시계를 대체하는 날이 오면, 벽시계는 어룡처럼 멸종할지도 모른다. 반면 지난 몇 년간 크기가 작아지는 경향을 보인 손목시계는 멸종한 종에서 유일하게 잔존하는 형태로 남을 것이다.

주제로 돌아가서, 나는 현존하는 기계 중 무엇도 두려워하지 않음을 다시 강조하고 싶다. 그보다는 현재의 모습에서 완전히 다른 것이 되어가는 놀라운 속도가 두려울 뿐이다. 지난 오랜 시간 동안 어떤 존재도 그토록 빠르게 진보한 적이 없다. 우리가 아직 제어할 수 있을 때 이런 움직임을 경계하며 주시하고 제어해야 하지 않겠는가? 그렇다면 현재 사용되는 기계 중에서 좀 더 발전된 기계를, 당장은 무해할지언정 파괴할 필요가 있지 않겠는가?

아직까지 기계는 인간의 감각이라는 기관을 통해서만 지각한다. 움직이는 기계는 날카로운 경고음을 내 다른 기계에서 말하지만, 운전자의 귀를 통해서만 그 소리는 영향을 미칠 수 있다. 운전자가 없다면 한 기계가 아무리 소리를 내도 다른 기계는 듣지 못하는 셈이다. 기계가 인간의 귀를 통해서도 자신의 요구를 소리로 알리지 못한 시절도 분명 있었을 것이다. 그렇다면 인간의 귀가 불필요해지고 기계 자체의 세밀한 구조에 의해 기계끼리 서로 의사소통할 수 있으며, 그 언어도 동물의 울음소리에서 인간의 언어처럼 복잡한 구조로 발전하는 때가 오리라 상상할 수 있지 않을까?

그때가 되면 아이들이 지금 어머니와 유모로부터 배우는 것과 차별되는 계산법을 배우거나 아니면 태어나자마자 가설언어로 말하고 3의 법칙rule of three을 연구할지도 모른다. 하지만 훨씬 대단해질 기계의 발전에 대적하고, 기계의 힘을 상쇄시키는 인간의 지적 혹은 육체적인 힘의 발전을 예상할 수는 없다. 인간의 도덕적 영향력만으로도 충분히 기계를 지배할 수 있다고 말하는 사람도 있겠지만, 나는 기계의 도덕관념을 신뢰하지 못하겠다.

다시 말해, 기계의 영광이란 이처럼 인간이 흔히들 자랑하는 언어라는 재능이 없다는 데 존재하는 것은 아닐까? 어떤 저자는 이렇게 말했다고 한다. '침묵이야말로 한 인간이 동료 인간에게 호감을 느끼게 만드는 미덕이다.'"

기계의 책 II

"하지만 다른 질문들이 떠오른다. 인간의 눈이란 결국 뇌 뒤편에 앉아 있는 작은 피조물이 무언가를 보기 위해 고안된 기계가 아니고 무엇이겠는가? 막 죽은 사람의 눈은 얼마 동안은 살아 있는 것이나 마찬가지다. 볼 수 없는 것은 눈이 아니라 눈 뒤에 있는 성마른 존재이다. 우리에게 무한한 여러 세계의 존재를 밝혀준 것이 인간의 눈이겠는가, 아니면 커다란 시각용 기계이겠는가? 무엇 때문에 인간이 달의 풍경, 태양의 흑점, 또는 여러 행성의 지형에 익숙하게 되었겠는가? 인간은 시각용 기계에 꼼짝하지 못하기 때문에 기계를 자신에게 고정시키고 자신의 일부로 삼지 않으면 무기력해진다. 다시 말해서, 우리 주변에서 아무 의심 없이 우글대는 무한하게 미세한 조직들의 존재를 우리에게 보여주는 존재가 눈일까, 아니면 시각용 기계일까?

인간이 지나치게 과시하는 계산력에 대해 생각해보자. 우리보다 더 빠르고 정확하게 온갖 셈을 해내는 기계가 있지 않은가? 비이성의 대학에서 가설학으로 상을 받은 누구라도 이런 계산 기계와 비교되겠는가? 사실 정확성이 요구되는 곳이라면 어디에서라도 인간은 훨씬 많은 이가 선호하는 기계 앞으로 달려간다. 우리의 계산 기계는 단 한 숫자도 빼놓지 않으며, 우리의 베틀은 단 한 땀도 놓치지 않는다. 인간은 지칠 때에도 기계는 활기차게 움직인다. 인간이 어리석고 둔할 때에도 기계는 명료하고 침착하다. 인간은 잠을 자거나 쓰러져 쉬어야 하지만 기계는 그럴 필요가 없다. 기계는 언제나 제자리에서 작동할 준비가 되어 있으며, 변함없이 민첩하고 절대 지치지 않는다. 기계의 힘은 인간 수백 명을 합한 것보다 강력하며 새보다 빠르다. 기계는 딱딱한 땅을 파고들어가기도 하고 큰 강 위를 지나가면서도 물속으로 빠지지 않는다. 푸른 나무가 이 정도인데 마른 나무는 어떻겠는가?(누가복음 23장 31절에서 인용—옮긴이)

인간이 스스로 보거나 듣는다고 누가 말할 수 있는가? 인간은 워낙 기생충 덩어리인지라 한 사람의 몸은 그 자신만의 몸이 아니라 여럿의 몸이라 할 수도 있으며, 그 사람 역시 또 하나의 개밋둑(개미가 땅속에 집을 짓기 위해 파낸 흙가루가 땅 위에 두둑하게 쌓인 것—옮긴이)과 같은 것은 아닌지 의심스럽다. 인간이 스스로 기계의 기생충이 될 염려는 없는가? 아니면 기계를 사랑스럽게 간질이는 진딧물이 되지는 않겠는가?

인간의 피는 생명을 가진 무한한 존재들로 구성되어 있으며, 이들은 도심을 활보하는 사람들처럼 우리 몸의 고속도로와 우회도로를 오르락내리락한다. 높은 곳에 서서 사람들이 많은 통행로를 내려다볼 때, 정맥을 통해 이동하면서 도시의 심장에 영양분을 공급해주는 혈구가 떠오르지는 않는가? 하수구는 물론이고 도시라는 신체의 한 부분에서 다른 부분으로 감각을 소통시키는 숨겨진 신경들, 입을 크게 벌린 턱 같은 기차역, 여기에서 혈류는 곧장 심장으로 통하고, 그것은 정맥을 받아들이고 동맥을 토해내면서 사람들의 영원한 맥박으로 이어진다. 그다음에는 잠자는 마을. 이러한 순환에는 얼마나 생명이 넘치는가!"

여기에서부터 저자의 글이 다시 속수무책으로 모호해져서 몇 장을 건너뛰어야 했다. 아래는 이어지는 내용이다.

"기계가 그토록 잘 듣고 현명하게 말하더라도 기계는 항상 자신이 아니라 우리 인간의 이익을 위해 이런저런 일을 한다고 대답할 수 있겠다. 즉, 인간은 지배하는 힘이고 기계는 하인이며, 인간의 기대에 부응하지 못할 경우 멸종하게 되어 있다고 할 수 있다는 것이다. 기계는 인간보다 하등한 동물일 뿐이므로, 증기기관은 말馬보다 좀 더 경제적인 동물에 불과하다. 기계는 인간보다 더 고등한 생명체로 발전하지 않는 대신 인간의 수요에 얼마나 도움이 되는지에 따라 존재 여부와 진보가 이루어지며, 따라서 언제나 인간보다 하위이다.

지금까지는 모두 좋다. 그런데 하인은 눈에 띄지 않게 서서히 주인의 생활을 잠식하며, 인간은 기계가 주는 혜택을 금하는 순간 심한 고통을 겪어야만 한다. 한순간에 모든 기계가 멸절되어 칼이나 지렛대, 천 조각까지 모두 없어져 태어날 때처럼 벌거벗은 몸뚱이뿐이고, 기계 법칙과 관련한 모든 지식을 빼앗겨서 더 이상 기계를 만들 수 없으며, 기계로 음식을 만들지 못해 벌거숭이로 황무지에 남겨진 것과 같은 상태가 된다면, 인간은 6주 내로 멸종하고 만다. 몇몇 불쌍한 인간들은 좀 버티겠지만 그나마 1, 2년 뒤면 원숭이보다 못하게 될 터이다.

인간의 영혼은 기계 덕분에 가능하다. 어찌 보면 인간은 기계로 만들어진 존재이기도 하다. 인간은 자신이 생각하는 대로 생각하고 느끼는 대로 느끼는데, 이는 기계가 인간에게 초래한 작업을 통해서이다. 기계와 인간은 서로에게 필수적인 존재이다. 이 사실 때문에 우리는 기계의 완전한 멸절을 제안하지 못하지만, 기계가 더욱 완벽하게 우리를 독재하지 못하게끔 우리에게 없어도 될 만큼은 기계를 파괴해야 한다고 주장한다.

사실 대단히 저급한 물질주의적 관점에서 볼 때 최대한 이익이 되도록 기계를 사용하는 자가 가장 번성하는 것으로 보인다. 그러나 이는 기계의 기술이며, 곧 기계는 지배 대상을 섬기는 것과 다름없다. 기계는 인간이 기계를 모조리 파괴하더라도 더 나은 것을 대신 만들어주기만 한다면 인간에게 아무런 악의도 갖지 않는다. 한편 기계는 인간이 기계의 발전을 촉진시켰다는 이유로 인간에게 크게 보상한다. 인간이 기계의 분노를 유발하는 이유는 기계를 방치하거나 혹은 하등 기계를 이용하거나 혹은 새로운 기계를 만드는 데 충분히 노력하지 않거나 혹은 기계를 대체하지 않고 파괴하기 때문인데, 우리는 이런 일들을 반드시, 또 시급히 해야 한다. 기계의 유아기적인 힘에 대적하는 인간의 반란이 무한한 고통을 야기하겠지만, 만일 그 반란이 지체되면 어떤 일이 일어나겠는가?

기계는 인간이 영적인 것보다 물질적인 이익을 훨씬 더 선호하는 성향을 착취하며, 어느 종족의 진보에도 필요한 투쟁과 전쟁의 요인을 제공한다. 하등동물들은 서로 투쟁함으로써 발전하며, 약자는 죽어나가고 강자는 살아남아서 자신의 힘을 확장한다. 스스로 투쟁하지 못하는 기계는 인간에게 대신 투쟁하게 했다. 인간이 이 기능을 제대로 수행하는 한, 인간에게는 모든 것이 잘 이루어진다고 적어도 인간은 생각한다. 인간이 좋은 것을 권장하고 나쁜 것은 파괴하면서 기계의 발전을 위해 최선을 다해야 하지만, 그러지 못하는 순간 인간은 경쟁의 경주에서 뒤처지고 말 것이다. 다시 말해서 인간은 여러 방식으로 불편해지고 아마도 숨을 거둘 것이다.

그래서 기계는 봉사를 받는다는 조건 아래 봉사하며, 종종 자신의 조건을 내세울 것이다. 그 조건이 지켜지지 않을 때 기계는 머

맞대고 자신의 범위 내에 있는 모든 것과 자신까지 부숴버리거나 고집을 부리며 일하기를 거부할 것이다.

지금 이 시간에 기계에 종속되어 사는 사람들이 얼마나 많은가? 요람에서 무덤까지 살아 있는 내내 밤낮으로 기계만 돌보며 사는 사람들이 얼마나 많은가? 기계에 노예로 구속된 이들이 늘어나고 있으며 기계 왕국의 발전에 평생을 헌신하는 이들도 늘어난다는 것을 감안해볼 때, 기계가 인간보다 우위를 점했다는 사실이 명백하지 않은가?

증기기관은 인간과 마찬가지로 음식을 섭취하며, 불을 이용해 신진대사를 촉진한다. 증기기관은 인간과 마찬가지로 공기의 도움으로 연소한다. 또한 인간과 마찬가지로 맥박이 있고, 혈액순환을 한다. 아직까지는 인간의 몸이 더 유용할지라도 노화하게 마련이다. 증기기관에게 인간이 소유한 시간의 절반만 주고, 인간의 열정을 계속 주입한다면 머지않아 무엇인들 이루지 못하겠는가?

분명 증기기관에는 수천 년 동안 변하지 않는 기능이 있어서, 증기를 다른 요소로 대체해야 하더라도 살아남을 터이다. 피스톤과 실린더, 기둥, 플라이휠(기계나 엔진의 회전 속도에 안정감을 주는 무거운 바퀴—옮긴이), 그 외 다른 부품들은 아마도 영원할 것이며, 이는 인간과 하등동물 모두 유사한 방식으로 먹고 마시고 자는 것과 비슷할 터이다. 그들은 인간의 몸 안에서 뛰는 심장과 정맥, 동맥, 눈, 코, 귀를 지니고 있으며, 자면서도 한숨을 쉬고 울고 하품

한다. 자식들에게 영향을 받으며, 기쁨과 고통, 희망, 두려움, 분노, 수치심을 느낀다. 기억을 하고 통찰력도 있어서 어떤 일이 자신에게 일어나면 죽을지 알고 있으며 인간처럼 죽음을 두려워한다. 그들은 생각을 서로 나누며 일부는 의도적으로 함께 행동한다. 유사점은 끝도 없다. 증기기관은 주요 특성이 향상되지 않을 것이기에 이후에 광범위하게 교정되지는 않으리라 주장하는 사람이 있을까봐 이렇게 비교해보긴 했으나, 그렇게 희망적인 예측대로 될 리가 없다. 기술 측면에서 인간이 짐승을 능가하기 위해 스스로를 개선했듯이 증기기관도 무한하게 다양한 목적을 위해 수정되고 개선될 것이다.

그때까지는 인간의 요리사가 인간을 위해 봉사하듯 화부火夫도 자신의 증기기관을 위해 봉사할 것이다. 또한 석탄선과 갱부, 석탄 상인, 석탄 기차, 기관사, 석탄 운반선을 떠올려보면 기계가 얼마나 많은 하인을 이용하는지 알 수 있다. 인간을 돌보는 것보다 기계를 돌보는 데 더 많은 사람이 관여하지 않는가? 인간이 먹는 것처럼 기계도 먹지 않는가? 지구의 패권을 이어갈 후계자를 인간 스스로 창조하는 것은 아닌가? 매일 기계 구조에 아름다움과 섬세함을 더하고, 매일 더 나은 기술을 제공하고, 그 어떤 지성보다 나아질 자율 규제력과 행동력을 부여하지는 않는가?

기계가 뭔가를 먹다니 새롭지 아니한가! 쟁기와 삽, 수레는 인간의 위장을 통해 먹어야 한다. 이런 도구를 움직이게 하는 연료는 인간이나 말이라는 용광로 안에서 타야 한다. 인간은 빵과 고기를 먹어야 땅을 팔 수 있다. 그러므로 빵과 고기야말로 삽을 움직이게 하는 연료이다. 쟁기가 말에 의해 끌려질 경우 그 힘은 풀이나 콩, 귀리로 제공되며, 가축의 위장에서 소화되면서 노동력이 제공된다. 용광로의 불씨가 꺼지면 기계가 멈추듯이 이런 연료가 없으면 노동은 중지될 것이다.

한 과학자가 이렇게 말했다. '어떤 동물도 역학적 에너지를 생성하는 힘을 갖고 있지 않다. 그러나 어떤 동물이 평생 해내는 일과 거기에서 배출되는 모든 열과 살아 있는 동안 몸에서 상실된 가소성 물질을 태워서 얻는 열과 죽은 후에 시체를 태워서 얻는 열을 모두 합하면 그 동물이 평생 먹은 음식과 죽은 후에 즉각 소각될 경우 나오는 열을 합한 것과 정확하게 동일하다.' 그 과학자가 어떻게 이 사실을 발견했는지는 모르겠지만 그는 과학자이다. 그렇다면 역학적 에너지를 생성하지 못하는 존재들의 지시를 따르기만 하는 현재 유아기 상태의 기계가 미래에 생명력을 얻는다는 데 어떻게 반대할 수 있겠는가?

그러나 전에는 동물만이 기계의 위장이었던 반면 지금은 자신의 위장으로 스스로 음식을 섭취하는 기계가 많아졌다는 점이야말로 경계해야 할 점이다. 이는 기계가 생명체는 아니더라도 그와 거의 흡사한 존재가 되어가는 대단한 행보이며, 이로써 동물과 식물의 차이가 인간과 기계의 차이와 비슷해질 터이다. 인간은 어떤 면에서 더 고등생물로 남아야겠지만, 이는 오래전에 인간에게 추월당한 동물에게도 어느 면에서는 우월성을 허용하는 자연의 관행을 따르는 것이 아닌가?

개미와 벌이 특유의 사회성으로 공동체를 이루고, 새는 공기를 가르며, 물고기는 헤엄치도록 자연이 허락하지 않았던가? 또 말은 힘과 신속함에서, 개는 자기희생에서 인간보다 우월하지 않은가?

이 주제에 대해 함께 토의했던 어떤 사람들은 기계에 생식계가 없으며 앞으로도 생길 것 같지 않으므로 절대로 생명체나 그와 유사한 실체로 발전될 수 없다고 말한다. 기계가 결혼할 수 없어서 두 증기기관 사이에서 태어난 어린것이 헛간 문 앞에서 노는 일이 없으리라는 뜻이라면, 인간이 아무리 그런 상황을 바라더라도 나는 기꺼이 받아들이겠다. 하지만 이 주장에 대한 반대가 그다지 심오한 것도 아니다. 현재하는 조직의 모든 특성이 완전히 새로운 생명 계급에서 절대적으로 반복되리라 기대하는 사람은 아무도 없다. 동물의 생식계는 식물과 매우 다르지만 분명 둘 다 생식계이다. 자연이 이 단계에서 힘을 전부 소진해버렸을까?

한 기계가 또 다른 기계를 체계적으로 재생산할 수 있다면, 그 기계에 생식계가 있다고 말할 수 있겠다. 생식계가 생식의 체계가 아니라면 무엇이란 말인가? 또한 다른 기계에 의해 체계적으로 생산되지 않은 기계가 얼마나 되겠는가? 하지만 그렇게 만드는 주체는 다름 아닌 인간이다. 맞다. 그런데 많은 식물이 재생산하게 도와주는 주체가 바로 곤충이며, 자신과 완전히 이질적인 요인에 의해 수정이 이루어지지 않으면 식물의 한 과가 모두 죽지 않겠는가? 빨간 클로버는 호박벌의 도움을 받아야지만 재생산할 수 있으므로 생식계가 없다고 누가 말하겠는가? 아무도 그렇게 말하지 못한다. 호박벌은 클로버의 생식계의 일부이다. 인간은 각자 수많은 미소동물animalcule(육안으로는 식별이 어려운 현미경으로 볼 수 있는 동물—옮긴이)에서 튀어나왔으며, 그 미소동물들의 실체가 인간과 완전히 구별되며 인간이 어떤 생각을 할지 전혀 신경 쓰지 않고 자신의 종류대로 행동했다. 이런 작은 생물들이 인간의 생식계의 일부이다. 그렇다면 왜 인간이 기계의 생식계의 일부가 아니겠는가?

그러나 기계를 재생산하는 기계가 자신과 같은 종류의 기계를 재생산하지는 않는다. 골무는 기계로 만들어지지만 골무에 의해 만들어지지도 않으며, 앞으로도 그렇지 않을 것이다. 다시 자연을 돌이켜보면 자신과 같은 종류의 것을 생산하지 않더라도 생식계가 완전한 힘을 발휘하는 사례가 무궁무진하다. 자신과 똑같은 종류를 재생산하는 피조물은 드물며, 그보다는 자신의 부모가 될 가능성을 가진 무언가를 재생산한다. 그래서 나비는 알을 낳고 알은 애벌레가 되며 애벌레는 번데기가 되고 번데기는 나비가 된다. 현재 기계가 진정한 생식계의 싹 이상을 갖고 있지 않는다는 점은 인정하지만, 기계가 최근 들어 입과 위장의 싹을 갖게 된 것이 목격되지 않았던가? 또한 최근 실제로 먹을 것을 취하는 형태로 이루어낸 행보만큼이나 대단한 행보가 있지 않겠는가?

이 체제가 개발되고 나면 많은 경우 대리자의 역할을 할 수도 있겠다. 기계 중에서 일부 부류는 단독으로 생산할 수도 있겠지만 나머지는 기계 체계에서 다른 기능을 수행하겠는데, 이는 대다수의 개미와 벌이 종의 연속에서는 아무 역할도 못 하고 번식에 대해 아무 고려도 하지 않으면서 오로지 식량을 구해서 저장하는 일만 하는 것과 유사하다. 이와 완전히 평행하거나 거의 유사한 사례는 지금이나 앞으로도 많지 않겠으나, 우리에게 미래에 대해 심각한 불안감을 안기면서 능력이 될 때 악을 제어하는 것이 우리 의무라고 느끼게 하는 비슷한 사례들은 지금도 충분하지 않은가? 기계는 자신과 아무리 다르더라도 일정한 한도 내에서 어떤 부류의 기계도 생산해낼 수 있다. 기계는 각 부류마다 고유한 기계적 번식자를 갖고 있으며, 고등기계는 단지 두 부모가 아니라 다수의 부모에 의해 존재하게 될 터이다.

복잡한 기계를 단일한 것으로 여길 때 오해가 시작된다. 사실 기계는 도시나 사회와 같아서 각 일원이 각자의 유형대로 만들어졌다. 우리는 기계를 한 개체로 여기고 하나의 이름으로 부르며 개별화한다. 또한 우리 팔다리를 보면서 그 조합이 생식 활동의 단일한 중심에서 발생한 한 개인을 만든다고 이해한다. 그래서 모든 생식 활동은 단일한 중심에서만 발생해야 한다고 추정한다. 그러나 이 추정은 비과학적이며, 어떤 증기기관도 자신과 같은 종류의 또 다른 혹은 두 개의 증기기관으로 만들어진 적이 없다는 기본적인 사실만으로는 증기기관에 생식계가 없다고 단언하기에 충분하지 못하다. 사실 각 증기기관의 각 부분은 고유의 번식자에 의해 번식되었으며 그 번식자들은 자신이 맡은 부분만 번식시킨다. 한편 부분들이 모여서 한 개체를 이루는 과정은 기계적 생식계의 또 다른 분야인데, 현재로서는 극도로 복잡하고 전체를 보기가 힘들다.

지금은 복잡하지만 5,000년 후, 아니 2만 년 후라면 훨씬 더 단순해지고 명료하게 구성되지 않겠는가? 현재 인간은 자신이 이 주제에 관심이 있다고 믿고 기계가 더 번식하게끔 수많은 노동과 시간과 생각을 투여한다. 인간은 한때 불가능해 보였던 것을 이루는 데 성공했으며, 향상물이 축적된 결과가 개선되면서 후속 세대로 이어진다면 그 한계란 있을 수 없다. 인간의 몸이 수백만 년에 걸친 우연과 변화의 결과로 현재의 형태로 만들어졌다는 사실을 항상 기억해야 한다. 그런데 인간이 민첩성 등의 문제에서는 전혀 진보하지 못한 반면 기계는 이런 면에서 계속해서 진보하고 있다. 이 점은 가장 두드러진 특징이기 때문에 반드시 인정되어야 한다."

기계의 책 III

여기부터 내용이 약간 이탈하면서, 당시 존재하던 여러 종류의 기계를 다루는 방대하고 번역하기에 어려운 글이 이어졌다. 저자는 대단히 상이한 특징을 지닌 기계들의 유사점을 지적하면서, 이것이 바로 동일한 선조에서 내려왔음을 보여준다고 증명하려 했다. 그는 기계를 속, 아속, 종, 품종, 하위품종 등으로 나누었다. 공통점이 거의 없어 보이는 기계들 사이에 연결점이 있음을 입증하고, 예전에는 연결점이 더 많았으나 이제 없어졌다고 했다. 그는 기계들이 거꾸로 가려는 성향이 엿보이며, 여러 기계의 흔적기관(생물의 기관 중 조상의 생활에서는 유용한 것이었으나 현재는 무용한 것으로 퇴화한 기관—옮긴이)은 현재 별로 발전도 안 됐고 쓸모도 없지만, 실제로는 쓸모가 있던 하나의 조상으로부터 내려왔음을 보여준다고도 지적했다.

나는 이 부분을 나중에 번역할 예정이었으며, 그 내용은 여기에서 언급한 것보다 훨씬 더 길다. 그런데 내가 다시 이 작업을 시작하기 전에 에레혼을 떠났고 내 목숨이 위험한 상황에서 번역본과 다른 논문들은 남겨두긴 했어도 원본은 버려야만 했다. 어쩔 도리가 없었지만 덕분에 소중한 10분을 벌었고, 그 10분이 아니었더라면 아로헤나와 나, 둘 다 죽었을 것이다.

논문의 이 부분과 관련해서 작은 일화가 떠오른다. 이 논문을 주었던 신사가 내 담배 파이프를 한 번 보고 싶다고 했다. 그는 파이프를 자세히 들여다보다가 파이프 대통 바닥에 작게 튀어나온 돌기를 보고 무척 재미있어 하면서 흔적기관이 분명하다고 말했다. 그래서 나는 무슨 뜻이냐고 물었다.

그가 대답했다. "이 기관은 컵 바닥의 가장자리와 같아서, 형태는 다르지만 기능은 똑같습니다. 파이프가 탁자 바닥에 놓일 때 뜨거운 열기로 자국이 나지 않도록 방지하는 기능이 분명합니다. 담배 파이프의 역사를 살펴보면 초기에는 이 돌기가 현재와 다른 모양임을 확인할 수 있으실 겁니다. 앞으로는 바닥이 넓적하고 평평해져서 담배가 타는 동안 대통을 탁자에 놓아도 자국이 나지 않을 수도 있습니다. 사용과 불용이 계속 작용하다가 그 기능이 지금의 흔적기관으로 줄어든 것입니다." 그의 말은 계속되었다. "시간이 흘러 계속 변형되어 장식적인 잎새나 소용돌이무늬, 심지어 나비의 형태로 바뀌거나 아니면 아예 없어지더라도 놀랄 일은 아닙니다."

영국으로 돌아간 뒤 다시 확인해보니 내 친구 신사의 예측은 정확했다.

이제 다시 내 번역이다.

"태곳적 지질시대에 초기 형태의 어떤 식물이 함께 존재하게 될 동물들의 조짐에 대해 돌이켜볼 능력을 부여받았더라면, 그 식물은 언젠가 동물이 실제 식물처럼 되리라고 추측하면서 자신이 정말 예리하다고 느꼈을 것이다. 그런데 기계의 생명이 인간의 생명과 매우 다르므로 인간의 생명보다 더 고등의 발전은 없겠다고, 혹은 기계의 생명이 인간의 생명과 매우 다르기 때문에 아예 생명이라 할 수 없다고 상상하는 게 더 오판이 아닐까?

나는 다음과 같은 말을 들었다. '만약 상황이 그러하며 증기기관에게 자신의 힘이 있다 할지라도, 그것에게 자신만의 의지가 있다고는 아무도 말하지 못할 것이다.' 아! 하지만 이 발언은 좀 더 자세히 들여다보면, 증기기관이 생명의 새로운 단계의 싹이라는 추정에 반대가 되지 못함을 확인할 수 있다. 이 세계에, 혹은 이 세계를 넘어서는 또 다른 세계에, 자신의 의지를 갖고 있는 것이 무엇이란 말인가? 알려지지 않은 것과 알려질 수 없는 것뿐이다!

인간은 태어나기 전이나 그 후에 자신과 관련된 모든 힘의 결과물이자 지수이다. 어느 순간에라도 인간의 행동은 오로지 자신의 구조와 그동안 종속되어온 다양한 대리자의 강도와 방향에 의존

한다. 그중 상쇄되는 것도 있으나 인간은 본성에 따라 또한 외부에서부터 과거부터 지금까지 영향을 받아온 결과 기계처럼 확실하게 규칙적으로 행동할 것이다.

인간은 어느 누구의 모든 본성에 대해 전부 아는 것은 아니며, 또한 그에게 영향을 미치는 모든 힘에 대해서도 모르기 때문에 이 사실을 잘 받아들이지 못한다. 인간은 일부분만 보며 인간의 행동도 대략적으로밖에 일반화하지 못하기 때문에 어떤 고정된 법칙을 따른다는 사실을 부인하고, 인간의 성격과 행동, 둘 다 대부분 우연이나 운, 행운 등에 기인한다고 여긴다. 하지만 이런 표현은 인간의 무지를 인정하지 않고 모면하려는 시도에 불과하다. 바람이 나무에 달린 죽은 나뭇잎을 흔들 때 나뭇잎이 떨어지는 것과 마찬가지로, 대담하게 상상력의 나래를 펼치거나 예리하게 이성을 실행하는 것은 바람이 마른 나뭇잎을 흔들면 떨어지는 것처럼 반드시 일어나야 할 일이며, 그 순간 일어날 수밖에 없는 일이다.

미래는 현재에 의존하고 현재는 (현재는 과거와 미래의 묵인에 의해서만 살기 때문에 그 존재는 인간의 삶에 가득한 소소한 타협 중 하나에 불과하다) 과거에 의존하며, 과거는 변하지 않는다. 우리가 과거처럼 확실하게 미래를 보지 못하는 유일한 이유는 우리에게 실제 과거와 실제 현재가 지나치게 큰 존재여서 거의 알지 못하기 때문이다. 그렇지 않다면 미래는 가장 소소한 세부 사항까지 우리 눈앞에 넓게 펼쳐질 터이며, 우리는 과거와 미래를 볼 때의 분명함 때문에 시간 감각까지 잃게 될 것이다. 어쩌면 우리는 시간을 전혀 구분하지 못하게 될 수도 있지만 이런 일은 너무 이질적이다. 우리가 아는 바는, 과거와 현재가 더 많이 알려질수록 미래도 더 예측 가능하며, 어느 누구도 과거와 현재를 완전히 알고 예전의 사례에서 특정 과거와 현재에서 수반된 결과를 경험한 경우 미래의 고정성을 의심하지 않는다는 점이다. 무슨 일이 벌어질지 완벽하게 알 수 있다면, 거기에 전 재산을 걸 것이다.

이것이야말로 도덕성과 과학의 기초가 되기 때문에 대단한 축복이 아닐 수 없다. 미래가 임의적이지도 변화하지도 않으며, 비슷한 미래가 항상 비슷한 현재를 따라온다는 확신은 우리가 계획을 세우는 기초가 되며, 우리는 그 확신 속에서 삶의 모든 의식적인 행동을 한다. 그렇지 못하다면 지금 수반하게 될 결과가 그전의 결과와 동일한지 알 수 없기 때문에 우리에게는 지도자가 사라지고 행동에도 확신이 없어져서 행동하지 못하게 된다.

미래의 확정성을 믿지 못한다면 누가 쟁기질을 하거나 씨를 뿌리겠는가? 물이 불에 미치는 영향력이 불확실하다면 누가 불타는 집에 물을 뿌리겠는가? 인간은 자신이 최선을 다하지 않을 경우 미래가 적대적이리라는 확신을 가질 때 최선을 다할 뿐이다. 그러한 확실성이 그에게 작동하는 모든 힘의 총합을 이루고, 가장 선하고 도덕적인 인간들에게 더욱 강력하게 작용할 것이다. 자신이 작업하는 현재에 미래가 항상 밀접하게 관련되어 있다고 굳건하게 믿는 이들은 자신의 현재를 아끼고 세심하게 경작할 것이다. 동일한 조합이라도 결과가 때에 따라 달라진다고 생각하는 이들에게 미래란 복권이나 다름없다. 그들의 생각이 굳건하다면 그들은 일하는 대신 투기할 것이며, 이들은 부도덕한 사람들이다. 다른 이들은 믿음이 살아 있다면 노력과 도덕성을 지켜야 한다는 가장 강력한 원동력을 갖고 있다.

이런 주장이 기계와 무슨 관계인지가 곧 분명해질 터이다. 그동안 나는 무생물적인 문제, 또 어떤 면에서는 인간과 관련해서 미래가 고정되어 있지만, 고정되었다고 볼 수 없는 경우도 상당하다고 말하는 이들을 상대해야 한다. 그들에 따르면, 마른 대팻밥이나 산소가 충분할 때 불이 붙으면 항상 불길이 일어나지만 무시무시한 물체와 접촉하게 된 겁쟁이가 항상 달아나는 건 아니다. 그렇지만 모든 면에서 완벽하게 유사한 두 겁쟁이가 있고, 그들이 완벽하게 유사한 두 무시무시한 것에게 완벽하게 유사하게 당하게 된다면, 첫 번째 조합과 반복되는 조합 사이에 천년의 간격이 있더라도 완벽하게 유사하게 달아날 거라고 대부분 예상할 것이다.

인간끼리 조합한 결과보다 화학물을 조합한 결과가 훨씬 더 규칙적으로 보이는 이유는 우리가 인간끼리 조합한 사례의 미묘한 차이점을 제대로 인식하지 못하기 때문인데, 사실 인간끼리의 조합은 절대로 똑같이 반복되지 않는다. 인간은 대패 부스러기에 대해서는 알지만, 과거나 미래에 완전히 똑같은 두 사람이 있을 수는 없는 법이며, 아무리 작은 차이라도 모든 조건이 바뀔 수 있다. 인간끼리 조합한 결과는, 무한히 기록이 축적된 뒤에야 미래의 조합을 완벽하게 예측할 수 있다. 놀랍게도 인간의 행동에 대해서도 그 정도의 확신을 품으며, 나이가 들수록 인간은 특정한 상황에서 이러이러한 사람이 무엇을 할지에 대해 확신하게 된다. 하지만 인간의 행동이 법칙들의 영향을 받지 않는다면, 이는 절대로 가능하지 않으며, 인간은 경험을 통해 그 영향력에 더욱 익숙해진다.

이러한 주장이 타당하다면, 기계가 행동할 때의 규칙성은 생명, 최소한 생명의 새로운 단계로 발전할 싹이 없다는 증거가 되지 못한다. 선로가 준비되어 있고 증기가 주입되고 기계가 작동하면 증기기관은 반드시 작동하는 것처럼 보이겠지만, 증기기관의 운전자는 자신이 원하면 언제라도 움직일 수 있다. 그러므로 전자에게는 자발성이 없으며 어떤 유형의 자유의지도 소유하지 않지만, 후자에게는 자발성과 자유의지가 있다.

이 주장은 어느 정도 사실이다. 기관사는 원하면 언제라도 기관을 멈출 수 있다. 하지만 그는 다른 이들에 의해 그에게 고정된 어떤 시점에서만 혹은 예상치 못한 장애가 생기는 경우에만 그렇게 행동한다. 그가 하고 싶은 바는 전혀 자발적이지 않으며, 그를 둘러싼 보이지 않는 영향력들이 무리지어 있어서 그가 다른 방식으로 행동하지 못하게 한다. 증기기관에 석탄과 물이 얼마나 필요한지 미리 알려지듯이 이런 영향력에도 힘이 얼마나 가해져야 하는지 미리 알려진다. 기이하게도, 기관사에게 주어지는 영향력은 증기기관에 주어지는 것과 같은 종류, 즉 음식과 난방이라고 밝혀질 터이다. 기관사는 고용주로부터 음식과 난방을 얻기 때문에 고용주에게 복종하며, 음식과 난방이 중단되거나 불충분하면 운전을 중단할 것이다. 마찬가지로 증기기관은 불충분하게 연료를 공급받으면 작동을 멈출 것이다. 인간은 자신이 원하는 바를 의식하지만 증기기관은 (일하기를 거부하지도 못할뿐더러) 자신이 원하는 바를 모르는 것 같다는 점이 이 둘의 유일한 차이점이다. 그러나 앞에서 언급한 대로 이는 일시적인 현상일 뿐이다.

따라서 활동하는 데 필수적인 기운이 기관사를 일하게 만드는 동기에 부여되기 때문에 지금까지 어떤 인간도 고의적으로 증기기관을 멈추는 경우는 없었다. 물론 그런 사태가 일어날 수도 있으며 엔진이 고장 날 수도 있다. 하지만 기차가 소소한 동기 때문에 작동이 중단된다면, 이는 필요한 영향력의 힘이 잘못 계산되었거나 오판의 결과이며, 예상치 못한 결점으로 엔진이 고장 나는 것과 마찬가지다. 그 행동에는 진실로 그 부모에게 원인이 있으며, 자발성이란 인간이 신을 모른다는 사실을 뜻하는 용어에 불과하다.

그렇다면 기관사를 움직이게 하는 이들에게는 자발성이 존재하지 않는가?" 저자는 이 주제에 대해 애매한 의견을 제시했지만, 여기에서는 생략하는 편이 낫겠다. 저자의 글은 다시 이렇게 이어진다.

"결국 인간의 생명과 기계의 생명 간의 차이는 종류보다는 정도의 차이라 할 수 있으며, 종류의 차이도 부족하지는 않다. 동물이 기계보다 응급 상황에 대한 대비책을 많이 갖고 있다. 기계는 동물에 비해 다재다능하지 못해서 행동 범위가 좁다. 기계의 힘과 정확성은 고유의 분야에서는 초인적이지만 딜레마가 닥치면 형편없다. 정상적인 행동이 방해될 때 분별력을 잃고 광란에 빠진 사람처럼 상태가 악화되기도 한다. 여기에서 우리는 기계가 아직 유아기에 있어서 근육도 살도 없는 뼈대에 불과하다는 점을 또다시 인정해야 한다.

바다에 나는 굴은 어느 정도의 응급 상황에 적응하겠는가? 굴에게 닥칠 정도의 응급 상황에 적응할 뿐 그 이상은 아닐 것이다. 기계도 그렇고 인간도 마찬가지다. 적응력이 부족하기 때문에 인간에게 매일 벌어지는 응급 상황의 목록이나 기계의 목록은 거의 동일할 터이다. 기계는 매일 예상치 못한 것에 더 잘 대비한다. 지금은 증기기관과 통합된 자기 규제와 자기 적응의 능력을 갖춘 놀라운 고안물에 대해 누군가에게 검토를 맡겨보자. 그에게 증기기관이 기름을 공급하는 방식, 관리자에게 자신이 원하는 것을 나타내는 방식, 기관사에 의해 자기 힘을 적용하는 규제 방식을 주시하게 해보자. 관성과 가속도의 저장고, 플라이휠, 철로 마차의 완충 장치 등을 보게 하자. 기계를 망칠 수도 있는 응급 상황에 대비하기 위해 영원히 선택된 이런 개량품을 확인하게 하자. 그리고 인간이 자신의 상황과 스스로 준비해온 운명에 대해 깨어서 의식하지 못한다면 10만 년과 축적된 진보가 무슨 결과를 가져올지도 생각해보게 하자.*

이미 그렇게 오랫동안 인간이 눈멀었다는 점이 참담할 뿐이다. 인간 사회는 증기에 의존하면서 계속 팽창하고 확장하고 있다. 갑자기 증기의 힘이 철회되더라도 인간이 증기가 도입되기 이전 상태로 돌아가기란 힘들 것이다. 지금까지 전혀 알려지지 않은 전반적인 분열과 혼돈 상태가 도래하고, 갑자기 두 배로 늘어난 인구를 먹일 수단은 추가되지 않은 것과 다름없다. 숨 쉴 공기가 우리 동물의 삶에 필요하듯이 기계의 사용은 우리 문명에 필요하며, 그 힘에 의해 인구수가 늘어났다. 기계에게 영향을 미치고 기계를 만든 것이 인간이듯이, 인간에게 영향을 미치고 인간을 인간으로 만드는 것은 바로 기계다. 인간은 현재의 다양한 고통을 겪거나 아니면 점차 인간이 만들어낸 창조물에 의해 스스로 대체되는 것을 보는 두 가지 길 가운데 선택해야 하며, 그러다가 들짐승이 인간과 비교가 되지 않듯 인간도 기계와 비교가 되지 않을 때가 온다.

바로 여기에 인간의 위험이 존재한다. 많은 이가 그토록 불명

* 기계에 능숙한 사람들이, 그들의 활력을 인정받는 용어들을 많이 사용한다는 사실을 영국에 돌아와서 알게 되었다. 증기기관을 관리하는 이들의 표현도 교육적이며 깜짝 놀랄 만했다. 또한 거의 모든 기계에게 고유한 비결과 특이점이 있어서 자신의 운전자와 관리자를 알아보고, 낯선 사람에게는 장난을 칠 것이라는 이야기도 들었다. 기계공들이 흔히 사용하는 표현과 기계의 기민함과 기이함을 특별히 보여주는 사례를 모두 수집하는 날이 오기를 바란다. 내가 에레혼 교수의 이론을 믿어서가 아니라 이 주제에 관심이 있기 때문이다.

예스러운 미래를 묵인하는 것 같다. 그들은 인간이 기계와 맺는 관계는 말, 개와 인간과의 관계와 마찬가지이겠으나, 그럼에도 인간은 계속 존재하고, 현재의 야생적인 상태보다는 기계의 선한 지배 아래 길들여지면서 더욱 나아질 수도 있다. 인간은 자신이 길들인 동물을 대단히 친절하게 다룬다. 동물들에게 최선으로 생각되면 무엇이든 주고, 인간이 고기를 먹음으로써 동물의 행복을 빼앗기보다 오히려 증진시켰다. 이와 마찬가지로, 기계가 인간을 친절하게 사용할 것이라고 믿을 만한 근거가 있으니, 기계의 존재가 바로 인간의 존재에 크게 의존하기 때문이다. 기계는 인간을 철막대를 휘두르며 규율하겠지만 잡아먹지는 않을 것이다. 기계는 인간에게 자기 후손을 재생산하고 교육시키고 또한 하인으로서 자신에게 봉사하라고 요구할 것이다. 또한 기계를 위해 음식을 구해서 먹이고, 아프면 다시 건강하게 고쳐주고, 죽으면 묻어주거나 새로운 형태의 기계로 만들기를 요구한다.

기계의 발전을 추동하는 원동력 때문에 인간의 삶이 노예화되고 비참해질 가능성은 배제된다. 노예는 훌륭한 주인만 있으면 참을 만한 정도로 행복해하며, 혁명은 우리 시대에나 10만 년 뒤, 또는 그 열 배의 시간이 흐른 뒤에도 일어나지 않을 터이다. 그러니 머나먼 만일의 사태에 대해 불편해하는 것이 현명할까? 인간은 자신의 물질적인 관심이 관련되어 있는 한 감성적인 동물이 아니다. 감정이 넘치는 이들이라면 자신이 증기기관으로 태어나지 못한 운명을 저주하기도 하겠지만, 인류 대부분은 싼 가격에 더 좋은 음식과 옷을 주기만 한다면 묵인하고, 자신보다 더 영광스러운 운명이 있다는 이유만으로 비이성적으로 질투하는 일도 없을 것이다.

습관의 힘이란 엄청나고 워낙 점진적으로 변하기 때문에 자신에게 무엇이 닥칠까에 대한 인간의 의식이 갑자기 충격을 받게 될 일은 없다. 소리 없이 인식하지 못할 정도로 살금살금 인간은 기계에 구속되고, 인간과 기계의 욕망이 충돌할 일도 없을 것이다. 기계들끼리는 영원히 전쟁을 벌이겠지만, 그래도 인간이라는 도구를 이용해 주로 투쟁을 벌일 것이다. 사실 인간이 어떤 면에서든 기계에게 이익이 되기만 한다면, 미래에 인간이 행복할지에 대해 불안해할 필요가 없다. 인간은 열등한 종족이 될지도 모르지만 현재보다 무한히 나아질 것이다. 그런데 인간을 이용하는 수혜자를 질투하다니, 어처구니없고 비이성적이지 않은가? 또한 다른 방식으로는 얻을 수 없는 장점들을, 단순히 그것이 인간 외의 다른 존재에게 더 이득을 준다는 이유만으로 거부한다면, 인간은 완전한 우둔함이라는 죄를 갖는 셈이 아닌가?

이런 식으로 주장하는 이들에게서 나는 아무런 공통점도 찾지 못한다. 나는 태고에 내 조상이 인간이 아니었다고 믿는 두려움에 움츠러들듯, 나라는 인종이 대체되거나 초월될 수 있다고 믿는 두려움에도 움츠러든다. 10만 년 전에 내 조상 중 하나가 나와 다른 존재였다고 믿는다면, 나는 모든 자존감을 잃고 삶에 대해서도 더 이상 관심을 가질 수 없다. 내 후손에 대해서도 마찬가지이며, 다들 이런 기분을 느낄 것이다. 국가는 모든 기계적 발전을 당장 중단시키고 지난 300년간의 모든 개량품을 파괴하기를 바랄 뿐이다. 그 이상을 강요하지는 않겠다. 그 이외에 남게 되는 기계는 우리가 잘 간수할 것이다. 파괴의 범위를 200년 더 늘리면 좋겠지만 타협이 필요할 것이기에 내 개인적 신념을 희생해 300년에 만족하기로 했다. 하지만 그 이하는 부족하다."

이러한 주장의 결과로 에레혼 전역에서 기계가 파괴되었다. 여기에 응답하려는 진지한 시도가 딱 한 번 있었는데, 그 저자는 기계를 인간의 육체적 본성의 일부이며, 신체 외부에 달려 있는 팔다리에 불과한 존재로 여겨야 한다고 말했다. 그에 따르면, 인간은 기계화된 포유동물이다. 하등동물은 자기 몸에 팔다리를 붙인 채 멀리 움직이지 않지만, 인간은 팔다리가 세계 여러 곳에 여기저기 분산되어 있다. 일부는 항상 사용하도록 가까운 곳에 있고, 다른 일부는 몇백 킬로미터 떨어진 곳에 있기도 하다. 기계는 보충 역할을 하는 팔다리에 불과하다. 이것이 바로 기계의 모든 것이자 최종 목적이다. 인간은 자신의 팔다리를 기계와 다름없이 사용한다. 그래서 다리는 누가 제조하는 것보다 나은 나무 다리에 불과하다.

"삽으로 땅을 파는 사람을 보자. 그의 오른쪽 팔뚝은 인공적으로 연장되고, 연결 부위는 그의 손이 되었다. 삽의 손잡이는 위팔뼈의 끝에 달린 마디와 같고 삽의 자루는 추가된 뼈이다. 직사각형의 철판은 새로운 형태의 손이어서 원래 손은 감당하지 못하는 방식으로 주인에게 땅을 팔 수 있게 한다. 동물들이 스스로 전혀 통제하지 못하는 환경에 의해 교정된 것과는 달리, 인간은 사전숙고를 통해 자신의 키에 한 큐빗(고대에 사용되던 길이 단위의 하나. 손가락 끝에서 팔꿈치까지의 길이로 약 45센티미터—옮긴이)을 더하는 방식으로 스스로 교정시킨 뒤 문명이 인간에게 내려왔다. 시간이 지나면서 사회적이고 좋은 지위와 다정한 교우관계, 비이성의 기술, 그리고 인간을 하등동물보다 고양시키는 정신의 모든 습관 등이 수반되었다.

그리하여 문명과 기계는 각기, 또한 서로의 도움으로 나란히 발전해왔다. 태초에 우연히 막대기를 사용하게 되면서 공을 굴리게 되었고, 발전은 계속되었다. 사실 기계는 인간의 유기체가 이제 특별히 향상시키는 발전의 방식이며, 과거의 모든 발명품은 인체의 자원에 추가되는 것이라고 간주되어야 한다. 기차가 500여 명이 당장 소유할 수 있는 35킬로미터의 발에 불과하기 때문에 이런 팔다리들이 필요한 이들이 모여 철도비를 지불하는 것이다."

저자는 기계 덕분에 인간의 힘이 평등화되고 경쟁의 심각성이 줄어들었기에, 열등한 체격의 많은 사람이 자신의 열등함을 후손에게 넘길까봐 진지하게 두려워했다. 그는 현재의 압력을 제거했다가는 인간이 퇴화하고 몸 전체가 흔적기관처럼 되어서 인간은 영혼과 메커니즘뿐인 존재로서, 지성은 있지만 열정 없이 기계적 행동을 하게 될까봐 두려워했다.

그가 말한다. "우리는 현재 우리의 외부 팔다리를 활용해 얼마나 잘 살고 있는가? 우리는 계절이나 나이, 재산의 가감에 따라 우리 몸을 변화시킨다. 비가 오면 우산이라 통용되는 기관이 비치되는데, 이는 우리 옷이나 피부를 비의 해로운 영향에서 보호해주는 목적으로 고안되었다. 인간은 이제 신체 외부의 기관을 많이 소유하고 있으며, 그것들은 머리칼이나 구레나룻보다 더 중요해졌다. 인간의 기억은 그의 수첩에 적힌다. 인간은 나이가 들면서 점점 복잡해져서 시력 기계를 갖고 있거나 인공치아와 인공모발까지 생길지 모른다. 잘 발전된 인간은 바퀴와 말 두 필과 마부까지 딸린 커다란 상자도 구비하게 될 것이다."

이 저자가 바로 인간을 마력으로 구분하는 관습을 창시했다. 또한 그는 인간을 속, 종, 변종, 하위변종으로 구분하고 언제라도 사용할 수 있는 팔다리의 수에 따라 가설언어를 이용해서 명명했다. 그는 인간이 풍요로움의 절정에 다가갈수록 더욱 정교하게 구성되며, 백만장자만이 인류가 합체할 수 있는 사지를 완벽하게 구비할 수 있다고 말한다.

"이러한 강력한 조직체인 거물급 은행가와 상인들은 방방곡곡에 있는 자신과 동일한 부류의 인간들에게 단 1초 만에 의견을 전할 수 있다. 부유하고 까다로운 그들은 물질적인 장애를 모두 넘어설 수 있다. 반면 가난한 이들은 파리 날개에 달라붙는 당밀이나 모래 늪에서 빠져나오려고 고군분투하는 사람들처럼 물질로 꽉 막히고 방해받는다. 좀 더 조직화된 부류가 단숨에 먼 곳의 소리를 듣는 반면 이 멍청한 귀들은 며칠 혹은 몇 주 후에야 그 소리를 듣는다. 언제 어디든 원하는 곳에 가기 위해서 새처럼 날개가 돋아나기를 희망하지만 두 발밖에 없는 사람보다는 기차를 옆에 대기시켜두는 사람이 더 체계적이라는 말을 누가 부인하겠는가. 오래된 철학의 적, 본질적이고 필연적으로 사악한 물질matter은 여전히 가난한 자의 목에 매달려서 그의 목을 조인다. 그러나 부자들에게 물질은 실체가 없으니, 정교한 외부 신체가 그의 영혼을 자유롭게 해주었다.

이것이야말로 부자들이 자신보다 가난한 이들로부터 받는 존경의 비밀이다. 우리가 부끄러워해야 할 필요가 있는 동기에서 이러한 존경심이 나온다고 가정하는 건 대단한 착오이다. 그보다는 살아 있는 생물이 동물의 생명 범위에서 자신보다 우월하다고 인정하는 생명체들에게 보내는 당연한 존경으로, 개가 인간에게 느끼는 존중과도 유사하다. 야만적인 종족 사이에서는 총을 소유하는 것이 대단히 존경스러우며, 지금까지 모든 시대를 통틀어서 가장 가치가 있는 자는 그럴 만하다는 공감대가 존재해왔다."

저자는 이 이야기를 상당히 길게 풀어가면서 인간의 이런저런 발명에 의해 모든 왕국에서 동물과 식물의 분포에 어떤 변화를 가져왔으며, 또한 인간의 도덕적, 지성적 발전에 각기 어떤 방식으로 연관되는지 보여주려 했다. 심지어 인간의 몸을 만들고 개선하는 데 참여한 정도와 그 후 파괴에 참여하게 될 정도까지 말이다. 하지만 또 다른 저자가 그것을 가장 잘 이용했으며, 결국 지난 271년간 발견된 모든 발명품을 파괴하는 데 성공했다. 이 시기는 세탁부들이 많이 사용하던 물 짜는 도구를 살려야 되는지 여부에 대해 몇 년간 언쟁이 일어난 이후 모두가 동의한 시기로, 결국 그 도구는 위험한 기계로 규정되어 271년의 제한으로 배제되었다. 그 후 반동 내전이 일어나서 이 국가가 거의 몰락할 뻔했던 했지만, 거기까지는 내가 서술할 범위는 아니다.

동물의 권리에 대한 에레혼 예언자의 견해

앞선 장에서 보았듯이 에레혼 사람들은 온순하며 오랫동안 고통을 받아왔고, 쉽게 복종하고 논리의 신전에서 상식을 내세운다. 결국 특별한 학식으로 평판이 자자했던 한 철학자가 나타나 자신의 명성을 이용해 사람들을 이끌었고, 당대의 제도가 가장 엄밀한 도덕성의 원칙에 어긋난다는 주장을 널리 퍼뜨렸다.

지금부터 간단하게 언급할 일련의 혁명들은 후에 기계와 관련된 문제에서 자기 목을 찌르는 방식(앞서 다룬 내용이다)보다 이를 더 명백하게 보여준다. 내가 지금부터 설명하려는 두 명의 개혁자 중, 후자가 자기 방식대로, 혹은 자기 방식이라고 공언한 방식대로 밀고 나갔다면 모두 1년 내에 굶어죽었을 것이다. 다행히도, 상식이라는 존재는 천성이 어느 피조물보다 온화하지만 자기 목에 칼이 다가온다고 느끼면 뜻밖의 저항력을 펼치고, 상식을 자기 뜻대로 구속할 수 있다고 생각하는 교조적인 이들을 집어던진다. 최고의 권위자들에 따르면 다음과 같은 일이 일어났다고 한다.

약 2,500년 전 에레혼 사람들은 여전히 문명화되지 못하고 수렵이나 낚시, 원시적인 농업으로 살거나 아직 완전히 정복하지 못한 인근 몇몇 나라를 약탈하며 살았다. 학교나 철학 체계는 없었고, 얕은 지식에 의거해 서로서로 조심하며 행동했다. 그래서 대중의 상식은 아직 더럽혀지지 않았으며, 범죄와 질병에 대한 시각은 다른 나라들과 마찬가지였다.

점차 문명이 발전하고 물질적으로 풍요로워지면서 사람들은 그때까지 당연시 여겼던 것들에 의문을 품기 시작했다. 평생의 신성함으로 대단한 영향력을 행사해온 한 노신사가 있었는데, 그는 최근 그 존재가 느껴지기 시작하는 어떤 보이지 않는 힘에 의해 영감을 받았다고 전해졌다. 그 영향으로 그는 지금까지는 아무도 괴롭게 만들지 않았던 동물의 권리에 대한 문제로 고민을 하게 되었다.

모든 예언자는 어느 정도 까다로운 면모가 있지만, 이 노신사는 좀 더 유별난 편이었다. 그는 공공부조를 받아 생활했기 때문에 여유 시간이 많았고, 동물의 권리에만 관심사를 제한하지 않고 옳고 그름을 법칙으로 바꾸어 의무와 선악의 기초를 놓고 싶어 했다. 아니면 세상만사에 논리적 기초를 제시해 시간이 돈인 사람들이 아무 근거 없이 이를 받아들이도록 만들고 싶어 했다.

당연히, 의무만으로도 충분하다고 판단했던 그 기초는 오래된 관습에 젖은 사람들에게 들어갈 틈이 없었다. 그는 이런 관습들이 전부 틀렸다고 단언했으며, 누군가가 감히 이견을 말하려 들면 자신만 직접 소통할 수 있는 보이지 않는 힘에게 그 문제를 제기했고, 그 보이지 않는 힘은 언제나 그 철학자가 옳다고 인정했다. 그는 동물의 권리에 대해 이렇게 가르쳤다.

"모두 아는 대로 서로 죽이는 행위는 정말 사악하다. 오래전에 당신의 선조들은 살인 행위는 물론이고 서로의 친척을 먹는 행위에 대해 아무런 양심의 가책도 갖지 않았다. 하지만 더 이상 그 누구도 그런 혐오스러운 관습으로 복귀하지 않을 터이다. 그런 관습을 포기한 후에 우리 삶이 훨씬 행복해졌다는 평이 자자하기 때문이다. 이렇게 풍요로움이 향상된 덕분에 우리는 동료들을 죽이거나 먹어서는 안 된다는 금언을 확실하게 추론해낼 수 있다. 알다시피 나에게 영감을 주시는 높은 힘에게 문의했다가 이 결론에 논박의 여지가 없다는 확답을 받았다.

양과 소, 사슴, 새, 물고기 모두 우리의 동료 피조물이라는 사실을 부인할 수 없다. 그들은 어느 면에서는 우리와 다르지만, 그 다른 점들은 많지 않고 부수적일 뿐이다. 반면 그들과 우리의 공통점은 많고 본질적이다. 친구들이여, 우리가 동료 인간을 죽이고 먹는 것이 잘못이라면 물고기나 동물의 살, 가금류를 먹는 것도 잘못이다. 인간이 이웃에게 괴롭힘을 당하지 않고 살 권리가 있듯이 새와 짐승, 물고기도 인간에게 괴롭힘을 당하지 않고 살 권리가 있다. 이는 내 말이 아니라 나에게 영감을 주시는 그 높은 힘의 말임을 다시 밝힌다."

그의 말은 계속된다. "동물이 서로 괴롭히고 일부는 인간까지 괴롭힌다는 건 인정하지만, 우리가 하등동물의 행동을 규범으로 삼아야 한다고 배운 바는 없다. 그보다는 그들을 교육시키고 더 나은 정신을 갖도록 교화해야 한다. 예를 들어, 인간의 살을 먹은 호랑이를 죽이는 것은 우리를 호랑이의 수준으로 환원시키며, 지고의 원칙에 의해 인도되고자 하는 이들에게는 가치가 없는 일이다.

이 중에서 오직 나에게만 홀로 모습을 드러내시는 보이지 않는 힘께서 여러분이 조상의 야만적인 관습에서 벗어나야 한다고 나에게 말씀하셨다. 여러분의 생각대로 여러분이 그들보다 현명하다면 더 현명하게 행동해야 한다. 그래서 먹기 위한 목적으로 그 어떤 살아 있는 생물도 죽여서는 안 된다고 그분은 명령하신다. 여러분은 자연사했거나 조산으로 태어났거나 너무나 기형이라 그 고통을 줄여주는 편이 은총이 되는 새나 짐승, 물고기의 살만 취할 수 있다. 또한 자살한 동물은 무엇이나 괜찮다. 식물의 경우는, 여러분에게 벌을 주지 않고 먹게 해주는 것들은 전부 먹어도 좋다."

그 늙은 예언자는 현명하고 유려하게 주장을 펼쳤고, 또한 자신에게 복종하지 않는 이에게는 무시무시한 협박을 했다. 교육을 많이 받은 이들을 먼저 설득시켰고, 그러자 곧 가난한 이들도 따랐다. 그는 자신의 원칙이 승리하는 것을 보고 선조들이 있는 하늘

나라로 불려갔다. 그가 그동안 확실하게 누렸던 그 보이지 않는 힘과 완전한 교제를 나누었음이 분명하다.

그가 죽고 얼마 후에 열정적인 제자 일부가 스승의 교시를 발전시키기로 결심했다. 그 늙은 예언자가 계란과 우유의 사용을 허용한 반면 그의 제자들은 계란을 먹는 것은 잠재적인 닭을 파괴하는 행위이며 살아 있는 닭을 죽이는 것과 마찬가지라고 판단했다. 상한 계란은 너무 오래되어서 도저히 부화할 수 없다고 확인될 경우 마지못해 허용되었다. 그러나 판매용으로 제공된 모든 계란은 검사관에게 제출되어야 했으며, 검시관은 썩었다는 데 만족해서 날짜가 어찌되었건 '3달 전에 산란됨'이라고 표시했다. 이런 계란은 푸딩이나 긴급하게 필요한 경우 구토제로만 사용되었다고 굳이 언급할 필요도 없겠다. 우유를 얻는 과정도 소에게 필요한 자양분을 강탈해서 생명을 위협하므로 우유 섭취도 금지되었다.

사람들은 처음에는 이 새로운 규칙들을 겉으로는 준수하는 척했지만 그동안 익숙하던 고기 요리를 비밀스럽게 탐닉할 기회만 있으면 절대 놓치지 않는 이들이 많았다. 다소 의심스러운 상황에서 수많은 동물이 끊임없이 자연사했다. 그때까지 당나귀에게만 국한되었던 자살 광풍이 다시 일어나 놀랄 정도로 만연하더니 가장 자존감이 있었던 양과 소까지 퍼져나갔다. 놀랍게도 이 불운한 동물들은 푸주한의 칼 냄새를 맡았다가 푸주한이 제때에 다가오지 못하기라도 하면 당장 그 칼을 향해 돌진했다.

그동안은 길들여진 가금류나 토끼, 새끼 돼지, 양 등을 상대로 꽤 법을 지키는 편이었던 개들도 갑자기 주인의 통제를 벗어나더니 건드리지 말라는 명령을 받은 동물들을 죽이기 시작했다. 죽이는 것이 개의 본성이라 개가 죽인 동물은 자연사했다고 간주되었다. 지금까지 개는 본성을 길들여왔기에 농장의 동물들을 해치지 않았다. 불행히도 제멋대로인 성향이 커지면 커질수록 사람들은 개를 유혹시킬 만한 동물을 기꺼이 키우는 쪽으로 변해갔다. 사실 그들이 고의적으로 법을 이용한다는 점에는 의심의 여지가 거의 없었으나 어쨌건 간에 그들은 자기 개가 죽인 동물을 내다 팔거나 먹어치웠다.

대형 동물의 경우는 피하기가 더 어려웠다. 치안 판사가 자살로 추정되어 자신 앞에 놓인 돼지와 양, 소를 전부 간과할 수는 없었기 때문이다. 가끔 유죄 판결도 내려야 했으며, 일부 유죄 판결은 대단히 무시무시한 효과를 가져왔다. 개가 죽인 동물의 경우 개의 이빨 자국이 제시되어야 했다. 하지만 개주인의 악의를 입증하기는 실제적으로 불가능했다.

범법에 대한 또 다른 풍부한 자료가 한 판사의 판결로 알려졌고, 이는 늙은 예언자의 좀 더 열정적인 제자들 사이에서 상당히 격렬한 반응을 일으켰다. 그 판사는 자기방어라면 어떤 동물을 죽여도 합법적이며 자신이 공격당하는 것을 알아챘을 경우 너무나 당연한 행동이기 때문에, 공격한 동물은 자연사로 간주되어야 한다고 주장했다. 이 판결이 대중에게 알려지자마자 그때까지 무해하던 수많은 동물이 갑가지 맹렬하게 주인을 공격해서 자연사를 시켜야만 했으므로 고등 채식주의자들은 크게 놀라지 않을 수 없었다. 그래서 죽은 송아지나 새끼 양, 새끼 염소가 자기방어로 죽임을 당했다고 검사관의 표지를 달고 판매대에 오르는 경우가 빈번해졌다. 때로는 죽은 새끼 양이나 새끼 염소가 최소한 한 달 정도는 살았던 것으로 보이는데도 '사산 보증서'를 달고 판매되기도 했다.

말 그대로 자연사한 동물의 경우는 사람들이 그 죽은 살을 확보하기 전에 이미 다른 동물이 먹어치우기 때문에 먹어도 좋다는 허가를 낼 필요가 없었다. 기회를 다른 동물이 채갈 경우 사람들은 기분이 지독히 나빠졌다. 그래서 사람들은 위에서 언급된 방법으로 법을 피하거나 아니면 채식주의자가 되는 도리밖에 없었다. 그러나 이 마지막 대안은 에레혼 사람들의 취향과 너무 동떨어졌고, 결국 동물 도살 금지법은 곧 사라질 지경으로 보일 정도였으나, 악성 전염병이 돌자 사제와 예언자들은 금지된 고기를 먹는 범법행위 때문에 병이 창궐하게 되었다고 강조했다. 그 결과 엄격한 법령이 통과되고 고기는 전면 금지되었으며 가게와 시장에서는 곡물과 과일, 야채 판매만 허용되었다. 동물의 권리에 대해 처음으로 사람들의 마음을 흔들었던 늙은 예언자가 죽고 약 200년 뒤 이런 법령이 제정되었으나 법령이 통과되자마자 사람들을 다시 법을 위반하기 시작했다.

내가 들은 바에 의하면 법을 지키면 고기를 맛보지 못하고 살아야 한다는 점이 이 어처구니없는 사태의 가장 고통스러운 결과는 아니었다고 한다. 실은 많은 국가에서 이런 일이 시행되고 있지만 더 악화되지 않았으며, 이탈리아나 스페인, 그리스처럼 육류를 섭취하는 나라에서도 가난한 이들은 1년 내내 고기를 거의 먹지 못하는 실정이다. 그보다는 이 부당한 금지가 규칙으로서 양심을 존중해야 하지만 동시에 골칫거리가 될 수 있음을 이미 간파한 영리한 사람들을 제외한 사람들의 양심을 괴롭혔다는 점이 가장 큰 비극이었다. 각성된 개인의 양심은 종종 서둘러 더 좋은 일을 찾아 하게 마련이지만, 은밀하게 보이지 않는 힘을 갖고 있던 명망 있는 노신사에 의해 각성된 한 나라의 양심은 맹렬히 지옥으로 가는 길을 택했다.

청년들은 그들의 아버지가 몇백 년 동안 무사히 해왔던 일을 하면 죄가 된다고 들었다. 더욱이 고기 섭취가 극악한 짓이라고 설파하는 이들은 매력이라고는 찾아볼 수 없는 학자들이었고, 그들은 대담한 청년들을 제외하고 모두를 위압하긴 했어도 진심으로 그들을 싫어하지 않는 이가 거의 없었다. 아무리 가려졌더라도 청년들은 세상 사람들이(절제를 설교한 예언자들보다 나은 경우가 허다했다) 새로운 교조적 법에 대해 냉소적이며, 공개적으로는 못하더라도 비밀리에 법을 내팽개친다는 사실을 알게 되었다. 결국 학생들 가운데 좀 더 인간적인 이들은 만지지도 먹지도 건들지도 말라는 지배자들의 계율에 분노하는 동시에, 주저 않고 받아들였을 다른 일들에 대해서도 의혹을 품게 되었다.

전도유망하고 성격도 온화하지만 두뇌보다는 양심이 더 발달한 저주를 받은 한 청년의 슬픈 이야기가 전해진다. 그는 주치의로부터 법과 상관없이 고기를 섭취하라는 권고를 들었다(앞에서 언급한 대로 아직은 질병이 범죄로 간주되지 않았다). 청년은 크게 충격을 받았고 얼마간은 부당해 보이는 주치의의 지시를 따르지 않으려 했다. 하지만 몸이 점점 쇠약해지자 야심한 밤에 몰래 고기를 파는 소굴에 가서 최상급 스테이크 500그램을 사왔다. 그는 고기를 집으로 가져와서 식구들이 모두 잠들었을 때 혼자 방에서 요리해 먹었고 양심의 가책과 수치심으로 제대로 잠을 이루지 못했다. 다음 날 아침에는 몸이 훨씬 좋아졌지만 정작 본인은 잘 알아채지 못했다.

며칠 후 그는 자기도 모르게 다시 그 소굴에 이끌려서 스테이크 500그램을 사서 다시 요리해 먹었고, 얼마 뒤 또 찾아갔다. 정신적으로는 고문을 받았지만 다음 날 아침이면 다른 사람처럼 개운했다. 이야기를 요약하자면 그 청년은 절제의 범위를 넘어서지는 않았지만 자신이 상습적인 위반자의 반열에 들어섰다는 생각에 괴로워했다.

그동안 건강은 점차 좋아졌고, 그는 비프스테이크 덕택이라고 확신하면서도 건강이 좋아질수록 양심의 가책이 심해졌다. 그의 귓전에서 끊임없이 두 개의 목소리가 울렸다. 한 목소리는 이렇게 말했다. "나는 상식이고 자연이지. 내 말을 들으면 네 앞의 선조들을 보상해준 것처럼 너도 보상해줄게." 다른 목소리는 이렇게 말했다. "그럴싸해 보이는 영혼에게 유혹당해서 파멸의 길로 가지 마. 나는 의무야. 내 말을 들으면 네 앞의 선조들을 내가 보상해준 것처럼 너도 보상해줄게."

가끔씩은 이 목소리들의 얼굴까지 보이는 것 같았다. 상식은 아주 편안하고 다정하며 평화롭고 솔직하고 용감해서 그가 무슨 일을 하더라도 상식을 믿을 수 있었다. 하지만 그가 상식을 따르려고 할 때마다 의무라는 이름의 근엄한 얼굴이 저지하고 나섰다. 의무는 심각하면서도 친절했다. 경쟁자를 따라가려 할 때 실망하며 고개를 돌리는 의무의 모습을 보기가 그로서는 괴로웠다.

그 가엾은 청년은 자기 동료들 가운데 더 나은 부류를 떠올리고 그들이 행동하리라 여겨지는 대로 따라 하려고 노력했다. 그는 "그들이 비프스테이크를 먹는다고? 절대 아니지"라고 혼잣말도 했다. 사실 그들 대부분은 양갈비가 유혹하는 경우가 아니라면 가끔씩 비프스테이크를 먹곤 했다. 그들 역시 그처럼 그를 모델로 삼아 "그 친구가 양고기를 먹는다고? 절대 아니지"라고 혼잣말을 했다. 어느 날 밤에는 범법자를 찾아 헤매는 관계자 한 명이 그의 뒤를 밟았고, 그는 양고기를 몸에 숨긴 채 소굴에서 나오다가 붙잡혔다. 이 일로 인해 감옥에 갇히지는 않았지만 유망하던 그의 미래는 곤두박질쳤고, 그는 집에 가자마자 목을 맸다.

식물의 권리에 대한 에레혼 철학자의 견해

이처럼 불행한 이야기는 그만하고 에레혼 사람들 대부분의 사례로 돌아가보자. 몰래 고기를 먹은 사람들을 처벌하는 법을 아무리 만들고 강화해도 사람들은 법이 만들어지자마자 무효화시키는 방법을 찾아냈다. 사실 이런 법들은 거의 구닥다리가 되기는 했지만, 그렇다고 법이 폐지될 지경에 이르면 국가적 재난이나 또는 열광적인 설교로 인해 국가적으로 주의를 환기하게 되었으며, 그때마다 불법으로 육류를 판매하고 구입한 혐의로 수천 명이 투옥되곤 했다.

늙은 예언자가 죽고 600~700년 지난 뒤 한 철학자가 등장했다. 그는 보이지 않는 힘과 소통한다고 대놓고 주장하지는 않았지만, 그런 힘에 영감을 받은 사람처럼 이런 법에 확신을 더했다. 이 철학자가 실은 자신이 설파하던 가르침을 위반하며 몰래 고기를 먹은 적이 많고, 에레혼의 청교도들이 참을 수 있는 정도 이상으로 육류 섭취 금지법을 어리석은 짓이라 몰아세우는 것 외에는 다른 목표가 없었다고 많은 이가 생각한다.

이렇게 생각하는 이들은 철학자가 죄악이라고 주장하는 입법화를 국가로 하여금 진행하도록 하는 것이 얼마나 불가능한지 알고 있었다. 그는 사람들에게 유죄 판결을 내리거나 사형을 언도하지 않는다면, 양을 도살해서 고기를 먹는 것이 사악한 짓이 아니라고 설득하기란 얼마나 절망적으로 힘든 일인지도 잘 알고 있었다. 그래서 그는 지금부터 내가 소개하려고 하는 말도 안 되는 제안을 하게 되었다고 전해온다.

그는 늙은 예언자에게 깊은 존경을 표하며 이야기를 시작했다. 예언자는 동물의 권리를 옹호하면서 국가의 성격을 온화하게 변모시키는 데 크게 공헌했으며, 전반적으로 생명의 고귀함을 널리 확대시켰다. 그러나 그는 이제 시대가 많이 변했다는 사실도 강조했다. 국가적으로 필요하던 교훈은 충분히 퍼졌지만 식물에 관해서는 전에 의심받지 않은 새로운 것들이 많이 알려졌으며, 지금까지 국가적 번영의 비밀이 되었던 지고의 도덕적 원칙을 고수하려면 식물에 대해서도 근본적인 태도 변화가 있어야만 했다.

전에 의심받지 않던 새로운 것들이 이제 많이 알려졌다는 그의 주장은 사실이었다. 외세의 침략도 없는 데다가 국민들은 기지가 있고 자연의 신비를 탐구하고자 하는 성향이 있었기에, 기술과 과학은 모든 분야에서 놀라운 성장을 이루었다. 나는 에레혼 박물관에서 성능이 뛰어난 현미경을 본 적이 있는데, 관련자들에 따르면 지금 내가 이야기하는 철학자의 시대에 만들어진 것이며, 철학자가 실제로 사용한 도구라는 이야기도 있다.

그 철학자는 당시 에레혼의 가장 주된 학문이었던 식물학의 교수였고, 지금까지 보존된 현미경이나 다른 수단을 통해 이제는 널리 받아들여지는 주장에까지 도달했다. 말하자면, 동물과 식물은 조상이 같기 때문에 동물과 마찬가지로 식물도 살아 있는 존재로 간주되어야 한다는 것이다. 그는 동물과 식물이 사촌지간이며, 사람들이 동물계와 식물계라는 비이성적이고 임의적인 구분을 하지 않았더라면 진작 사촌지간으로 보였을 거라고 말했다.

그는 떡갈나무나 포도나무, 장미, 또는 (각자 익숙한 환경이 주어진다면) 쥐나 코끼리, 인간으로 발달할 배아에 육안이나 그 외 검사로 인식할 만한 차이가 없다고 선언하고 입증했으며, 이 주제에 대해 의견을 낼 수 있는 사람들은 모두 그의 주장에 만족했다.

그는 모든 배아의 발달은 그것이 물려받고 한때 정체성을 이루었던 배아들의 관습을 따른다고 선언했다. 만약 어떤 배아가 조상이 놓여 있던 배아들과 같은 선상에 놓이게 되면 선조처럼 행동하고 동일한 종류의 유기체로 자랄 것이다. 만약 환경이 약간 달라지면 배아는 발달을 교정하기 위해 변화할 것이다(성공하거나 못할 수도 있다). 만약 환경이 급격하게 다르다면 자기 적응의 노력도

하지 못하고 죽을 것이다. 식물과 동물의 배아 모두 동일하게 이런 현상이 일어난다는 것이 그의 주장이었다.

그는 동물의 발달과 식물의 발달 모두 지능과 결합시켰다. 지능은, 소비된 결과 무의식적인 지능과 아직 소비되지 않아서 의식적인 지능으로 나뉜다. 또한 그는 모든 식물이 관습적인 환경에 적응하는 방식을 지적하면서, 식물이라는 생명에 대한 자신의 이론을 관철시켰다. 얼핏 보면 식물의 지능이 동물과 유형적으로 달라 보인다. 그러나 자신을 소유한 유기체에게 필수적인 문제에만 전념하고 그 외 다른 것에는 전혀 집중하지 않는다는 본질적인 면에서 둘은 마찬가지다. 이 점이야말로 생명체가 지능의 증거로 내세울 수 있는 대단한 증거라고 그는 주장했다.

다음은 그의 말이다. "식물은 인간사에 전혀 관심을 보이지 않는다. 인간은 장미에게 5 곱하기 7이 35라는 사실을 절대로 이해시키지 못할 것이며, 떡갈나무에게 주가의 파동에 대해 아무리 설명해도 소용이 없다. 그래서 인간은 떡갈나무와 장미에게 지능이 없다고 말하며, 그것들이 인간의 일을 이해하지 못한다는 사실을 간파하고는 자신의 일도 이해하지 못하리라 결론을 내린다. 그러나 이런 식으로 말하는 생물체가 지능에 대해 무엇을 알겠는가? 어느 존재가 더 대단한 지능의 징후를 보여주겠는가? 인간인가, 장미인가, 아니면 떡갈나무인가?

또한 식물이 인간의 일을 이해하지 못하니 멍청하다고 하는 인간은 본인이 식물의 일을 이해한다는 주장을 어떻게 증명할 수 있겠는가? 장미나무에서 생겨난 하나의 씨앗이 흙과 공기와 온기와 물을 활짝 피어난 장미꽃으로 바꾸는 방식을 인간은 조금이라도 이해할 수 있겠는가? 장미는 어디에서 그 색을 얻는가? 흙과 공기 등에서? 그렇다. 하지만 어떻게? 뭐라 묘사할 수 없을 정도의 질감을 지닌 꽃잎과 어린아이의 뺨보다 아름다운 빛, 또 그 향기는 또 어떤가? 흙과 공기와 물을 보라. 이것들은 장미가 함께 작업해야 하는 원료들이다. 장미가 진흙을 장미 잎으로 변화시키는 연금술 같은 과정에서 스스로 지능이 부족하다 표현하는가? 어떤 화학자가 이와 비교될 만한 일이라도 할 수 있겠는가? 왜 아무도 시도하지 않겠는가? 인간의 지능이 그 임무에 적합하지 않다는 사실을 모두 알기 때문이다. 인간은 포기한다. 그것은 장미가 할 일이다. 장미에게 그 일을 하게 하라. 인간이 장미가 일구어낸 기적과 무심하게 일하는 방식을 이해하지 못한다는 이유로 장미는 지능이 없다고 회자된다.

식물이 적에게서 스스로를 보호하려고 어떤 수고를 하는지 보자. 식물은 할퀴거나 베고 찌르고 고약한 냄새를 풍기고 무시무시한 독(어떻게 만들어내는지는 아무도 모른다)을 내뿜으며, 소중한 씨앗을 고슴도치의 가시처럼 보호하고, 불길한 자태를 이용해서 예민한 신경 체제를 가진 곤충을 놀라게 하고, 스스로를 숨기며 손이 닿지 못할 곳에서 자라고, 천연덕스러운 거짓말로 가장 예민한 적까지 속여 넘긴다.

식물은 끈끈이가 묻은 덫으로 곤충을 잡아서 잎으로 만든 주둥이 안에 빠뜨리고 물을 채운다. 어떤 식물은 직접 덫으로 변했다가 어떤 곤충이라도 그 위에 앉으면 잎을 오므린다. 또 어떤 식물은 꿀을 엄청나게 약탈하는 파리 모양의 꽃을 피우기 때문에 진짜 파리가 왔다가도 그 꽃에 이미 임자가 있다고 생각하고 다른 데로 가버린다. 어떤 식물은 너무 영리한 나머지 서양 고추냉이처럼 땅속의 적에게서 자신을 보호하려고 신랄한 맛을 만들었다가 결국 식용으로 뽑혀나간다. 한편 곤충이 도움이 된다고 여겨진다면 얼마나 예쁘게 스스로 단장하는지 모른다.

자신이 하고 싶은 바를 어떻게 하는지 알고 반복하는 행위가 이성적이 아니라면 도대체 무엇이 지성적인가? 장미 씨앗은 스스로가 장미 덤불로 자라기를 바라지 않는다고 말하는 이도 있다. 그렇다면 이성적인 모든 것의 이름을 걸고, 그것은 도대체 왜 덤불과 함께 자라겠는가? 장미 씨앗이 자신에게 행동으로 촉구하는 욕구에 대해 모른다고 할 수도 있겠다. 그런데 인간의 배아가 스스로 아기로 자라고 싶어 한다거나 아기에서 어른으로 되고 싶어 한다고 가정할 만한 근거가 우리에게는 없다. 지금까지 그 무엇도 자신이 무엇을 원한다거나 그러한 욕구를 안다는 신호를 보내지 않더라도, 자신이 무엇을 원하며 원하는 것을 어떻게 얻는지를 확실히 안다는 사실은 더 이상 질문할 여지없이 확고하다. 살아 있는 생물체가 자신이 무엇을 하는지 인식하고 있다는 신호를 외부에 덜 표하더라도, 그런 일을 할 뿐만 아니라 계속해서 잘 수행한다면, 실제로 자신의 행위에 대해 잘 알고 있는 것이며, 과거에도 이미 무한히 그렇게 해왔다는 더 확실한 증거가 되는 셈이다."

그의 말은 계속된다.

"어떤 사람은 '과거에도 무한히 해왔다는 게 무슨 뜻인가? 과거에 장미 씨앗이 장미 덤불이 된 적이 언제였는가?'라고 질문할 수도 있다. 나는 이 질문에 다른 질문으로 답한다. '장미 씨앗이 자신에게서 자라난 장미 덤불의 정체성의 일부가 된 적이 있었는가? 누가 그렇지 않다고 말할 수 있겠는가?' 내가 다시 묻는다. '이 장미 덤불에 우리가 개인의 정체성이라 여기는 그 연계성과 그 근원이 되는 씨앗이 연계된 적이 있는가?' 그렇지 않다고 누가 말할 수 있겠는가?

만약 장미 씨앗 2호가 그 부모인 장미 덤불의 성질의 연속이며, 그 장미 덤불이 그것이 자라난 장미 씨앗의 성질의 연속이라면, 장미 씨앗 2호는 이미 그 이전 장미 씨앗의 성질의 연속이어야 한다. 그리고 이 장미 씨앗은 반드시 이전 장미 씨앗의 성질의 연속이어야 하며, 이 과정은 무한하게 이어진다. 그러므로 현존하는 장미 씨앗과 장미 씨앗이라고 불릴 수 있는 이전의 장미 씨앗 간의 연속되는 성질을 부인하기란 불가능하다.

우리를 반대하는 사람들에게 돌려줄 반론은 멀지 않은 곳에서 찾을 수 있다. 장미 씨앗은 현재 그 조상의 모습으로 과거에 존재했고, 그 조상과는 밀접하게 연결되어 있어서, 그 조상이 무엇을 했는지 기억할 수도 있다. 각 발달 단계는 이전 단계에서 택해졌던 과정을 기억하고, 발달은 워낙 자주 반복되므로 모든 의심은 (이와 더불어 모든 행동의 의식도) 유예된다.

반대자가 이런 질문을 할 수도 있다. '연속되는 세대들 간의 연계가 이토록 근접하고 가깝고 끊어지지 않는다면 각자가 과거에 조상의 형태로 무엇을 했는지 기억할 수도 있겠다. 그런데 그들이 실제로 기억하고 있다고 당신이 어떻게 입증하겠는가?'

다음은 내 대답이다. '각 세대가 취하는 행동, 우리가 보통 기억과 연계하는 모든 현상을 반복하는 행동(기억에 의해 이끌렸다는 가정 아래 설명 가능하다)과 연속되는 세대 간에 상주하는 기억이 있다는 전제 말고는 그 어떤 이론으로도 지금까지 또 앞으로도 설명되지 않을 것이다.'

우리가 이해할 수 있는 행동을 하며, 계속 형용할 수 없을 정도로 어렵고 복잡한 행동을 반복하면서 항상 성공하지만, 어떻게 하는지는 모르고, 전에는 그런 행위들을 해본 적이 없는 생물의 사례를 누가 들 수 있겠는가? 나에게 그런 사례를 보여준다면 더 이상 아무 말하지 않겠다. 하지만 그 전까지는 내가 볼 수 없는 곳에서도 우리가 이해할 수 있는 범위 내에서 동일한 법칙에 의해 통제되는 행동만 신뢰할 것이다. 그 일련의 과정을 관통하는 기술은 완벽해지자마자 무의식적이 될 것이다. 그러므로 장미 씨앗이나 배아가 스스로 무엇을 하는지 안다는 신호를 보여줄 것이라고 기대해서는 안 된다. 만약 그들이 그런 신호를 보여준다면 그들이 자신이 무엇을 원하는지, 또 어떤 행위를 하면 되는지 안다는 사실은 좀 더 이성적으로 의심될 터이다."

23장의 일부는 방금 인용한 글에서 분명하게 영감을 받았다. 이 주제와 관련된 초기 문헌 다수를 편집했던 한 교수가 보여준 재판본을 읽다가 나는, 우리 주님이 제자들에게 들의 백합은 수고하지도 길쌈하지도 않는데 그 꽃잎이 솔로몬의 영광보다 뛰어나다고 말하셨던 것을 떠올리게 되었다.

수고하지도 길쌈하지도 않는다고? 과연 그럴까? 수고하지 않는다고? 그럴지도 모른다. 절차가 너무 잘 알려져서 더 이상 의문을 품을 필요가 없을 테니까. 하지만 백합이 이 문제에 있어서 아무 수고도 하지 않고 자신을 그토록 아름답게 가꾸게 되었을 것 같지는 않다. 길쌈하지도 않는다고? 물레로 길쌈을 하지는 않겠지만 꽃잎에도 섬유가 존재하지 않는가?백합은 수고하지도 길쌈하지도 않는다는 우리의 대화를 들으면 들판의 백합은 뭐라고 대꾸할까? 솔로몬의 글에 등장하는 겸손함에 대한 설교를 인용하면서 이렇게 대답할 것이다. '솔로몬은 그 모든 영광에서 수고하지도 길쌈하지도 않는다.' 그러면 우리는 백합이 스스로 이해하지 못하는 것에 대해 말하고 있으며, 솔로몬이 수고하지도 길쌈하지도 않지만 수고와 길쌈이 충분히 들어간 후에야 그토록 아름다운 영광을 누리게 되었다고 대꾸할 것이다.

다시 교수의 이야기로 돌아가보자. 나는 식물은 또 다른 이름의 동물이라는 것을 보여주기 위해 그가 벌였던 주장의 전반적인 취지에 대해 충분히 말했지만 그가 대중 앞에서 얼마나 심도 깊게 자신의 주장을 펼쳤는지는 말하지 못했다. 동물을 도살하고 먹는 것이 죄가 된다면 식물이나 식물의 씨앗에게 그러는 것도 역시 죄라는 것이 그가 내렸던, 혹은 내리려는 척했던 결론이다. 식물이나 그 씨앗은 절대로 먹어서는 안 되며, 자연사한 식물, 이를테면 바닥에 떨어졌거나 곧 썩어문드러질 과일, 또는 늦가을에 누렇게 변한 양배추만이 예외이다. 이런 것들과 다른 쓰레기 같은 것만이 분명한 양심을 갖고 먹어도 되는 음식이라고 그는 선언한다. 더욱이 사람은 혹시 먹었을지도 모르는 사과나 배의 씨, 또는 자두 씨, 체리 씨 등을 땅에 심어야지, 그렇지 못하면 유아 살해를 저지르는 셈이다. 곡물의 씨앗도 절대 먹어서는 안 되는데, 씨앗 하나하나가 살아 있는 영혼이어서 인간이 평화로운 영혼을 소유할 권리가 있는 것과 동일한 권리를 갖는다.

피할 방법도 없는 논리의 총검으로 동료 국민을 한구석으로 몰아넣은 후에 그는 신탁의 사제에게 꼭 질문을 던져야 한다고 제안했다. 그 신탁은 국민 전체가 가장 신뢰하는 곳이자 특별히 혼란스러운 시대에 항상 구원이 되어주었다. 철학자의 가까운 친척 중

하나가 신탁을 내리는 여사제의 시녀라는 소문이 돌았고, 청교도당은 기이할 정도로 명백한 신탁의 응답이 은밀한 영향력의 결과라고 선언했다. 이런 선언이 맞건 아니건 간에 내가 번역한 응답 내용은 바로 다음이다.

어떤 죄라도 저지르는 사람은
그가 해야 하는 이상으로 죄를 저지른다.
하지만 아무 죄도 저지르지 않는 사람은
배워야 할 것이 많다.
이기거나 지거나
먹거나 먹히거나
죽임을 당하거나 죽이거나
원하는 것을 고르라.

어쨌든 이 응답이 인간의 음식으로 요구되는 식물의 생명을 파괴하는 것을 허락했다는 점은 분명했다. 또한 그 철학자는 식물에게 적용되는 바는 동물에게도 마찬가지라는 점을 강력하게 보여주었기 때문에 청교도당의 극심한 반대에도 불구하고 육류 섭취를 금지하는 법은 다수에 의해 폐지되었다. 수백 년간 철학의 광야에서 헤매던 이 나라에 오랜만에 상식이 도래했다. 사과와 누런 양배추 잎으로 만든 잼으로 버텨보려고 애써 시도해보던 청교도당조차 불가피한 상황 속에서 로스트비프와 양고기는 물론이고 근대적인 식탁의 일상적인 다른 음식물에 무너졌다.

늙은 예언자가 주도했던 무도회와 식물학 교수가 진지하면서도 은밀하게 주도하려고 했던 광란의 무도회 때문에, 에레혼 사람들이 오랫동안 예언자들을 (자신이 보이지 않는 힘과 소통한다고 선언했건 아니건) 의심했을 거라고 추정해볼 수도 있겠다. 그러나 자신이 안다고 말하는 것을 실제로 알고 있다고 믿고, 따라서 스스로 생각하는 수고도 덜 수 있겠다고 믿고 싶은 인간의 욕망은 너무나 뿌리 깊은 것이었다. 결국 소위 철학자나 까다로운 인물들이 단기간에 더욱 권력을 갖게 되었고 그들은 어처구니없는 인생관으로 사람들을 점차 오도하게 되었는데, 그중 일부가 앞에서 언급한 내용들이다. 본능으로 고쳐지지 않는 이성은 이성으로 고쳐지지 않은 본능만큼이나 나쁘다는 사실을 에레혼 사람들이 이해하고 나서야, 비로소 나는 그들에게서 희망을 찾아볼 수 있었다.

탈출

앞의 다섯 장에서 발췌본을 해석하느라 분주하긴 했어도 아로헤나와 도주할 준비 역시 꾸준히 해두고 있었다. 음악은행의 한 은행원으로부터 내가 곧 형사법정으로 기소될 예정인데, 표면적인 이유는 홍역 때문이지만 실제로는 시계를 소유했으며 기계의 재도입을 시도했기 때문이라는 소식을 들었다. 이제, 도주할 때가 되었다.

내 죄목이 어째서 홍역이냐고 묻자, 만약 티푸스나 천연두였다면 정상 참작이 될 만한 사유가 있으므로 배심원들이 유죄 판결을 내리지 못할 수도 있어서 그런 것이라는 대답이 돌아왔다. 그러나 홍역인 경우라면 평결이 내려질 터인데, 내 연배면 홍역이 충분한 처벌의 근거가 되기 때문이다. 왕의 심경에 예상치 못한 변화가 찾아오지 않는 한, 나는 며칠 뒤면 크게 한 방 먹을 상황이었다.

나는 아로헤나와 함께 열기구 풍선을 타고 도주하려는 계획을 세웠다. 독자가 내 이야기를 믿지 못할 수도 있지만, 어느 때보다 사실 그대로 전달하려고 노력했다. 오로지 독자의 너그러운 마음을 바랄 뿐이다.

이미 왕비를 알현하면서 호기심을 자극시켜 나를 위해 열기구 풍선을 제작하고 공기를 채워주겠다는 약속까지 받아낸 바 있었다. 왕비에게는 복잡한 기계류가 전혀 필요하지 않다고 말해두었다. 기름을 먹인 대량의 실크와 기구에 부착하는 바구니, 밧줄, 가벼운 종류의 기체면 충분했다. 고대인들이 사용했던 기술에 능통한 당대 지식 전문가들이 왕비의 시종들에게 가벼운 기체를 만드는 방법을 쉽게 알려주었다. 왕비는 인간이 하늘로 올라가는 신기한 광경을 보고 싶은 열망이 워낙 큰 나머지, 마음 한구석을 찔렀을지도 모르는 양심의 가책마저 감수하고 일을 진행했다. 왕비는 왕의 허락을 받기도 전에 이미 전문가들을 불러서 자기 시종들에게 가스 만드는 법을 알려주게 했고, 시녀들에게 많은 양의 실크를 구입해서 기름을 먹이게 했다(내가 열기구는 아주 커야 한다고 단호하게 주장했기 때문이다). 내가 곧 기소될 것이라는 소식을 듣고 왕비는 그제야 왕의 허락을 받아내기로 했다.

나로 말하자면 당연히 열기구에 대해 아는 바가 전혀 없었고, 아로헤나를 열기구에 몰래 태우는 방법조차도 몰랐다. 하지만 에레혼에서 도망칠 수 있는 다른 방도가 없었기에, 막다른 골목에서

꾀를 내어서 왕비의 시종들이 제대로 작업할 수 있도록 준비해두었다. 그동안 왕비의 마차 제작자들이 열기구에 매달 바구니를 만들기 시작했는데, 제대로 부착하기가 정말 힘들었다. 현장 감독이 총명함을 발휘해서 열과 성을 다해주고, 내가 미처 알아내지 못했던 요소들마저 예측하고 대비해주지 못했더라면 나는 분명 실패했을 것이다.

에레혼은 가뭄이 워낙 오래 이어져 사람들은 하늘의 신을 모시는 사원에서 기도도 드렸으나 아무 소용이 없었다. 나는 처음에 왕비에게 열기구가 필요하다고 말할 때 하늘로 올라가서 신과 직접 만나 설득할 계획이라고도 덧붙였다. 내가 했던 제안은 거의 우상숭배와 다름없었으나 지금까지 오랜 세월 뉘우치고 회개해왔으며, 다시는 비슷한 죄를 또 지을 것 같지는 않다. 더욱이 심각한 속임수이기는 했지만, 이는 결국 모든 에레혼 사람을 개종시키는 방향으로 나아갔을 터이다.

왕비로부터 나에 대한 이야기를 들은 왕은 처음에는 무시하고 거부하려고 했다. 그러나 왕 역시 아내의 말을 잘 듣는 남편이라서 결국 허가를 내렸는데, 사실 왕은 그간 왕비가 진심을 다하는 일에는 모두 그렇게 해왔다. 또한 왕은 내가 하늘로 올라갈 수 있을 리가 없다고 생각했기에 더욱 기꺼이 양보했다. 그는 열기구가 하늘로 몇 미터 올라가다가 곧 떨어지고 나도 목이 부러져서 죽을 거라고 확신했다. 그가 확신에 넘쳐 왕비에게 이런 예측을 알려주자 왕비는 깜짝 놀라서 나에게 계획을 포기하라고 설득했다. 그러나 내가 열기구를 제작하겠다는 결심을 고집하자 왕비는 왕의 명령서를 발행해주었는데, 내가 무엇을 요구하든 전부 제공하라는 내용이 담겨 있었다.

또한 왕비는 내가 하늘의 신을 설득해서 가뭄을 그치게 하는 임무를 완수해내지 못할 경우, 하늘로 올라가려는 내 시도는 결국 나를 고발하는 요건이 되리라는 것도 알려주었다. 내가 바람만 잘 타면 그대로 떠나버리겠다는 생각을 왕도 왕비도 전혀 눈치채지 못했다. 높은 하늘에서 항상 동남에서 서북을 향하는 구름의 모양을 보면 상공에 항상 한 방향으로 공기의 흐름이 일정하게 존재한다는 것을 알 수 있었는데, 에레혼에서는 이에 대한 개념조차 없었다. 나는 오랫동안 이처럼 기후의 특이한 점을 관찰하다가, 지상 1킬로미터 정도 위에서 항상 불고 있지만, 낮은 고도에서는 지역적인 영향을 받는 무역풍 때문에 이러한 현상이 발생하는 것임을 알 수 있었다.

다음으로 해야 할 일은 나의 계획을 아로헤나에게 알리고 그녀를 열기구에 태우는 방법을 찾아내는 것이었다. 아로헤나가 함께 가줄 것이라고 확신하면서도 만일 그녀가 겁을 먹는다면 전부 헛수고가 될 수도 있으므로 각오를 다졌다. 하녀를 통해 아로헤나와 꾸준히 연락을 하면서도, 모든 것이 결정되기 전에는 나의 계획을 자세하게 말하지 않는 편이 낫겠다고 여겼다. 드디어 때가 오자 나는 하녀를 통해 다음 날 황혼 무렵에 은밀한 출입구를 통과해서 노스니보르 씨의 정원에 들어가기로 했다.

약속된 시간에 도착하니 하녀가 나를 정원으로 들여보내주었고 아로헤나가 올 때까지 외딴 오솔길에서 기다리라고 했다. 이미 초여름인 데다가 나뭇잎이 무성해서 혹시 누가 정원에 들어오더라도 몸을 잘 숨길 수 있었다. 정말 아름다운 밤이었다. 해는 이미 졌지만 허물어진 철도역 위로 노을빛이 남아 있었고 아래쪽으로는 도시의 빛이 반짝이고 있었으며, 그 너머로 평원이 펼쳐지다가 몇 킬로미터 너머에서 하늘과 합쳐졌다. 하지만 눈앞에 펼쳐진 아름다운 광경에 집중할 수가 없었다. 사실 무엇도 내 눈에 들어오지 않았기에 나는 어두운 길만 응시하다가 하얀 형체의 인물이 나를 향해 빠르게 다가오는 것을 보고는 한달음에 달려갔다. 빨리 가야겠다거나 자제해야겠다거나 하는 생각은 미처 들지 않았다. 나는 아로헤나를 열렬히 끌어안고 온순한 뺨에 키스를 퍼부었다.

우리는 기쁨에 사로잡혀 무슨 말을 해야 할지도 몰랐다. 하녀가 발을 동동 구르며 경고하지 않았더라면 우리는 정신을 차리고 말을 하지도 못했을 것이다. 나는 계획을 간략하게 설명했다. 또한 내 계획에서 가장 암울한 면 역시 보여주었는데, 전망이 암울할수록 그녀가 함께하리라고 확신했기 때문이었다. 나는 계획을 따르다가 우리 둘 다 죽을 수도 있으며, 강요하지 않겠다고, 그녀의 말 한마디면 전부 포기하겠다고 했다. 하지만 우리 결혼을 가로막는 장애물이 전혀 없는 곳으로 함께 도망칠 수 있는 가능성이 있으며, 이외의 다른 희망은 전혀 없다고도 말했다.

아로헤나는 저항하지도, 의심하지도, 주저하지도 않았고, 내 말대로 따르겠으며 준비가 되면 언제라도 나오겠다고 말했다. 그래서 밤마다 하녀를 보낼 테니 이를 통해 연락을 주고받자고도 했다. 나는 되도록 밝은 표정으로 행복하게 보여야 부모님과 언니 줄로라가 의심하지 않고, 그녀가 나를 잊었다고 여길 거라고도 했다. 또한 내가 기별을 보내면 당장 왕비의 작업장에 와서 열기구 바구니 안의 바닥짐과 양탄자 아래 숨을 준비를 하라고도 말하고 우리는 헤어졌다.

혹시나 가뭄이 그치고 비가 내릴까, 왕이 마음을 바꾸지는 않을까 걱정이 되어서 준비를 서둘렀다. 다행히 건조한 날씨가 이어졌고, 그다음 주 왕비의 시종들은 열기구와 바구니를 다 완성했다. 언제라도 열기구에 주입할 수 있는 가스도 준비되었다. 모든 준비가 완료되자 다음 날 아침에 열기구에 오르기로 했다. 상층 대기의 냉기에 대비할 정도로 충분한 양탄자와 덮개, 그리고 꽤 큰 바닥짐도 열 개나 가져가도 좋다는 허락도 받아두었다.

수중에 있던 석 달치 정도의 연금으로 아로헤나의 하녀에게 돈을 주었다. 또한 왕비의 감독에게도 뇌물을 주었는데, 아마도 그는 뇌물이 없었어도 나를 도와주었을 것이다. 그는 내가 음식과 포도주를 바닥짐에 넣도록 도와주었고, 내가 하늘로 오르는 아침에 아로헤나를 바구니에 태울 때도 다른 일꾼들이 방해가 되지 않게끔 조처해주었다. 아로헤나는 이른 새벽에 하녀의 옷을 입고서 몸을 꽁꽁 싸매고 있었다. 그녀는 음악은행에 아침부터 볼 일이 있어서 나왔다고 말해두었으니 아침식사 시간이 되어서야 사라진 것이 발각될 거라고 말해주었다. 나는 그녀를 바구니 바닥에 눕히고 그 위를 바닥짐으로 가렸다. 기구가 하늘로 올라갈 때까지는 몇 시간이 더 걸리겠지만 단 한순간도 바구니를 떠날 수가 없어서 얼른 바구니에 올라타고 기구가 점점 부풀어오르는 광경을 지켜보았다. 내 짐이라고는 바닥짐에 숨겨둔 식량과 신화 관련된 책들, 기계에 대한 논문, 내가 직접 쓴 일기와 번역물이 전부였다.

나는 조용히 앉아서 예정된 출발 시각을 기다렸다. 외관상으로는 고요했지만, 나의 속마음은 열기구가 올라가는 것을 보려고 왕과 왕비가 찾아오기 전에 아로헤나가 사라졌다는 사실이 발각될까봐 너무나도 불안했다. 왕과 왕비는 두 시간 뒤에야 도착할 터인데, 그동안 수백 가지의 일이 일어날 수 있으며, 어느 하나라도 삐끗하면 다 끝장이 날 것이었다.

마침내 열기구에 가스를 가득 주입했다. 가스를 채우던 관이 제거되고 가스가 새어나가지 못하도록 세심한 조처가 이루어졌다. 열기구의 상승을 막는 것은 밧줄로 붙잡고 있는 사람들의 체중뿐이었다. 왕과 왕비가 언제 올지 열심히 지켜보았지만 아무 조짐도 없었다. 노스니보르 씨의 집이 있는 쪽을 살펴보니 아무런 소요도 없었다. 아직 아침식사 전이었다. 드디어 사람들이 모여들기 시작했다. 그들은 내가 법정과 관련해서 문제가 있다는 걸 알고 있었지만, 그렇다고 해서 내 인기가 시들지는 않았다. 사람들은 오히려 나의 여정이 잘 끝나기를 바라면서 친절한 존경과 격려의 말을 잔뜩 해주었다.

나는 알고 지내던 신사에게 내가 하늘의 신에게 가서 어떤 일을 하려는 건지 말해주었다(그가 하늘에 있는 신의 객관적인 존재를 믿는 것 같지 않고, 나 역시 마찬가지여서 그가 나를 어떻게 생각했을지는 모르겠다). 그때 노스니보르 씨의 집에서 몇 명이 왕비의 작업장 쪽을 향해 전속력으로 달려오는 것이 보였다. 순간적으로 심장이 멈추는 것 같았고, 나에게 남은 것은 올라가거나 죽는 것뿐이었다. 나는 밧줄을 붙잡고 있던 사람들(약 서른 명 정도였다)에게 당장 손을 놓으라고 고래고래 소리를 질렀고, 계속 붙잡고 있다가는 해를 입으리라고 몸짓으로 알려주었다. 그러자 대부분 내 말을 따랐고, 또 일부는 힘이 빠져서 더 이상 밧줄을 붙잡지 못했다. 열기구가 갑자기 위로 솟았다. 기구가 땅에서 솟아올랐으며, 나는 바로 발밑의 열린 공간으로 급속하게 빨려 들어가는 기분이 들었다.

군중의 시선 절반은 노스니보르 씨의 집에서부터 열심히 달려오는 사람들에게로 향하고 있었고, 나머지 절반은 내가 외치는 고함 소리로 나뉘는 순간, 기구가 공기 중으로 솟았다. 1분만 늦었어도 아로헤나가 발각될 터였지만, 그전에 아무도 우리를 해치지 못하도록 기구는 도시 위로 두둥실 떠올랐다. 1초, 1초가 지날수록 마을은 점점 더 쪼그라들었으며, 군중은 더욱 혼란스러워했다. 믿을 수 없을 만큼 짧은 시간이 흐르고, 사방을 둘러봐도 솟아오르는 푸른 초원의 거대한 장벽이 나를 둘러쌌다.

열기구는 처음에는 수직으로 상승했지만 5분이 지나고 고도가 상당히 높아지자 발밑에 펼쳐진 평원이 움직이기 시작하는 것 같았다. 바람을 전혀 느낄 수 없어서 열기구가 움직인다는 느낌이 들지 않았다. 그래서 바닥에 고정된 물체들이 왜 기이하게 움직이는지 궁금했는데, 곧 열기구를 타면 바람과 함께 움직여 아무런 저항이 없기 때문에 바람을 느끼지 못한다는 사실을 깨달았다. 드디어 상층부의 부동의 무역풍을 타고 에레혼과 에레혼 사람들에게서 멀리 떨어져서 수백, 심지어 수천 킬로미터를 흘러갈 수 있음을 깨닫자 무척 기분이 좋아졌다.

아로헤나를 숨기던 것들을 전부 치웠다가 곧 다시 따뜻하게 가려주어야 했다. 기온이 너무 낮기도 했지만 그녀는 이토록 아찔한 고도에서 거의 정신이 나가 있었다.

꿈처럼 몽롱한 시간이 찾아왔고, 그때는 절대로 선명하게 기억이 나지 않을 것 같다. 그중 증기가 우리 몸을 감싸기 시작하더니 내 수염 밑에서 얼어붙었던 게 기억난다. 또한 몇 시간이 지나도록 두꺼운 안개 속에 휩싸였던 기억도 난다. 내 숨소리와 아로헤나의 숨소리(우리는 거의 아무 말도 하지 않았다)만 들리고 우리 발밑의 바구니와 우리 위의 어두운 열기구 외에는 아무것도 보이지 않았다.

땅이 보이지 않으면 열기구가 움직인다는 것을 전혀 느낄 수 없다는 점이 가장 고통스러웠다. 우리의 유일한 희망이라고는 전속력으로 전진하는 것뿐이었는데, 그래도 가끔 구름의 갈라진 틈새로 땅이 힐끗 보일 때면 우리가 급행열차보다 더 빠르게 날고 있음을 인지할 수 있어서 감사했다. 그러다가 구름의 틈새가 닫히고 우리가 정지해 있다는 느낌이 찾아오면 어찌할 도리가 없었다. 긴 터널을 지나면서 빛이 없으면 눈이 멀까봐 아이처럼 두려웠고, 땅이 몇 분만 보이지 않아도 우리가 땅과 영원히 분리될까봐 무서웠다. 나는 몇 시 정도 되었을까 추측하면서 때때로 음식을 찾아먹고 아로헤나도 챙겨주었다. 그러다가 어둠이 찾아왔다. 두렵고 무시무시한 시간이었고, 우리 기분을 북돋아줄 달도 없었다.

새벽이 되자 풍경이 바뀌기 시작했다. 구름은 사라지고 새벽별만 반짝였다. 눈부신 태양이 떠올라 무엇보다 찬란하게 빛났다. 발밑으로 눈 덮인 산들이 겹겹이 드러났고, 우리는 그보다 훨씬 더 위에 떠 있었다. 우리 모두 호흡이 곤란했지만 얼마나 더 비행해야 할지 모르기 때문에 열기구가 조금이라도 내려가지 않도록 조종했다. 거의 24시간이 지났는데도 여전히 지상에서 이렇게 높이 떠 있다는 사실이 감사할 따름이었다.

두어 시간이 흐르고 폭이 몇백 킬로미터는 되어 보이는 산맥을 지났고, 또다시 수평선까지 넓게 펼쳐진 평원을 보았다. 지금 위치가 어디쯤인지 몰랐지만, 괜히 아래로 내려갔다가 열기구의 힘을 낭비하지는 않을까 두려웠다. 그래도 내가 처음 탐험을 시작했던 그 땅 위에 당도하리라 내심 바라고 있었다. 알아볼 만한 표시가 있는지 열심히 찾아보았으나 아무 성과도 없었고, 에레혼에서 상당히 먼 지역의 상공이나 야만인들이 사는 나라 위에 떠 있지는 않을까 하는 생각에 두려웠다. 내가 여전히 의심하는 와중에 열기구는 다시 구름에 뒤덮였고 우리는 그저 캄캄한 공간에서 추측만 할 따름이었다.

몸은 피로해졌고 시간은 계속 흘러갔다. 내 불행한 시계가 있었더라면 얼마나 좋았을까! 주변이 어둡고 마법에 걸린 듯 시간조차 움직이지 않는 기분이었다. 가끔씩 맥박을 느끼며 30분 정도를 세어보기도 했다. 무엇이라도 좋으니 시간을 표시할 수 있기를 간절히 바랐다. 시간이 존재한다는 것을 입증하고, 우리가 축복받은 영역에 들어왔으며 영원의 무시간대로 흘러가지 않았다고 확신하고 싶었다.

이러한 생각을 스무 번, 아니 서른 번쯤 반복하다가 설핏 잠이 들었다. 급행열차를 타고 가다가 어떤 기차역에 도착했는데, 기관차가 무시무시하게 쉭쉭거리며 증기를 내뿜는 소리가 사방에 가득한 꿈을 꾸었다. 두렵고 불편한 마음에 잠에서 깨어나보니 쉭쉭거리는 소리와 뭔가 깨지는 듯한 소리가 여전히 들렸다. 꿈이 아니라 실제 상황이었다. 무슨 일인지 알 수 없었지만 소리는 점점 희미해지다가 사라졌다. 몇 시간 후에 구름이 갈라졌다. 아래를 내려다보니 심장이 얼어붙을 것 같았다. 바다, 사방이 온통 바다였다. 바다는 대체적으로 검었고 드문드문 폭풍우의 성난 파도가 허연 머리를 드러냈다.

아로헤나는 조용히 잠들어 있었고, 나는 성녀처럼 아름답고 귀여운 그녀를 바라보면서 내가 그녀를 얼마나 참담하게 만들었는지 괴로워하며 스스로를 저주했다. 그렇지만 지금은 내가 할 수 있는 일이 아무것도 없었다.

나는 가만히 앉은 채 최악의 상황이 닥치기를 기다렸다. 머지않아 징후가 나타났으니, 열기구가 가라앉기 시작한 것이었다. 처음 바다를 본 순간부터 우리가 바다로 추락할 거라고 확신했고, 실제로 지금 빠르게 하강하는 중이었다. 바닥짐을 밖으로 던지자 열기구가 다시 위로 올라갔지만 몇 시간이 지나자 다시 내려가기 시작했고, 나는 또 다른 바닥짐을 던졌다.

곧 피 말리는 사투가 시작되었고, 오후에서 밤을 지나 다음 날 저녁까지 이어졌다. 사방으로 눈을 부릅뜨고 눈이 멀 정도로 찾아봤지만 배 한 척 보이지 않았다. 등에 묶어둔 옷가지를 제외한 나머지는 모두 버렸다. 몇 시간 아니 몇 분이라도 바다에서 버티기 위해, 가지고 있던 음식과 물은 주변을 시끄럽게 빙빙 돌던 바닷새인 알바트로스들에게 줘버렸다. 책들은 바다에 다다랐을 때 던져버렸고 원고는 마지막까지 놓지 못했다. 희망이라고는 전혀 없어 보였는데도 신기하게 우리 둘 다 완전히 절망하지는 않았다. 두려워하던 위험이 닥치고 상황이 다가오는데도 우리는 열기구의 바구니에 마주 앉은 채 허리까지 물이 차오르는 와중에 상대에게 희망을 품으며 미소를 잃지 않았다.

스위스 중남부 생고타르 산맥을 건너본 사람이라면 안데르마트 아래로 천상과 극한의 한계에 이르는 알프스 협곡 하나를 기억할 것이다. 한 걸음씩 발을 옮길 때마다 여행자의 기분이 고조되고, 마침내 머리 위로 돌출된 절벽에 다다르면 포효하는 폭포수 위에 걸린 다리를 건너고 암석에서 깎아지른 어두운 굴로 들어선다.

이외에 또 무엇이 나타날 수 있겠는가? 지금까지 봤던 풍경보다 훨씬 더 거칠고 황량한 풍경이겠다. 상상력은 마비되고 방금 목격한 현실을 뛰어넘음을 어떤 것도 공상하거나 목격하지 못한다. 경외심에 사로잡혀 제대로 숨도 쉬지 못한 채 나아간다. 아! 굴을 빠져나오니 오후의 태양이 환영의 인사를 건네고 계곡이 미소 짓는다. 시내가 졸졸 흐르고 높은 종각이 있는 마을과 푸릇푸릇한 초원이 펼쳐진다. 이런 정겨운 광경 앞에서 혼자 미소를 짓는다. 이제 공포는 사라지고 곧 망각된다.

우리의 상황이 바로 이와 같았다. 두세 시간 정도 물에 떠 있자 어느새 밤이 찾아왔다. 우리는 100번째로 서로에게 인사하고 체념하고 종말을 받아들이기로 했다. 나는 다시는 깨어나지 못하리라는 생각에 졸음과 사투를 벌이고 있었다. 그런데 갑자기 아로헤나가 내 어깨를 어루만지면서 바로 우리 앞의 환하고 어두운 덩어리를 가리켰다. 우리 둘의 입에서 도와달라는 외침이 분명하고 날카롭게 쏟아져나왔다. 그리고 5분 뒤 우리는 친절하고 다정한 사람들에게 안겨 이탈리아 선박의 갑판 위로 구조되었다.

결론

우리를 구조한 선박의 이름은 프린시페 움베르토였다. 칼라오에서 제노아로 가는 중이었는데, 수많은 이민자를 리오에 내려놓은 뒤 칼라오로 이동했다가 구아노(페루 연안에서 많이 나오는 바닷새의 배설물로 만든 천연 거름—옮긴이)를 화물로 싣고 집으로 돌아가는 길이었다. 선장은 조반니 지아니라는 이름의 세스트리 원주민이었다. 그는 내 이야기의 진위 여부에 시비가 붙으면 자기 이름을 대라고 친절하게 허락해주기는 했지만, 나는 중대한 세부사항에 있어서는 거짓말을 할 수밖에 없었다. 우리가 육지에서 1,700킬로미터 떨어진 곳에서 구조되었다는 점도 덧붙여야겠다.

우리가 배에 오르자마자 선장은 우리가 유럽에서 아주 먼 곳에서 발견되었는데도 파리 출신일 것이라 여기고는 파리 포위에 대해 질문하기 시작했다. 여러분의 예상대로 나는 프랑스와 독일 간의 전쟁에 대해서는 전혀 들은 바가 없었고, 너무 지친 나머지 그가 하는 말에 간신히 동의할 수밖에 없었다. 이탈리아어도 잘 몰라서 그의 말을 제대로 이해하지도 못했다. 그래도 우리가 어디에서 떠났는지 감출 수 있어서 다행이었고, 그가 어떤 단서를 주든 놓치지 말아야겠다고 마음을 단단히 먹었다.

열기구에는 원래 열두 명 정도가 타고 있었고, 나는 영국 출신의 귀족이며 아로헤나는 러시아의 공작 부인이며, 다른 사람들은 모두 물에 빠져 죽었고 우리가 운송하던 공문서도 사라졌다는 이야기를 지어냈다. 선장은 이미 몇 주 전부터 바다에 나와 있었던 덕에 내 이야기를 믿어주었지만, 들통이 날 뻔했다는 사실은 나중에야 알게 되었다. 실은 우리가 구조되기 이미 오래전에 독일인이 벌써 파리를 점령했기 때문이었다. 그러나 선장은 내 이야기를 곧이곧대로 들었고, 나도 마음을 놓았다.

며칠 뒤 양털을 싣고 멜버른에서 런던으로 향하는 영국 배를 목도했다. 폭풍우 때문에 다른 배로 이동하기가 위험했는데도 나의 간절한 요청에 선장은 영국 배로 신호를 보냈다. 영국 배로 옮겨가는 과정이 워낙 힘들었던 터라 우리가 어떤 상태로 발견되었는지에 대해서는 아무도 물어보지 않았다. 보트로 우리를 태워준 이탈리아 선원이 열기구에서 우리를 구조했다고 프랑스어로 외쳤다. 그러나 바람 소리가 거세고 영국인 선장이 프랑스어를 거의 몰라서 알아듣지 못했다. 결국 우리 둘은 난파선에서 구조된 것으로 추정되었다. 선장이 어떤 배에서 난파되었냐고 물었을 때 나는 일행과 함께 유람선을 타고 가다가 강한 격류에 바다로 흘러들었고 아로헤나(그녀를 페루 귀부인이라고 소개했다)와 나만 구조되었다고 대답했다.

배에는 승객도 몇 명 있었는데, 내가 도저히 갚을 수 없을 정도의 친절을 베풀어주었다. 우리가 있는 그대로의 사실을 전부 털어놓지 못했다는 점을 그들도 눈치챘으리라 생각하니 마음이 아팠다. 하지만 어차피 그들은 우리 말을 믿지 못했을 것이다. 나는 가능하면 아무도 에레혼에 대해 들어서도, 나보다 먼저 그곳에 가게 해서도 안 된다고 결심했다. 종교의 위안으로 버티지 못했더라면 그동안 어쩔 수 없이 행했던 수많은 거짓말 때문에 비참해졌을 것이다. 승객 가운데 대단히 훌륭한 성직자가 있어서 우리는 배에 오르고 며칠 지나지 않아 그의 주례로 결혼식도 올렸다.

두 달 동안 평온하게 항해해 랜즈엔드(영국 최서단의 땅끝 지역—옮긴이)에 닿았고, 그다음 주에는 런던에 도착했다. 배에서 우리를 위해 돈을 상당히 모아준 덕분에 당장 궁핍하지는 않았다. 나는 아로헤나를 데리고 서머싯셔로 향했다. 어머니와 누이들이 살고 있다는 소식을 가장 최근에 들었던 곳이다. 애석하게도 어머니는 이미 돌아가셨는데, 내가 죽었다는 소식을 접하고 충격을 받은 탓도 있었다고 한다. 초복은 나의 고용주에게 가서 내가 살해되었다는 소식을 전했다고 한다. 그는 내가 돌아오는지 확인하려고 며칠을 기다리다가 다시는 돌아오지 못한다고 추정하고는 내가 집으로 돌아오는 협곡에서 물살이 거센 소용돌이에 빠졌다는 이야기를 지어냈다. 내 시신을 찾으려는 수색이 있기는 했으나, 그 악한은 나를 결코 찾아낼 수 없는 곳에 빠뜨리기로 결심했던 것이다.

누이 두 명 다 결혼했으나, 남편들이 부유한 편은 아니었고, 내가 돌아온 것을 그다지 달가워하지 않았다. 친척들이 이미 애도의 절차까지 마쳤는데, 애도의 당사자가 살아 돌아와 다시 한 번 애도를 해야 하는 일을 사람들은 그다지 좋아하지 않는다는 사실을 깨닫게 되었다.

나는 결국 아내와 함께 런던으로 돌아갔고, 오랜 친구의 도움으로 여러 잡지와 종교책자 협회에 짤막하고 좋은 이야기들을 쓰게 되었다. 수입은 상당한 편이었고, 길거리나 기차역의 대기실에 배포된 안내서 가운데 가장 인기 있는 글 목록에 내가 적은 글들도 상당수였다. 여유가 생길 때마다 메모와 일기를 정리해서 현재 상태에 이르게 되었다. 이제 나에게는 에레혼의 개종을 위해 계획을 펼치는 것 말고는 딱히 할 일이 남아 있지 않다.

최근에 나는 성공 확률이 가장 높아 보이는 계획을 세웠다.

지금 당장은 내가 에레혼을 처음 발견했을 때와 마찬가지 방식으로 부속 선교사 열두 명 정도와 함께 간다면 미친 짓으로 보일 것이다. 나는 발진티푸스에 걸렸거나 아로헤나와 도주했다는 죄목으로 교정관들에게 넘겨질지도 모른다. 내가 감히 자세히 언급하지도 못하겠지만, 나를 위해 헌신하는 동료들에게 더 무시무시한 운명이 닥칠 수도 있다. 그러니 에레혼으로 가는 다른 방법을 찾아내야 했으며, 감사하게도 방법이 없지는 않았다. 눈의 산맥에서부터 흘러와 에레혼을 통과하는 강 가운데 하나는 하구에서 수백 킬로미터 건너갈 수 있는 것으로 알려졌다. 지금까지 아무도 상류를 탐험하지 않았지만 작은 포함砲艦을 타고 가면 에레혼의 국경선으로 통하리라는 확신이 들었다.

나는 회원 각자에게 너무 큰 부담을 주지 않는 선에서 단체를 만들 것을 제안하는 바이다. 첫 번째로 계획서를 작성해야 하는데, 에레혼 사람들이 사라진 10지파라는 사실을 전혀 언급해서는 안 된다. 나에게는 대단히 관심이 가는 발견이었지만, 상업적이기보다는 감성적인 가치가 크고 사업적으로도 도움이 되지는 않는다. 자본 모금액은 5만 파운드 이하면 안 되고, 추후에 결정되는 대로 주식의 금액은 주당 5파운드 혹은 10파운드로 해야 할 것이다.

자금을 충분히 모으면 약 1,200~1,400톤에 삼등 선실 승객들을 받을 수준의 증기선을 빌려야 한다. 또한 강의 하구에서 야만인들에게 공격받을 경우에 대비해 총도 두세 자루 구비하고, 상당한 크기의 보트도 마련해야 한다. 6파운드짜리 포 두세 개 정도도 필요하다. 배는 안전한 범위 내에서 가능한 신속하게 이동해야 하며, 선정된 인원만이 배에 타야 한다. 이 단계에서는 아로헤나와 내가 그곳 언어를 이해하고 협상을 잘 해나갈 수 있기 때문에 우리의 역할이 중요할 것이다.

우선 퀸즐랜드 정착지에는 노동력 공급의 이점을 강조하고, 에레혼 사람들에게는 이곳으로 이주할 경우 상당한 재산을 모을 수 있다고 홍보해야 한다. 통계적인 수치를 인용하면 쉽게 설득할 수 있을 것이다. 틀림없이 상당수의 사람이 더 큰 보트를 타고 우리와 함께 돌아갈 것이며, 서너 번 왕복하면서 우리 배에 이주민들을 가득 태울 수 있을 것이다.

공격을 받게 될 경우 일정은 더욱 간단해진다. 에레혼 사람들은 화약이 없기 때문에 우리가 원하는 만큼의 포로를 잡을 수 있다. 그 경우 그들은 전쟁 포로여서 우리에게 유리한 조건으로 포섭할 수 있다. 하지만 어떤 폭력과 마주치지 않는다 하더라도 에레혼 사람들 700~800여 명 정도는 틀림없이 설득해낼 수 있을 것이고, 일단 배에 오르면 쌍방에 도움이 되는 계약서에 서명할 터이다.

그 후에는 퀸즐랜드로 이동해서 에레혼 사람들과 맺은 계약을 노동력 부족으로 허덕이는 사탕수수 지배인들에게 넘긴다. 이 과정에서 발생하는 수익은 우리에게 상당한 배당을 안기고도 충분히 돈이 남을 것이기에, 이 과정을 반복하면서 더 많은 에레혼 사람들을 데려올 수 있다. 사실 퀸즐랜드에서 노동력을 필요로 하는 한 이와 같은 왕복 여정은 계속 반복할 수 있다. 에레혼 사람들은 무제한으로 공급할 수 있으며, 배에 촘촘하게 실어서 적당히 먹이면 된다.

이주민들을 종교적으로 신실한 사탕수수 재배자의 집에 위탁시키는 것이야말로 나와 아로헤나의 의무이다. 신실한 재배자라면 그들에게 꼭 필요한 훌륭한 교육을 해줄 수 있다. 매일 농장에서 일하고 시간이 남을 때마다 함께 모여서 찬양하고 교회의 교리문답을 배우고, 안식일마다 찬송을 부르고 교회에 가게 될 것이다.

에레혼 사람들을 모으기 위한 수단에 대해 퀸즐랜드나 본국이 불편한 감정을 갖는 것을 막고, 또한 우리 주주들에게 에레혼 사람들의 영혼을 구원하는 동시에 본인의 주머니도 채울 수 있다는 편안함을 주기 위해서는 이런 점들을 강조해야 한다. 이주민들이 나이가 들어서 노동을 못할 나이에 이르면 그들은 종교적으로 완전히 교화된 상태로 좋은 씨앗을 갖고 에레혼으로 돌아갈 수 있을 것이다.

이 문제에 대해 어떤 걸림돌이나 위험도 없으리라고 확신하며, 이 책을 통해 필요한 자금을 모을 계획을 충분히 광고할 수 있을 것이라고 믿는다. 또한 자금을 모으자마자 에레혼 사람들을 훌륭한 기독교인으로 개화시키는 동시에 또한 주주들에게 상당한 이득이 되는 원천으로 삼을 것을 보장한다.

내가 이러한 계획을 처음으로 제안했다고는 할 수 없다. 실은 지난 몇 달간 온 힘을 다해 에레혼에 복음을 전파할 계획을 계속 궁리해보았다. 그러다가 회의론자들을 충분히 납득시키고 골수

합리주의자마저 비합리적으로 만들 특별한 중재에 의해 1872년 1월 초 〈타임스〉에 실린 다음 기사를 마주하게 되었다.

"'퀸즐랜드의 폴리네시아인들'. 퀸즐랜드의 신임 총독 노만비 후작이 식민지 북부 지역의 탐사를 마쳤다. 총독은 최고의 사탕수수 재배지인 마카이에서 폴리네시아인 상당수를 목격했다고 한다. 그곳에서 후작은 자신을 환대한 이들에게 다음과 같이 말했다. '폴리네시아인들을 획득한 방법이 합법적이지 못하다고 들었으나 적어도 퀸즐랜드에서는 이를 인식하지 못했다. 또한 폴리네시아인들의 용모와 태도로 판단하건대, 그들은 자신이 처한 상황에 대해 전혀 후회하지 않는다.' 한편 그는 그들에게 종교를 가르쳤을 때의 이점에 대해 언급했는데, 폴리네시아인들을 보유하고 종교를 가르치면 불편한 감정을 진정시킬 수 있다고 한다."

나는 그런 논평이 불필요하다고 느꼈고, 지금까지 참을성 있게 내 모험을 지켜봐준 독자에게 감사의 말을 바치며 결론을 내리고자 한다. 하지만 당장 에레혼 복음 전파 회사의 대표에게 편지를 쓸지도 모르는 이에게는 주주가 되어달라고 부탁하는 바이다.

추신: 앞서 말한 내용의 마지막 교정쇄를 받아서 수정하고 돌아가면서 템플바에서 채링크로스까지 스트랜드 가를 통과해서 엑시

터홀을 지나는 길에 경건해 보이는 사람들이 어떤 건물로 들어가는 것을 보았다. 흥미진진한 일에 대한 관심과 자기만족적인 기대가 가득한 표정들이었다. 나는 걸음을 멈추고 선교사 모임이 열린다는 내용의 안내문을 읽어보았다. ××출신(내가 모험을 시작했던 바로 그 식민지였다)의 원주민 선교사 윌리엄 하박국 목사가 간단한 연설을 한다는 내용이었다. 나는 수월하게 입장할 수 있었고, 하박국 씨의 연설 전에 진행된 다른 연설 두어 개를 먼저 들었다. 하나는 지금까지 들어본 연설 중 가장 주제넘은 내용이었다. 그 연사는 하박국 씨가 속한 종족이 이스라엘의 사라진 10지파의 하나일 거라고 말했다. 그 자리에서 반박하지는 못했지만 연사가 근거도 불충분하면서 그토록 허황된 결론을 내리는 데 무척 분개하고 화가 났다. 10지파의 발견은 오로지 나의 몫이었다. 내가 여전히 분개하고 씩씩대고 있을 때 회장 안에 기대에 가득 찬 속삭임이 퍼져나갔고, 하박국 씨가 연단으로 나왔다. 다름 아닌 나의 오랜 친구 초복이었다! 내가 얼마나 놀랐을지는 여러분도 상상할 수 있을 것이다.

너무 놀란 나머지 나도 모르게 입이 턱 벌어졌고 눈알이 튀어나올 지경이었다. 불쌍한 그는 무서워서 벌벌 떨었고 자신을 환영하는 우레와 같은 박수 소리에 더욱 혼란스러워했다. 그가 무슨 연설을 했는지 제대로 전하지는 못하겠다. 사실 내 감정을 억누르느라 목이 막혀서 그의 말을 제대로 듣지도 못했다. "아들레이드, 모후"라는 말을 들었고, 나중에는 짧게 '막달라 마리아'도 들은 것 같았다. 내 정체가 밝혀질지도 모른다는 두려움에 연설회장을 나와야 했다. 계단에서도 열광적인 박수 소리가 들리는 것으로 보아 청중이 만족한 것 같았다.

진지하거나 엄숙한 감정보다는 다른 감정들이 북받쳤다. 초복과 처음 만났을 때와 장작 헛간, 그의 수많은 거짓말, 브랜디를 얻어 마시려던 끝없는 시도, 그리고 돌이켜볼 가치도 없어 보이는 많은 사건이 떠올랐다. 그리고 내 노력이 그의 변화에 기여했을지도 모른다는 만족감이 들었다. 아무리 비전문적이었더라도 야생 고지대의 강가에서 수행했던 내 세례식이 아무런 효과가 없는 게 아니었다는 생각도 들었다. 책의 초반부에서 초복에 대해 기록한 내용이 그의 명예를 훼손하지 않으며 고용주에게 아무 해도 끼치지 않는다고 생각한다. 당시 그에게는 갱생의 여지가 전혀 없었다. 그를 다시 찾아가 이야기해야 하겠지만, 이 원고가 대중의 손으로 가는 것이 먼저일 것이다.

마지막 순간에 이르러 나를 무척 괴롭혔던 문제의 가능성을 보았다. 부디 모금에 힘을 보태주길 바란다. 내가 위원회를 결성하기 전까지는 명함과 모금액을 메이어 공의 관저로 보내주시면 된다.